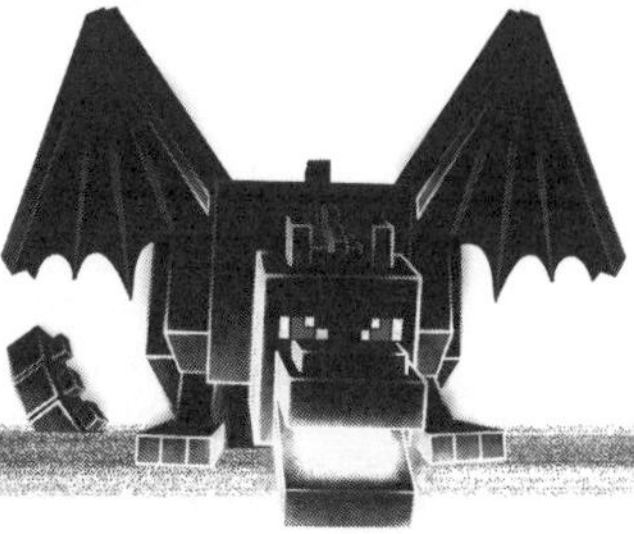

マインクラフト
MINECRAFT™
ジ・エンドの詩《うた》

キャサリン・M・ヴァレンテ／作

金原瑞人・松浦直美／共訳

MOJANG STUDIOS

TAKESHOBO

MINECRAFT™ : THE END

by

Catherynne M.Valente

This translation is published by arrangement with Del Rey,
an imprint of Random House, a division of Penguin Random House LLC
through Japan UNI Agency, Inc., Tokyo

マインクラフト　ジ・エンドの詩《うた》

おもな登場人物

モー…………エンドシップで兄のフィンと暮《く》らすエンダーマンの少女。地上世界《オーバーワールド》に興味《きょうみ》がある。

フィン…………エンダーマンの少年。モーと違《ちが》い、ほかのエンダーマンの子と学びたいと思っている。

カン…………音楽を愛するエンダーマンの男の子。ほかのエンダーマンとの違《ちが》いに思い悩《なや》んでいる。

クライ…………エンダーマンの始祖《しそ》のひとり。仲間たちから年寄《としよ》りあつかいされ、不満を持っている。

グランポ………モーたちと暮《く》らすシュルカー。世の中のものをなんでも「嫌《きら》い」という。

ジャックス、ローリー、コール、ジェスター…………ジ・エンドにやってきた人間の少年と少女たち。

献辞

オーロラとコールへ

すぐそばにいるよ。ポータルをたったひとつ通り抜けたところだ。

マインクラフト　ジ・エンドの詩《うた》　もくじ

昔、あるプレーヤーがいた。

プレーヤーはきみだ。

ときどきそのプレーヤーは、自分は人間で、回転する溶岩《ようがん》の球の薄《うす》い皮の上にいると考えた。溶岩《ようがん》の球は、三十三万倍もある巨大《きょだい》な燃《も》えさかるガスの球のまわりを回っている。ふたつの球は遠く離《はな》れていて、光がその間を移動するのに八分かかる。その光は巨大《きょだい》な星からの情報《じょうほう》で、一億《おく》五千万キロも離《はな》れたところにいる人の皮膚《ひふ》を焦《こ》がす。

ときどきそのプレーヤーは、自分は採掘者《マイナー》で、平らで果てしなく広がる世界の上にいると考えた。太陽は四角く白い。昼は短《みじか》く、やることはたくさんあり、死は一時《いっとき》の不都合《ふつごう》にすぎない。

――ジュリアン・ゴフ作、マインクラフト『終わりの詩《エンド・ポエム》』

第1章　きみと自分と自分たちとみんな

ジ・エンドはいつも夜だ。日の出はない。日没《にちぼつ》もない。時間を刻《きざ》むものもない。

しかし、時はある。光もある。波紋《はもん》を描《えが》くように並《なら》ぶ薄黄色《うすきいろ》の島々が暗闇《くらやみ》にやわらかな光を放ちながら、終わらない夜に浮《う》かんでいる。紫《むらさき》の木々や、たくさんの紫《むらさき》の塔《とう》が島々の地面からのび上がり、まっ暗な空へねじれるように枝分《えだわ》かれしている。木々には多くの実がなり、塔《とう》には多くの部屋がある。白いクリスタルの棒《ぼう》が塔《とう》の屋上《おくじょう》やバルコニーの四隅《よすみ》にろうそくのように立ち、闇《やみ》を照らしている。あらゆる方向に枝《えだ》をひろげる太古《たいこ》の都市はどれも静かで、多くの塔《とう》があり、環《わ》になって連《つら》なる島という島で紫《むらさき》色と黄色に輝《かがや》いている。この場所ではすべてが紫《むらさき》と黄だった。島のそばには、ところどころに、高いマストのある大きな船が浮《う》かんでいる。そして下には、黒い底なしの虚空《こくう》が口を開けている。

ここは美しい。それに空《から》っぽではない。

どの島にも大勢《おおぜい》のエンダーマンがいる。すらりと長くまっ黒な脚《あし》で、なだらかな黄色の丘《おか》やゆるやかな黄色の谷を歩きまわっている。あちこちでエンダーマンの細い赤紫色《あかむらさきいろ》の目がきらめいて、細く黒い腕《うで》が低くささやくような音楽のリズムに合わせて揺《ゆ》れている。エンダーマンはそれぞれに物語を思い描《えが》き、それぞれの計画を立て、背《せ》の高い、ねじれた建物の中にいた。それらの建物はとても古く、時計が発明される前からあった。建物はすべてをみてきたが、なにも語らない。

シュルカーは箱型《はこがた》の殻《から》にこもって船や塔《とう》に貼《は》りついている。シュルカーは、小さな黄緑色《きみどりいろ》の軟体動物《なんたいどうぶつ》で、いつも隠《かく》れている。殻《から》から外をのぞくこともあるが、またすぐに殻《から》を固く閉《と》じてしまう。まるで貝殻《かいがら》に閉《と》じこもった貝のようだ。シュルカーたちが殻《から》を開け閉《し》めするかすかな音は、ジ・エンドの鼓動《こどう》のようだった。

そして、ジ・エンドの中央にあるいちばん大きな島には、巨大《きょだい》な黒曜石《こくようせき》の柱がリング状《じょう》に立ち並《なら》び、その中心には側面に松明《たいまつ》のともされた背《せ》の低い灰色《はいいろ》の石柱が一本立っている。どの黒《こく》曜石《ようせき》の柱の頂《いただき》にもまばゆいエンドクリスタルが輝《かがや》いている。銀のケージから発するクリスタルの火の光は、柱から草の上へ降《ふ》り注《そそ》ぎ、まわりの灰色《はいいろ》の岩盤《がんばん》も照らし、黒い空にも広がっていく。

ジ・エンドのまん中にある島の上空を、なにかがゆっくり旋回《せんかい》している。とてつもなく大きなそれは翼《つばさ》を持ち、疲《つか》れを知らない。くり返し上空を回り、その紫《むらさき》の目はすさまじい炎《ほのお》のように燃《も》えている。


〈フィン!〉

その言葉は暗闇《くらやみ》を切《き》り裂《さ》いて、中央の島から遠く離《はな》れた島の岸辺から飛んできた。その島のほとんどはテロスという巨大《きょだい》なエンドシティにおおわれている。テロスは島の高地から生き物のように立ち上がっていた。立派《りっぱ》な塔《とう》やパビリオンがいたるところにあり、輝《かがや》くエンドロッドから白い光が散っている。シュルカーはそれぞれの小さな殻《から》の中で音を立てている。

テロスには、巨大《きょだい》な紫《むらさき》の船が犬のようにつながれて浮《う》かんでいた。海賊船《かいぞくせん》だが、航海《こうかい》する海はない。エンドシティにはたいてい船がつながれているが、なぜかはだれも知らない。そもそも、いったいだれがこんなに多くの巨大《きょだい》で奇妙《きみょう》な都市《シティ》を作ったのかもわからないのだ。

都市《シティ》を作ったのはエンダーマンではない。もちろん、エンダーマンはどこだろうと、喜《よろこ》んで自分たちにちなんだ名前をつけるのだが。都市《シティ》を作ったのは、永遠《えいえん》に円を描《えが》きながら、どこにも通じていないゲートの上を飛行するものでもない。シュルカーでもない。あんなに閉《と》じこもってばかりいたら、どんなことについてだろうと、なにもわかるわけがない。エンド船《シップ》は最初からあったのだろう。都市《シティ》やジ・エンドが最初からあったのと同じで、雲やダイヤモンドや火曜日みたいなものだ。

〈フィン！　なにかおもしろいものあった？〉

やせた子どものエンダーマンが素早《すばや》くテレポートして、テロスのあちこちに姿《すがた》をあらわしては消えながら、島を横切ってくる。ある場所で消えては別の場所にあらわれ、やがてエンドシップのデッキにやってきた。腕《うで》になにか抱《かか》えている。ハンサムな顔は、黒く四角い。目は生きと輝《かがや》いている。手足は細いが、力強い。エンダーマンの女の子が、マストにもたれて男の子を待っていた。黒い腕《うで》を、薄《うす》い胸《むね》の前で組んでいる。

〈いや〉エンダーマンは強く思った。その言葉は、すぐにもうひとりのエンダーマンの頭の中にあらわれた。エンダーマンには口も耳も必要ない。音は必要ない。テレパシーは話すよりもはるかに簡単だ。だれかに向けて思えば相手に伝わる。

〈たいしたものはなかったよ、モー。先週みつけたみたいな防具《チェストプレート》がまたみつかるかと思ったけど、だれかに先に拾われたかもな。レッドストーン鉱石《こうせき》はそこそこ手に入った。まあ、そんな感じ。次はモーがいけよ。宝《たから》をかぎつけるのがうまいんだから〉

フィンとモーは、十二歳《じゅうにさい》のエンダーマンで、双子《ふたご》の兄妹《きょうだい》。ふたりは船の中に下りていった。フィンが三分早く生まれたのだが、フィンにとってはそんなことはどうでもよかった。年上、年下にこだわることは、序列《じょれつ》や、順序《じゅんじょ》や、秩序《ちつじょ》を思わせる――そして、秩序《ちつじょ》はジ・エンドではひどく嫌《きら》われていた。

ふたりはずっとここに住んでいる。ここ以外の場所は知らない。ここで育ち、ここが家だった。ふたりは、中央の島を取《と》り巻《ま》く群島《ぐんとう》にいる大勢《おおぜい》のエンダーマンとまったく同じだ。暮《く》らしているエンドシップには、ふたりがどこかでみつけては拾ってきたがらくたがひしめいていた。なかにはかなりいいがらくたもあった。ダイヤモンド、エメラルド、金鉱石《きんこうせき》、ラピスラズリ。エンチャントされた鉄のレギンス、いろんな種類のツルハシ、ビートルートの種、コーラスフルーツ、鞍《くら》や馬鎧《うまよろい》（ただし、ふたりともウマをみたことはない）。背中《せなか》に装着《そうちゃく》するとどこでも自由に飛べるすてきなグレーの翼《つばさ》も数十組あった。がらくたのなかには、ただ古いだけの本物のがらくたもあった。石《いし》、粘土《ねんど》、砂《すな》ブロック、背表紙《せびょうし》のとれた古い本。だがフィンもモーも、がらくたでも気にしなかった。ふたりは廃品《はいひん》を拾って生きるスカベンジャーで、スカベンジャーは選《よ》り好みをしない。昔の粘土《ねんど》でもいつか役に立つかもしれない。

双子《ふたご》のエンダーマンは、どこかに別の世界があるのはわかっていた。だからこそ、自分たちが住んでいる場所がジ・エンドと呼《よ》ばれているのだ。終わり《ジ・エンド》があるなら、はじまりがある。この場所がジ・エンドであるための別のどこか。ことは正反対のどこか。緑で明るくて、青い空と青い水があって、ヒツジやブタやミツバチやイカがたくさんいるところ。ほかのエンダーマンはしょっちゅうそこにいっていた。ふたりはいろいろな話をきいていたが、ここがふたりの世界だ。ここにいれば安全で、自分たちのものがあるし、仲間がいる。

フィンとモーの宝《たから》の山は、船倉《せんそう》の天井まで届《とど》くほどだった。ふたりはコレクションの間をぬってゆっくり慎重《しんちょう》に歩いていく。これまでに何度もそうしてきた。お決まりのルートのまわりには、ブーツ、剣《けん》、ヘルメット、ドラゴンの頭やインゴットが高く積まれている。なにも置いていない、狭《せま》い場所がいくつかあって、ふたりはそこですわったり食事をしたりしていた。

それにペットもいる。

〈やっほー、グランポ〉モーは陽気に、奥《おく》の壁《かべ》にくっついた殻《から》の中のシュルカーに思いを投げた。そのシュルカーは、双子《ふたご》と同じようにずっとそこにいた。本当は、その場所もがらくた置き場にしたかったが、どうやってもそいつを追い出せなかった。シュルカーの殻《から》をぶったたいて粉々《こなごな》にしても、次の日にはまた元通りになっているのだ。そのうちふたりはあきらめて、そのシュルカーを受け入れることにした。そしてグランポと名づけ、ときにはこのがらくた船《せん》の番をさせた。いつ泥棒《どろぼう》に入られるかわからないし、拾ったものをこんなにたくさん一カ所に置いてあるのだから、油断《ゆだん》はできない。グランポは実際《じっさい》には船の番をするというよりは、いつも通り、ただそこにいてなんでも嫌《きら》っているだけだったが、グランポがいてくれるだけでふたりは安心できた。グランポはただのシュルカーではない。ふたりのシュルカーだった。

ただ、性別《せいべつ》は不明だ。ふたりは、グランポのことをいろいろ探《さぐ》るつもりはなく、グランポのプライバシーを尊重《そんちょう》していた。

〈やあ〉グランポが思いを返してきた。殻《から》の中からのぞいている。一瞬《いっしゅん》、グランポの黄緑色《きみどりいろ》の頭がみえた。〈お前ら嫌《きら》い〉

〈やあ〉フィンは肩《かた》をすくめる。〈いい子だな〉

〈おれっち、いい子じゃない〉グランポが怒《おこ》った。〈かみついてやる〉

〈ふーん、そうなんだ！〉と、モー。〈**いい子だよねー？**〉

グランポはいらいらして、また殻《から》を閉《と》じた。そのいらいらの内容《ないよう》が、とても小さな、怒《おこ》ったような文字でふたりの頭の中にあらわれる。〈おれっち、悪い子。明日かみついてやる、覚えてろ〉

モーとフィンは、コーラスフルーツのバスケットを、ふたつある鉱石《こうせき》ブロックの後ろから取り出した。そして中身を、昼食用に二等分した。ふたりの間では、なんでも平等だった。注意深く、意識《いしき》して、きちょうめんすぎるほど平等に分ける。ふたりは無言でうきうきしながら、肩《かた》を並《なら》べて作業し、昼食を外に持っていけるようにインベントリに入れた。

〈船をたのむよ、グランポ〉フィンとモーは思った。〈エンドラに会いにいってくる。うちのものを盗《ぬす》まれないようにね〉

〈この船、嫌《きら》い〉グランポが殻《から》の中からいった。〈お前ら嫌《きら》い。エンドラ嫌《きら》い。お前らのもの嫌《きら》い〉

〈じゃあね、グランポ！〉ふたりは大きな黒く四角い頭の中で笑った。

フィンとモーはテレポートして、エンドシップのデッキに出た。黒い空をシティの光がとてもきれいに染《そ》めている。しかし、ふたりはシティに向かわなかった。あらわれては消えながら、連《つら》なっている島をテレポートで渡《わた》っていく。ふたりは瞬間移動《ジャンプ》するたびに熱を帯びて輝《かがや》いた。

間《ま》もなく、中央の島に着いた。大勢《おおぜい》のエンダーマンが、立《た》ち並《なら》ぶ黒曜石《こくようせき》の柱の間を行き来している。ケージの中の火から、いく筋《すじ》もの光が暗闇《くらやみ》にのびている。

〈こんにちは、ハブユニットのパー〉フィンは、背《せ》の高いエンダーマンに向けて思いを投げた。

ふたりは彼《かれ》をここでよくみかける。〈偉《い》大《だい》なる混沌《こんとん》、万歳《ばんざい》！〉

〈偉《い》大《だい》なる混沌《こんとん》の祝福《しゅくふく》がありますように、少年〉パーはいかめしく返事をした。型通《かたどお》りの答えだ。

すべてのエンダーマンは、偉《い》大《だい》なる混沌《こんとん》をあがめていた。全世界には、混沌《こんとん》と秩序《ちつじょ》があり、地上世界《オーバーワールド》の者たちは秩序《ちつじょ》を重んじるが、エンダーマンたちはちがう。そんなものはまやかしだ、これまでも、これから先もずっと。史上《しじょう》最悪のまやかし。

オーバーワールドの者たちは、侵入不可能《しんにゅうふかのう》な要塞《ようさい》を作れると考えていた。本当に完璧《かんぺき》なもの、永久《えいきゅう》に壊《こわ》れないものを作れると信じていた。

偉大《いだい》なる混沌《こんとん》に仕《つか》えるエンダーマンだけが、それが愚《おろ》かな考えだとわかっていた。それを証明《しょうめい》するのが、エンダーマンの聖《せい》なる義務《ぎむ》だ。真実を知っていれば、人生はずっとすばらしいものになる。どんなことが、いつ、だれに（またはなにに）起こってもおかしくない、それが真実だ。偉大《いだい》なる混沌《こんとん》は、だれにでも、遅《おそ》かれ早かれ訪《おとず》れる。混沌《こんとん》はいつか全世界《ぜんせかい》をのみこみにくる。

エンダーマンの使命は、偉大《いだい》なる混沌《こんとん》にできる限《かぎ》り協力することだ。エンダーマンにできる最高の巡礼《じゅんれい》の旅は、オーバーワールドにいき、秩序《ちつじょ》の力が創《つく》り出したものを実際《じっさい》にみて、破壊《はかい》することだった。こぢんまりした家からブロックをひとつ取り除《のぞ》けば、偉《い》大《だい》なる混沌《こんとん》は活動をはじめられる。雨や火が屋根の穴《あな》から降《ふ》ってくる。クリーパーたちが、家の基礎《きそ》にできた穴《あな》から入りこむ。泥棒《どろぼう》が忍《しの》びこんで、なにもかも盗《ぬす》んでいく。秩序《ちつじょ》はじつにつまらない。人生は、混沌《こんとん》を招《まね》き入れることで、ずっとずっとおもしろくなる！

〈こんにちは、ハブユニットのロップ〉モーは、別のエンダーマンに向けて思った。彼女《かのじょ》は紫《むらさき》のきらめく粒子《パーティクル》をまとい、島の縁《ふち》から虚空《こくう》をじっとみている。〈偉大《いだい》なる混沌《こんとん》、万歳《ばんざい》！〉

〈こんにちは、モー〉ロップは応答《おうとう》した。〈子《フラグメント》どもたちがもどるのを待っているのですよ。みんなオーバーワールドに、秩序《ちつじょ》をさがしにいったのです。秩序《ちつじょ》を壊《こわ》すために。わたしはあの子たちのことを、とても誇《ほこ》りに思っています。うちの家族《エンド》にとって名誉《めいよ》なことですから〉

〈きっとすぐもどってきますよ〉モーは、励《はげ》ますようにいった。

ロップは、振《ふ》り向いてモーとフィンを見下ろした。すごく高いところに、赤紫《あかむらさき》の目が奇妙《きみょう》に揺《ゆ》らめいている。

〈あなたたちはふたりきりなの？　元気がないの？　強くてたくましいハブユニットとスタックする必要があるんじゃないの？〉

モーは、後ずさった。おとなのエンダーマンは、子どものエンダーマンが保護者《ほごしゃ》なしでいるのを、とても気にする。直感的に、よくないと感じるらしい。モーは、おとなのエンダーマンの考え方が好きではなかった。なにかと堅苦《かたくる》しくて、型《かた》にはまっていて、かたくなだ。難《むずか》しい言葉をたくさん使う。子どもはそんなふうには考えない。フィンとモーはおとなみたいに考えなかったし、これまで知り合った子どものエンダーマンもみんな同じだった。おとなになると、なぜか魔法《まほう》がかかって偉《えら》そうになるようだ。

だがもちろん、ロップがそんなことをいったのは、そのときエンダードラゴンの島に大勢《おおぜい》のエンダーマンがうろついていたおかげだった。エンダーマンはふつうはただ、怒《おこ》りっぽくて、単純《たんじゅん》で、頭を殴《なぐ》られたクマよりちょっとましな程度《ていど》のものだ。ところがグループになったとたんに思考は複雑《ふくざつ》で生き生きしてくる。エンダーマンのグループは、〝エンド〟と呼《よ》ばれる。そしてエンダーマンの国は、ジ・エンドと呼《よ》ばれている。すべてのエンダーマンから成《な》る最大の〝エンド〟というわけだ。

ひとつのエンドには、成熟度《せいじゅくど》のちがうさまざまなエンダーマンがいる。エンダーフラグはハブユニットと呼《よ》ばれるおとなのエンダーマンのペアから分離《フラグメント》して誕生《たんじょう》した子ども《コピー》で、フラグメントとも呼《よ》ばれる。ナブユニットもおとなのエンダーマンだが、まだ分離《ぶんり》して自分のコピーを作り出したことがなく、自分の家族《エンド》をもっていない。クラックスユニットと呼《よ》ばれるのは大長老たちで、自分ひとりでフラグメントを分離《ぶんり》させて、自分のエンドを作った。つまりエンダーマンの始祖《しそ》だ。

知恵《ちえ》をつけていろいろなことをするために、ほかのエンダーマンたちとグループを作ることをスタックという。もちろん、自分のエンド内のユニットやフラグメントとグループになるのがいちばん楽だ。なぜなら、分離《ぶんり》した瞬間《しゅんかん》から自分のことを知っている家族《エンド》なのだから。しかし、エンダーマンは、ほかのグループのエンダーマンと組むこともできる。そうすることで強く賢《かしこ》くなれるし、ひとりでいるより安全で、ずるくなれる。ロップは、自分と組めば安全だといいたかったのだ。

レンガはひとつしかないとたいしたことはできない。せいぜいだれかの上に落ちて、けがをさせるくらいだ。しかし、レンガが百個《ひゃっこ》あれば壁《かべ》ができる。

だが、モーはそんなことはどうでもよかった。自分にはフィンがいる。それで十分だ。これまでもずっと、それで上手《うま》くいっていた。フィン以外のエンダーマンと組むと、全身がかゆくなって皮膚《ひふ》を引きはがしたくなるのだ（モーが気軽に組めるエンダーマンはもうひとりいたが、カンというその男の子のことを考えると気が散るし、今日はやることがあるから、考えないようにしている）。ほかのエンダーマンと組むと奇声《きせい》をあげたくなる。それに、力がみなぎってきて、走ったりジャンプしたりバク転したりしながら、ばかみたいにその辺を何周もしそうになるのだった。スタックしたほうが賢《かしこ》くなるのかもしれないが、モー自身は決して賢《かしこ》くなる気がしなかった。とにかくかゆいし、叫《さけ》びそうになるし、バク転しそうになるしで、集中できないからだ。もしかしたら、あと数年でモーがナブユニットになれば、そんな悩《なや》みはなくなるのかもしれない。モーとフィンは、まだぎりぎりエンダーフラグなのだ。

そうでなければ、モーがちょっとおかしいのか。それは、大いにあり得《え》た。

〈いえ、大丈夫《だいじょうぶ》です〉モーはきっぱり断《ことわ》った。

〈本当に？〉大きなエンダーマンは、さらに心配そうにいった。〈あなたとグループになってあげてもいいのよ。わたしは優秀《ゆうしゅう》なハブユニット。テレポートと戦闘能力《せんとうのうりょく》で、わたしにかなう者《もの》はいないわ〉

〈大丈夫《だいじょうぶ》です！〉モーは頭の中で怒鳴《どな》り、フィンのほうに駆《か》け出《だ》した。後ろは振《ふ》り返らなかった。

エンダードラゴンは、上空を何度も旋回《せんかい》しながら咆哮《ほうこう》を上げている。急降下《きゅうこうか》してきて黒曜石《こくようせき》の柱の間に飛びこみ、ときどき島の中心にある灰色《はいいろ》の石柱のエリアで休憩《きゅうけい》する。そこで、何度か吠《ほ》え、また飛び立っていった。

フィンとモーは、テレポートして一本の黒い柱の上に移動《いどう》した。クリスタルの火のそばの黒い石にすわって、しばらくエンダードラゴンをながめていた。ふたりはそうするのが気に入っていた。ふたりがエンドラと呼《よ》ぶそのドラゴンは、いつまでみていても相変わらず巨大《きょだい》なままで恐《おそ》ろしく、見飽《みあ》きることはなかった。背骨《せぼね》に沿《そ》って隆起《りゅうき》しているうろこ。見事な翼《つばさ》。大きな紫《むらさき》の目。ドラゴンが通過《つうか》するたびに、ふたりは大きな興奮《こうふん》と少しの恐怖《きょうふ》とで身震《みぶる》いした。

〈いってみたいと思う?〉モーは、コーラスフルーツをかじりながらたずねた。

〈どこへ?〉フィンはエンダードラゴンを目で追っていて、モーの言葉はほとんど頭に入っていない。ドラゴンがそばにいるというのに、妹の言葉など気にしていられなかった。今はドラゴンははるか下の島にいて、あの狭《せま》い石柱のエリアで休んでいる。

〈オーバーワールド〉

〈えっ、なんで? 人間がいるんだぞ〉

フィンにとって人間は、最悪だった。みんながよく転落する虚空《こくう》より恐《おそ》ろしい。おとなのエンダーマンより嫌《きら》いだ。だれかが集めた宝《たから》をねらう泥棒《どろぼう》よりいやだ。グランポよりずっといやだ。人間はエンダーマンを憎《にく》んでいる。

人間はエンダーマンを殺《ころ》して、その心臓《しんぞう》ともいえるエンダーパールを奪《うば》っていく。エンダーパールはどのエンダーマンももって生まれるもので、テレポートする力をさずけてくれる宝石《ほうせき》だ。いったいだれが、だれが心臓なんか奪《うば》うだろう？

〈なんていうか〉モーは、長くてまっ黒の脚《あし》をのばした。〈会って、倒《たお》して、もっと宝《たから》を手に入れたいの。コーラスフルーツ以外の食べ物をゲットできるし、偉大《いだい》なる混沌《こんとん》の役にも立てるでしょ〉

〈モー、ぼくらのハブユニットになにが起こったかわかってるだろ。ふたりともオーバーワールドにいって、もどってこなかった。オーバーワールドがなければ、ぼくらにもちゃんと家族《エンド》があったんだ〉

〈ふたりは雨にあったのよね〉モーは思い出して身震《みぶる》いした。エンダーマンにとって雨は毒《どく》だ。夏の夕立は、無数の銀の弾丸《だんがん》の雨のようなものだった。

〈次はきみの番。それが偉大《いだい》なる混沌《こんとん》の教えだ。偉大《いだい》なる混沌《こんとん》は恵《めぐ》むことも奪《うば》うこともある。同じことがぼくや、モーや、グランポに起こるかもしれない。ロップのエンダーフラグも例外じゃない。ロップは毎日あそこに立って子どもを待ってるけど、一度でもロップのフラグメントをみたことがあるか？〉

〈ううん〉モーは静かに思った。

フィンは、コーラスフルーツをひとつ、柱の外へ弾《はじ》き飛ばした。その実はゆっくり黄色の地面に落ちていった。〈だろ。だれにでも起こり得《え》るんだ。毎週、何人のエンダーマンが命を落としてると思う?〉

〈彼《かれ》らの尊《とうと》い犠牲《ぎせい》のおかげで、早く偉大《いだい》なる混沌《こんとん》の世の中になりますように〉モーは心からそう思った。

〈ああ、たしかにそう思う。秩序《ちつじょ》の手先はだれだと思う? 人間だ。ぼくらふたりの問題はすべて人間が原因《げんいん》だ。人間のせいで、ぼくらは自分のハブユニットの顔も思い出せない。人間がいるから、ぼくらは気が向いたときに気軽にオーバーワールドにいって、楽しくピクニックするわけにはいかない。だいたい、おもしろくないにきまってるよ。ぼくが保証《ほしょう》する。上の世界には、こっちよりいいものなんてないから。オーバーワールドにいくなら、もっともな理由はただひとつ。偉大《いだい》なる混沌《こんとん》の役に立つためだ。けど、それさえ、ぼくは、生きるのにうんざりしない限《かぎ》りやらない。だって、だれの役にも立ちたくないって、混沌《こんとん》の理想だろ?〉

フィンは自分の体のまわりを漂《ただよ》っている紫《むらさき》の粒子《パーティクル》を目で追った。それがみえれば、たとえ声はきこえなくてもエンダーマンがしゃべっているのだとわかる。テレパシーの細《こま》かい紫《むらさき》のきらめきが活発に動いて、体のまわりをふわふわ飛んでいるのだ。

〈わたしたちのハブユニットがしてたのはそれ？　偉大《いだい》なる混沌《こんとん》の役に立つこと？　命を捧《ささ》げること？〉

〈そうじゃないか。そう思いたいな。ぼくらに親がいないのは、偉大《いだい》なる混沌《こんとん》のとんでもなく意地悪なジョークでしかないなんて思いたくない〉

〈復讐《ふくしゅう》しにいこうか？〉モーは何気なく思った。〈ひと晩《ばん》じゅう人間を追い回したら、楽しいかもよ。人間の心臓《しんぞう》を奪《うば》って気晴《きば》らしするの〉

〈モー、オーバーワールドは危険《きけん》だ。仲間が殺《ころ》されてるところに、わざわざいくことないよ〉

〈そうね。それに必要なものは全部ここにあるし〉モーはフィンの黒く細い手を握《にぎ》った。

エンドクリスタルの光があちこちで輝《かがや》いている。これ以上美しい夜は、ふたりとも想像《そうぞう》がつかなかった。いつもと変わらない夜だ。フィンは長くほっそりした腕《うで》で双子《ふたご》の妹を引《ひ》き寄《よ》せ、四角い頭をやさしくなでた。

〈みて！〉モーがはっとした。〈今度はかなり近づいてきそう！〉

エンダードラゴンが、エンドクリスタルの上をひとつ、またひとつと通り過《す》ぎるたびに光を浴びて、ふたりのほうに飛んでくる。

〈やっほー、エンドラ〉モーはちょっと手を振《ふ》って、自分たちが立っている柱に向かって舞《ま》い降《お》りてくるドラゴンを迎《むか》えた。エンダードラゴンが相手にしてくれないのはわかっていたが、ふたりはしょっちゅう話しかける。ドラゴンはめったに返事をしない。

だが、今日はいつもとちがった。

エンダードラゴンが四角い黒い頭をふたりに向けたのだ。そして巨大《きょだい》な口を開けた。口の中は紫《むらさき》に輝《かがや》いていた。

〈幸《さいわ》いあれ、フラグメントのモー〉ドラゴンの思考がモーの頭の中にがつんと届《とど》き、火《ひ》の粉《こ》を吹《ふ》き飛ばすように響《ひび》いた。どのエンダーマンよりも大きく、よく通る思考だった。

モーは、コーラスフルーツを口に運ぶ途《と》中《ちゅう》で固まった。〈わたしの名前を知ってる！　なんで？〉

〈有名なんだろ〉と、フィンの思いが伝わってくる。嫉妬《しっと》していらだっているのがわかる。

エンダードラゴンは柱を通り過《す》ぎると体を傾《かたむ》け、悠然《ゆうぜん》と向きを変えてもどってきた。そして、虚空《こくう》に向かって甲高《かんだか》い声を上げた。

〈ハーク、フラグメント、フィン〉

〈ぼくの名前も知ってる！　すごい！〉エンダードラゴンは向かいにある柱のあたりで急旋回《きゅうせんかい》した。〈だけど、ハークって？　どんな意味だよ？　具合でも悪いんじゃないか？　吐《は》いたらどうしよう？　モーは〝幸《さいわ》いあれ〟といってもらえて、ぼくは〝ハーク〟かよ〉

〈ハークって〝ハロー〟のことよ〉モーは、心の奥底《おくそこ》でくすくす笑った。

〈そうか！　ハロー、エンドラ！　ハロォォォォウ！　ハーク！　ぼくらと友だちになりたいのかも！　なあ、モー？〉

モーは、どうだろうと思った。エンダードラゴンは、今度はまっすぐこっちに向かってくる。目には紫《むらさき》の炎《ほのお》が燃《も》えていて、友だちになりたそうにはみえない。ドラゴンはそばまでくると黒い翼《つばさ》でふたりのいる柱の上をかすめ、フィンとモーを軽々と跳《は》ね飛ばした。

〈去《さ》れ！〉ドラゴンの咆哮《ほうこう》がふたりの頭の中で響《ひび》きわたった。ふたりのそばのクリスタルの火が、恐《おそ》れおののいたように揺《ゆ》れる。尾《お》で空《くう》を打って鋭《するど》い音を響《ひび》かせると、ドラゴンは暗闇《くらやみ》に消えていった。

〈いまの〉フィンは思った。

〈かっこいい！〉モーが代《か》わりに続きをいった。ふたりはうれしくなって、赤紫《あかむらさき》の目を輝《かがや》かせた。

モーは、クリスタルの火を囲《かこ》っている銀色の格子《こうし》をひとつかみ取った。手ぶらで帰るのは、モーの主義《しゅぎ》に反する。

〈うちまで競争！〉モーは陽気に考え、姿《すがた》を消した。

フィンもモーを追って消えた。

第2章　ドームとドラゴン

フィンは、エンドシティのテロスのいちばん端《はし》で、黄色の丘《おか》のひときわ高いところにすわっていた。コーラスフルーツをかじりながら、下のほうにある塀《コートヤード》に囲まれた庭をじっとみている。コートヤードは島の中心にある塔《とう》と通路でつながっている。テロスにはそれほど大きくない塔《とう》がいくつもある。コートヤードの上の方には旗《バナー》が吊《つ》られ、無風の夜に静止している。コートヤードの下には、暗闇《くらやみ》があるだけだ。

そして、コートヤードの中にはエンダードームがあった。

モーはこの丘《おか》にきたがらない。〈くるなといわれてるところになんか、いきたくない〉と、必ずいった。そして、なにかほかのことに頭を切りかえ、その話を打ち切るのだった。しかし

フィンは好奇心《こうきしん》を抑《おさ》えられなかった。まだおとなにならないエンダーフラグたちが学び、ぶつ

かり合い、ボクシングの練習をし、訓練を受けるのをみるのがおもしろくてたまらなかった。それどころか、みていればだれとだれは仲が悪そうだとわかるし、たまにけんかが起こるのもおもしろかった。フィンは、完全に〝ばこりんぼ〟（フィンが作った言葉で、〝ばか〟で〝おこりんぼ〟という意味。エンダーマンはひとりになるとそうなる）になってしまわないように、スタックできるくらいに近づいていたが、追《お》い払《はら》われないくらいは遠ざかっていた。ここはエンダーフラグがオーバーワールドで生き延《の》びるための訓練をするところだ。偉大《いだい》なる混沌《こんとん》の役に立つために。人間と戦うために。

フィンはモーに、オーバーワールドに興味《きょうみ》はないといっていた。モーはフィンの思考を読めるので、それが本心だとわかっていた（そうでなければ、いやみをいわれていただろう）。ただし、本心といっても完全にではない。なんとなくそう思っているというだけだ。

フィンは、広くて明るくて温かい場所にいくことには興味《きょうみ》がなかったが、ほかのエンダーフラグといっしょにエンダードームで訓練を受けたくてたまらなかった。そして、エンダードームで学ぶ目的は、いつかオーバーワールドにいって、みるものすべてを破壊《はかい》するためだった。フィンは自分がエンダードームでみんなといるところを想像《そうぞう》した。成績《せいせき》はクラスいちで、みんなの人気者。そしてなにかおもしろいことを思いつけば、いつも話し相手が十人、いや、二十人はいる。それなのに、一日の終わりに、双子《ふたご》の妹と気難《きむずか》しいシュルカーしか話し相手がいないなんて。

今日、エンダーフラグたちはテレポートの練習をしていた。いきなりあらわれたと思ったら消えて、塔《とう》の上にあがり、コートヤードへもどり、外の丘《おか》へ、またコートヤードへ。ここ、そこ、そこらじゅうをめまぐるしく移動《いどう》した。

〈ぼくにもできる〉フィンは思った。〈ぼくなら、すごくうまいし、少なくともクラスの半分よりはうまくできる。いや、うまいほうから数えて四分の一に入れるかも。ああ、ぜったい上《じょう》位《い》四分の一だ〉

たしかにフィンは、ここではそれほどうまくテレポートできないかもしれない。しかし、うちにもどったらどうだろう？　船の上だったら？　シャッフル中《ちゅう》のカードみたいな素早《すばや》さで、消えたりあらわれたりできる。エース、キング、クイーン、ジャック。船首《せんしゅ》、船尾《せんび》、船倉《せんそう》、見《み》張《は》り台《だい》。どこでも思いのままだ。だったらエンダードームでほかのエンダーフラグたちみんなと学ぶべきだ！　どこにいてもテレポートできるようにならなきゃ。安心できて居心地《いごこち》のいい場所だけじゃだめだ。それなのに、こんなのひどい。

テレポートの最中にときどき、目的地までにある場所をいくつか通過《つうか》したように感じることがある。まるで世界が薄《うす》っぺらくなって、そこをあっという間に突《つ》き抜《ぬ》けるみたいな感じだ。それに、ほかのジ・エンドがいくつも透《す》けてみえるような気がする。このジ・エンドとよく似《に》ている……ただし、のどかで、静かで、すばらしいものや便利なものがあふれている世界だ。フィンはそういったほかの場所のことをたずねたかったが、訓練を受けさせてもらえないので、だれにもきけなかった。こんなのひどい。頭にくる。

だが、なにより腹立《はらだ》たしかったのは、フィンとモーは、ほかのエンダーマンがいなくてもとても賢《かしこ》いからだった。フィンにいわせれば、ひとりとひとりでくらべても、ふつうのエンダーマンよりはるかに賢《かしこ》い。モーも同じ考えだった。ふたりは、船にもどってきても、ほかのエンダーマンから遠く離《はな》れていても、〝ばこりんぼ〟にはならなかった。ふたりがエンダードームでほかのフラグメントたちといられたら、どんなに賢《かしこ》くなれるだろう！　エンダーマンはグループでいるときがいちばん賢《かしこ》い。グループが大きくなればなるほど、賢《かしこ》くなる。フィンとモーがこれだけ賢《かしこ》いなら、二十人そこそこのグループでは神になれるかもしれない。だが、そんなチャンスはもらえないのだ。

モーにいわせれば、自分たちに訓練などまったく必要ないそうで、今朝もフィンが出《で》かけるときにそういっていた（今朝といっても、実際《じっさい》の朝ではない。そもそも〝朝〟というのはオーバーワールドの言葉で、秩序《ちつじょ》の言葉だ。それでも、なんとなく昼と夜の区別はエンドロッドの光の具合《ぐあい》でわかるし、エンドロッドはかなり規則《きそく》正しく明るくなったり暗くなったりするのでフィンとモーはそれを時計と考えていた。だが、これは神聖《しんせい》なものをけがす考えでもある。混沌《こんとん》から秩序《ちつじょ》を作り、時間の概念《がいねん》のないところから時間を作り出すということは、つまり……いけないことだ。だからこそスリルもあるわけで、ときどき、フィンとモーは悪ガキになって、エンドロッドの輝《かがや》きが最大になるときを朝と考え、少し暗くなるときを夜とみなす。しかし、そのことはだれにもいわなかった）。

〈あんなとこにいっても、新しいことなんか、ひとつも教えてもらえないもん。もう、ふたりで学んだことばっかり〉モーは、その〝朝〟、思っていることをフィンに伝えた。〈わたしたち、小屋くらい作れるし、ものを集めて蓄《たくわ》えられるし、どこへでもいけるし、戦える。それに考え方は、まるでエンダードラゴンのすみかとそのまわりの島々をつなぐ道みたいに、筋道《すじみち》が通ってるし。わたしはいまの生活が気に入ってる。なんで変えなきゃいけないの？　さっきフィンも、変えることないっていってたでしょ。フィンはオーバーワールドにいきたくないし、わたしはドームにいきたくない。ほら、やっぱりわたしたち双子《ふたご》なのよ。意見がちがうときでさえ、同じなの。くだらないエンダードームにいって、すわり方や遊び方を学ぶことないでしょ〉

おもしろいことに、フィンには、モーが本気でそう思っていないのはわかっていた。モーは、いまの暮《く》らしに完全に満足してはいない。フィンは、モーがなにかを、だれかを、どこかを夢《ゆめ》見《み》るように、虚空《こくう》をみつめているところを何度もみたことがある。なにを考えていたのか、モーは決して教えてくれなかったが、フィンは無理に知ろうとしなかった。嫌《きら》われてもいいなら、突《つ》き止めることはできる。モーの心の中を、ちょっとのぞけばいいだけだ。しかし、それは失礼だし、自分が相手の立場ならものすごくいやだ。フィンはモーの秘密《ひみつ》をそっとしておき、自分の秘密《ひみつ》もそっとしておいてもらうことにした。これなら公平だ。公平という考えは、秩序《ちつじょ》につながるのはわかっている。とはいえ、秘密《ひみつ》は混沌《こんとん》の種だから、結局これでいいような気がする。ひとつフィンにわかっているのは、モーは自分でいっているほど幸せじゃないということだ。兄というのは、いつも妹のことがちゃんとわかっているものだ。

ふたりのたったひとりの友だち、カンという名前のエンダーマンは、フィンがそこまでエンダードームに執着《しゅうちゃく》するのがまったくわからないという。

〈訓練がいやでたまらない〉カンはいつもこぼしていた。〈ぼくは、うちのハブユニットにいわれて仕方なく毎日通っているけれど、つまらないし、みんな乱暴《らんぼう》だし、殴《なぐ》られれば痛《いた》いよ。オワリ監督《かんとく》が人間とか偉大《いだい》なる混沌《こんとん》とかについて授業《じゅぎょう》をはじめると、いつまでも終わらないから、ぼくはその間ずっと、どこか別のところで、だれにも殴《なぐ》られずに、音楽を演奏《えんそう》していられたらなって、思っている。家にいるほうがまだましだけれど、家もあまり好きじゃない。ぼくが弱気なことをいうと監督《かんとく》はきまって、もっとたくましくなれ、そうすれば苦痛《くつう》に感じなくなるとか、もっと速く動け、そうすればだれのパンチも食らわずにすむとかいう。けれど、ぼくはたくましくも速くもなりたくない。ぼくは苦しいのも痛《いた》いのもぜったいにいやだ。ドームに通わなくていいなんてラッキーだよ。ドームはすばらしいなんて、いわないでよ。きみはわかってない。きみのストレス解消《かいしょう》になるなら、何発か思いっきり殴《なぐ》ってあげてもいいよ〉

カンにそういわれても、フィンはあまりラッキーだとは思えなかった。結局のところフィンは、ハブユニットのいないフラグメント、つまり、この世界に親もいなければ居場所《いばしょ》もないんだから。自分はふつうじゃない。ぼくはただ、みんなと同じになりたいだけなのに、どうして、なれないんだ？　そもそも、どうしてぼくのハブユニットは、オーバーワールドにいかなきゃならなかったんだ？　ただ楽しく暮《く》らしてなんでいけないんだ？　さみしく、見捨《みす》てられたごみみたいに生きるのはいやだ。いや、もちろんそれはいいすぎだけど。もちろん人生には、たまにはいいこともある。それに、おとなは、ぼくらにひどいことをするわけじゃない。ただ……ぼくら双子《ふたご》の扱《あつか》い方《かた》がわからないだけだ。

おとなのエンダーマンは、フィンとモーがテロスに必要な物を調達《ちょうたつ》しにいったり、エンダー祭《さい》の光をみにいったりすると、ふつうにやさしくしてくれた。エンダー祭《さい》は盛大《せいだい》なお祭《まつ》りで、すべてのエンダーマンが偉大《いだい》なる混沌《こんとん》の誕生《たんじょう》と、この地の美しさ、それぞれの家族《エンド》の絆《きずな》を祝う日だ。もちろん、フィンとモーは、正式には参加させてもらえない。家族《エンド》をもたない者は、正式には参加できないのだ。一年のうちその日だけは、エンダーマンたちが音楽を演奏《えんそう》し、たくさんのエンドが集まってきて、みんなでお祝いの歌を歌う。双子《ふたご》は参加できなかったが、その光をみるのが大好きだった。ただ、ふたりがいるのはみんなから離《はな》れた、お祭《まつ》りの外だった。ふたりの世界のすべてが外にあった。

〈こんにちは、フィン。こんにちは、モー〉おとなのエンダーマンは、ふたりを通りでみかけると、必ず考える。〈あんな不運にみまわれたのに、ふたりで暮《く》らしていて大丈夫《だいじょうぶ》かしら？力が弱ってしまうんじゃないかしら？〉

〈ありがとう、いわれなきゃ思い出さなかったのに〉フィンはいつもそう切り返した。それでたいてい、おとなは黙《だま》ってしまった。

もうじき、エンダー祭《さい》だ。モーと、カンと、グランポに、なにか特別なプレゼントをみつけなければ、とフィンは考えていた。

そのときいきなり、エンダーフラグがひとり、フィンのそばの草の上にあらわれた。小柄《こがら》でがっしりした、女の子だった。フィンより背《せ》が低い。まっ黒な体に、紫《むらさき》のエネルギーがはじけている。そのエンダーフラグは、振《ふ》り返《かえ》ってフィンをみつめた。

だれかの思考に初めて接《せつ》するとき、ふつうはなにか親しみがみえる。みえるイメージはさまざまだが、それは思考を共有《きょうゆう》している相手について多くを語っている。最初にみえるイメージは、エンダーマンの心のスナップ写真といっていい。例えば、フィンがモーの頭の中をみると、ふたりが暮《く》らす船のイメージが迎《むか》えてくれる。船倉《せんそう》へのドアはいつも開け放してあり、その中にはいつもジ・エンドじゅうから集めてきた宝《たから》や、かわいい小動物があふれていた。とても小さなエンダードラゴンまで一頭いて、松明《たいまつ》にとまっている。モーは生き物が大好きだった。実際《じっさい》にみたことがあるのは、エンダードラゴンと、シュルカーと、エンダーマイトだけだったが、ブタ、ウシ、ヒツジ、キツネ、カメ、イカなど、オーバーワールドの生き物の話は何度も何度もきいたことがあったので、どれもよく知っているような気になっていた。モーの頭の中は、幸せな生き物でいっぱいの家のようだ。そこにいる生き物は、本物のブタや、ウシや、ヒツジや、キツネや、カメや、イカにそっくりにみえるのに、なぜか、少しも似《に》ていない。フィンがカンの思考をのぞいたときには、音符《おんぷ》が美しいらせんを描《えが》いておどっていた。カンは音楽が大好きだ。もちろん、フィンは自分で自分の頭の中をみることはできない。だが、モーによると、フィンの頭の中は美しく、くつろげそうな部屋で、開かれた本とそこに書きこむためのペンが、どのテーブルにも、椅子《いす》にも、床《ゆか》にまで置いてあったそうだ。

そばにあらわれたエンダーマンの女の子の頭の中をのぞくと、フィンにはその子の家族《エンド》がみえた。大勢《おおぜい》のハブユニットやフラグメントやナブユニットが、寄《よ》り集まり、しっかり腕《うで》をからめ合っている。どこまでがだれの腕《うで》で、どこからが別のだれかの腕《うで》なのかわからないほどだ。

ああ。この子、最悪。

〈偉大《いだい》なる混沌《こんとん》のお恵《めぐ》みで、こんなに遠くまで、一瞬《いっしゅん》にしてきてしまったわ〉女の子の息切れがフィンの頭の中に響《ひび》く。〈あなたも、そうだったのですね！　いっしょにもどりましょうか？〉

〈へえ、すごいな〉フィンはぼそっといった。

フィンは、うらやましくて内心むかついていた。そのうちこの子は姿《すがた》を消して、エンダードームに帰っていく。ぼくは食べかけのコーラスフルーツを手に、またひとりぼっちになる。ぼくらはそっくりにみえるけど、似《に》ても似《に》つかない。ぼくらは友だちじゃない。友だちになんか、なれっこない。この子の思考ひとつとっても、やたらきれいな、きちんとした言葉を使う。まるでおとなの真似《まね》をしようとしてるみたいだ。たくましく背《せ》が高くて、上品なテレパシー言葉をしゃべるエンダーマンを思わせる。そんなしゃべり方《かた》になったのは、この子がドームに通ってて、おとなたちのお気に入りで、きっといつもみんなからほめられてるからだろう。「えらいぞ、よく体を鍛《きた》えているし、凶暴《きょうぼう》だ。人間を踏《ふ》みつけるマシンだな」なんて、いわれてるんだろう。まあ、お上品な振《ふ》りもすぐにおしまいだ。ここはドームからずいぶん遠いから、スタックの力は届《とど》かない。ぼくはかなり訓練して、離《はな》れてる相手ともスタックできるようになった。なにもない、シティの外で暮《く》らしてれば、訓練しないわけにはいかない。けど、この子はそんな練習をまったくしたことがない。ここに数分、ぼくとふたりだけでいたら、この子の思考はこんな感じになる。〈わたし、強い。あなた、ばか〉。そしてたぶん、ぼくを殴《なぐ》る。そうなると、ぼくは、殴《なぐ》り返すことが偉大《いだい》なる混沌《こんとん》の役に立つかどうか、考えなきゃならなくなる。

〈ちょっと待《ま》って〉エンダーフラグは考えた。フィンには、その子の思考がフィンの頭の中から、波が引くように遠ざかっていくのがわかった。いつものことだ。まともなフラグメントなら、フィンがだれかわかると必ずそうする。あのふたりの片《かた》われ。あの変わり者たちのひとり。親のない兄妹《きょうだい》のひとり。壊《こわ》れた古い船にシュルカーみたいに住みついている、家族《エンド》のない双子《ふたご》の片《かた》われ。フィンの首筋《くびすじ》がぞわぞわした。しびれて感覚のなくなった足みたいだ。エンダーマンに意地悪くばかにされて笑われると、そんなふうに感じるのだ。

〈あなたのこと、知《し》らないけど〉フラグメントは続けた。フィンはいらついて、もぞもぞした。

〈あなた、わたしの訓練仲間じゃないわね。ドームから逃《に》げ出したの？　あなたのハブユニットはどこ？　あなたの家族《エンド》は？　この砂《すな》の丘《おか》にはだれもいないじゃない。いまは授業《じゅぎょう》時間中で

しょう。授業中《じゅぎょうちゅう》にひとりになってはいけないのですよ。エンダーフラグはみんな禁《きん》じられているでしょう〉

〈ぼくはいいんだ〉フィンはとげとげしく考えた。〈ひとりになっていいんだよ。双子《ふたご》の妹もね〉

女の子は赤紫《あかむらさき》の目を寄《よ》せて、考えた。〈わからない〉

〈ほら、きみの思考が衰《おとろ》えてきた。仲間と長いこと離《はな》れていたせいだ。仲間とくっついてない時間が長くなるとそうなる。ぼくの名前はフィン。双子《ふたご》の妹はモー。きみはコネカだね？〉

〈当《あ》たり〉コネカは首を振《ふ》った。〈ええ、コネカよ。けれど、どうしてコネカを知っているの？　コネカはあなたを知らないのに。なぜここにひとりでいて、わたしたちと訓練しないの？　ひとりは危険《きけん》だわ。コネカといっしょにきて〉

〈ぼくには家族《エンド》がない〉フィンはカッとなっていった。〈ハブユニットはいない！　ハブユニットがいないから、大集会《エンドムート》で決められた。ぼくら双子《ふたご》はみんなと離《はな》れて暮《く》らさなきゃならない、きみやきみの能天気《のうてんき》なお友だちといっしょにエンダードームに通ってはならないってね。家族《エンド》がなければ、ぼくらはちっとも頭がよくならないから、訓練を受ける資格《しかく》がない。そういわれ

たんだ〉

〈まあ〉コネカは思った。

〈〝まあ〟、だよな〉フィンは思った。〈けど、ぼくはきみにできることなら、なんでもできる。そのうちわかるさ。考えてみろよ。ぼくら双子《ふたご》こそ偉大《いだい》なる混沌《こんとん》の**本物**の申し子だよ。家族《エンド》というグループはひとつの秩序《ちつじょ》だけど、案外《あんがい》とみんなそれがわかってない。ぼくは秩序《ちつじょ》にしばられてない。きみとちがってね〉

〈もういきます〉コネカは決まり悪そうに思った。〈どうしたらいいか、なんといえばいいか、わからない。だから、いきます〉

〈どうぞ、勝手に〉フィンは草を蹴《け》った。

〈そうするわ〉

〈じゃ、いけよ〉

〈いくわ〉

〈だからいけって〉

コネカはフィンをにらみつけ、〈ばか〉と、意地悪く思った。

そして消えた。

フィンは立ち上がり、草の上を少しとぼとぼ歩いて島の縁《ふち》までいった。しばらくして、フィンは持っていたコーラスフルーツを縁《ふち》から投げた。食欲《しょくよく》がなくなってしまった。フィンは実が回転しながら虚空《こくう》に消えていくのをみていた。コネカこそばかだ。

〈みんなばかだ。どうでもいいや〉

しかし、どうでもよくはなかった。

どうでもいいわけがない。

モーは、ジ・エンドの中央の島で、背《せ》の高い黒曜石《こくようせき》の柱の上にいた。モーがもたれている銀のケージの中では、クリスタルの火が揺《ゆ》れながらあたりを照らしている。まるでとらわれた月のようだ。

エンダードラゴンが、輪を描《えが》いて飛んでいる。大きな黒い翼《つばさ》を羽ばたかせ、ゆったり軽々と空を舞《ま》う。まるで、空を飛ぶほうが、どかっと地面にすわっているよりもずっと楽だといわんばかりだ。ドラゴンの巨大《きょだい》な角《かく》ばった頭が、サメのように左右に動き、いくら探《さが》しても、みつからないなにかを探《さが》している。モーには想像《そうぞう》がつかなかった。あのドラゴンがほしがるものってなに？　ドラゴンが簡単《かんたん》に手に入れられないものって、いったいなんなの？

ときどき、ドラゴンはちょっと地面に降《お》り立ったが、決してそこで満足することはなかった。いつも、いつも、また黒い空へ舞い上がり、これまでと同じように円を描《えが》いて飛び続けるのだった。

〈いや〉エンダードラゴンの言葉が、モーの頭の中にあらわれた。まっさらな大きな紙に、だれかがその言葉を書いたようだ。エンダードラゴンは、モーがたずねたつもりのない質問《しつもん》に答えてきた。〈退屈《たいくつ》したことはない。これまで長く厳《きび》しい波瀾《はらん》の歴史《れきし》をみてきたが、一度もない。退屈《たいくつ》など、とっくに食ってしまった。あれはまだ、ほうき星が生まれたばかりの頃《ころ》。死の味がした〉

すごい！　エンドラがわたしに話しかけてる！　わたしに！　モーに！　親のないモーに！〝ハーク〟や〝幸《さいわ》いあれ〟みたいなかけ声じゃない。ちゃんとした話だ！　それに、フィンはいないのに！　フィンはエンダードームにいって、くだらない理由で落ちこんでる。わたしは、ほかのエンダーマンにのけ者にされても、わたしたちのことを勝手にいろいろ決められても、ぜんぜん気にしない。大事なのは、双子《ふたご》の兄さんと、わたしの宝《たから》と、わたしの友だちと、わたしのドラゴン。

正確《せいかく》には、モーの、というのは間違《まちが》いだ。ドラゴンが、だれかのドラゴンになることはない。ただし、モーほどその巨大《きょだい》なドラゴンのとりこになっている者はいなかった。モーのようにドラゴンを大事に思っている者はいなかった。モーが知る限《かぎ》り、だれもドラゴンを気にかけてもいないし、うっとうしいとさえ思っていない。エンダードラゴンというのは、オーバーワールドでいえば太陽みたいなものだ。ただそこにいて、そこにいるだけで十分なのだ。親切にする必要はないし、話しかけたり、かわいがったりする必要もない。そんなことをするのは変だ。

エンダードラゴンはときどき、双子《ふたご》に話しかけてやろうという気になることがあるらしいのだが、いつその気になるのかは予測《よそく》がつかない。それに、モーだけに、フィンがいないときに話しかけてくるのは初めてだった。ドラゴンは、とても気まぐれだ。あまりやさしくはない。しかし、それでも、ものすごくおもしろいのだ。モーにとっては、世界でいちばんおもしろい。

モーは集中して考え、柱の立ち並《なら》ぶ冷たい空気の中を、長くて黒いドラゴンに向けて発した。

〈偉大《いだい》なる混沌《こんとん》、万歳《ばんざい》！〉モーは陽気にいった。

〈勝手に吠《ほ》えるがいい〉エンダードラゴンは答えた。

〈なぜ、いつも同じ島の上で同じように円を描《えが》き続けるんですか？　なぜ……どこかへ飛んでいってしまわないんですか？　そんなに大きくて強いんだから、どこにだっていけるし、なんでもできるし、だれにも止められないでしょう。冒険《ぼうけん》をしたらいいのに。わたしがドラゴンなら、そうします〉

ドラゴンは紫《むらさき》の目を片方《かたほう》だけこちらに向けて、夜空をゆうゆうと滑《すべ》るように飛ぶ。

〈冒険《ぼうけん》をしていないようにみえるか？　いま、あわれな滅《ほろ》びゆくお前の目にはそう映《うつ》っているのか？〉

〈ええ、冒険《ぼうけん》をしてるようにはみえません。あなたはくるくる回ってるだけ。それは冒険《ぼうけん》ではありません。散歩ともいえないかもしれません〉

〈そう思うのか〉ドラゴンは静かなうなりを上げた。〈これだから小物は困《こま》る。お前のような者どもは、その程度《ていど》だろうな〉

〈ちょっと、もう少しやさしいいい方《かた》はできないんですか〉モーは少し傷《きず》ついた。モンスターにどう思われようと、傷《きず》ついたりするのはばからしいとわかっていたが、それでも傷《きず》ついた。

　ドラゴンは空高く昇《のぼ》り、思考が雨のようにモーに降《ふ》り注《そそ》いでくる。〈やさしくないからな。これで納得《なっとく》しただろう？　やさしさも食ってしまった。あれは火山がまだ火の噴《ふ》き方《かた》を知らない頃《ころ》。やさしさとは、わずらわしきものでしかない〉

〈だったら、わたしが間違《まちが》ってるって証明《しょうめい》してください。あなたは大物なんだから。あなたの冒険《ぼうけん》のこと、話して〉

〈冒険《ぼうけん》はこれからはじまる〉

〈じゃあ、冒険《ぼうけん》しにいけば?!〉

〈お前はなにもわかっていない。愚《おろ》かで卑《いや》しく、なにもわかっていない。お前などにかまって、時間を無駄《むだ》にしてしまった。ドラゴンの時間はダイヤモンドよりも貴重《きちょう》なのだ〉

　モーの目に涙《なみだ》がこみあげてきた。〈そんなに意地悪しなくたっていいじゃない〉

〈やさしくする必要もない。ドラゴンはいかなる法にも、何者にも従《したが》わない〉

〈わたしもドラゴンだったらいいのに！　そしたら、だれにだって好き勝手いえるし、なにも仕返しされない。だって、すごく大きくて、まっ黒で、恐《おそ》ろしくて、口から火を吐《は》くんだもん。わたしがドラゴンなら、役立たずのコウモリみたいにくるくる飛び回ってなんかいないない〉モーは必死で涙《なみだ》をこらえた。〈わたしやフィンを傷《きず》つけるやつは、みんな焼きつくしてやる！　オーバーワールドに飛んでいって、恐《おそ》ろしいことがひとつも起こらないようにしてやる！　エンダーマンを傷《きず》つけるやつはみんな倒《たお》してやる！〉そしてわたしのハブユニットを連《つ》れもどす、とはいわなかったが、モーは心からそう思って胸《むね》を押《お》さえた。だが、そんなことはあり得《え》ない。モーのハブユニットは、死んでしまったのだ。ドラゴンさえ、ふたりを連《つ》れもどすことはできない。モーは、ふたりをよく覚えていなかった。オーバーワールドで消えたエンダーマンを全員並《なら》ばせたとしても、モーにはだれを助ければいいのかさえわからないだろう。

エンダードラゴンはぐっと高度を下げ、その影《かげ》におとなのエンダーマンたちがはっとした。おとなたちは空を見上げて、ドラゴンをぽかんとみつめている。

〈モーよ、お前はドラゴンではない。フラグメントだ。いや、フラグメントでさえない。お前はフラグメントのフラグメントだ。ドラゴンではないお前の頭ではとうてい理解《りかい》できないだろうが、こうして、たったいまここで、この島に立ち並《なら》ぶ柱の間で過《す》ごすのは、わが無限《むげん》の終わりなき生命のうちで最も喜《よろこ》ばしいことなのだ〉

〈わからない〉

〈いかにも。いっただろう。お前は愚《おろ》かだ〉

〈愚《おろ》かじゃないもん！〉

〈去れ。お前にはうんざりだ〉

〈でも、あなたの冒険《ぼうけん》の話をききたいの！　なぜ話しかけたの？　わたしにひどいことをいうためだけ？〉

〈なにより胸《むね》が高鳴るのは〉エンダードラゴンの言葉がモーの黒い頭の中に低く響《ひび》く。〈冒険《ぼうけん》がはじまる直前なのだ。はじまる前なら、まだ可能性《かのうせい》はあるからな。ただの可能性《かのうせい》だが、冒険《ぼうけん》がいつもとちがう終わり方《かた》をするかもしれない。いまは穏《おだ》やかだ。平穏《へいおん》は心を休ませてくれる。だがじきに冒険《ぼうけん》がはじまり、冒険《ぼうけん》の終わりには必ず苦痛《くつう》が待っている。冒険《ぼうけん》が終わるたびに、そもそもこれは己《おのれ》の冒険《ぼうけん》だったのだろうかと問わねばならないのだ。ひょっとしたら、他者の冒険《ぼうけん》を邪魔《じゃま》しているにすぎないのかもしれない〉

　モーはため息をついた。〈なぞかけでわたしをばかにするのを、やめてくれるとありがたいんだけど〉

　ドラゴンは口から炎《ほのお》をひと筋暗闇《すじくらやみ》へ吐《は》き出した。〈目の前から消えてくれるとありがたい〉

〈なによ〉モーはみじめな気持ちになった。〈もういい。あなたとよりも、グランポと話したほうがまし。あなたは意地悪なだけ。お昼ごはんを持ってきてあげたけど、どうでもいいんでしょ。こっちも、どうでもいいから！　ただうちに転がってたから持ってきたけど、あなたのためってわけでもないし。ばかばかしい〉

モーは、よく熟《う》れたコーラスフルーツをインベントリから出し、柱の上の、ドラゴンが取りやすい場所にそっと置いた。

エンダードラゴンは、しばらくその場に浮《う》かんだまま、モーの贈《おく》り物をみつめた。

〈もうそこまできたか〉ドラゴンは低い声で考えた。〈ふむ、なるほどな〉

〈どういうこと？　わからない〉

〈お前は虫だ。虫になにがわかる？〉

〈それでも、あなたが大好き〉モーは、ドラゴンが返事をしてくれるときには必ず、そういうことにしている。そうすれば、たとえドラゴンが愛を朝食に食べて、口の中で火を熾《おこ》すのに使ってしまったとしても、思いは伝わる。

〈時間の無駄《むだ》だ。去るがよい〉エンダードラゴンの尾《お》が闇《やみ》に消え、モーの前から飛び去っていく。

〈ふん〉モーは、中で火が燃《も》える銀のケージを蹴飛《けと》ばした。〈あんなの、ただ、でかくて役に立たないヘビじゃない。どうでもいいもん〉

しかし、どうでもよくはなかった。

どうでもいいわけがない。

モーはコーラスフルーツをその場に残し、高い黒曜石《こくようせき》の柱からテレポートした。

ずいぶんたってから、エンダードラゴンはもどってきて、コーラスフルーツを長い燃《も》える舌《した》でさらった。そして、うまそうに食べた。

第3章　カン

〈起きろ、お前ら嫌《きら》い〉

グランポの思考が、フィンとモーの頭の中で、目覚まし時計《どけい》のようにあらわれたり消えたりした。

〈起きろ、お前ら嫌《きら》い〉

フィンは、うーんと体をのばした。エンダーマンは立ったまま眠《ねむ》る。ベッドはジ・エンドでは使えない。ベッドのようなものを作って横になると、爆発《ばくはつ》するのだ。いずれにしても、エンダーマンには長い睡眠《すいみん》は必要ない。少し猫《ねこ》に似《に》ていて、どこでもちょっとずつ眠《ねむ》る。

〈起きろ、お前ら嫌《きら》い。だれかが船に近づいてくる。そいつら嫌《きら》い。追《お》い払《はら》え。いますぐ追《お》い払《はら》え。あいつら大嫌《だいきら》い。また同じことが起こる。止めろ〉

　モーは、剣《けん》の山からエンチャントされた鉄の剣《けん》を一本とって、船倉《せんそう》のドアから頭を出してみた。用心に越《こ》したことはない。人間はオーバーワールドに住んでいるだけではない。ときには、ジ・エンドにあらわれることがある。ふたりはそう教わった。実際《じっさい》にはまだ人間があらわれたことはないが、そのうちきっとあらわれる。それは避《さ》けられない。そして人間は、船が宝《たから》を満《まん》載《さい》していると知ったら、頭がおかしくなってしまうだろう。モーにいわせれば、人間はもともと頭がおかしいのだが。

　モーは地平線を見渡《みわた》した。テロスがそびえ、あちこちにエンドロッドが輝《かがや》き、旗《バナー》が吊《つ》り下がっている。その向こうには、穏《おだ》やかで深い夜が広がっていた。いつも通りだ。だれもみえない。

〈本当にだれかくるの、グランポ？　かわいいグランポちゃん〉モーが呼《よ》びかけた。

〈嫌《きら》ーーーい〉シュルカーが下で怒《おこ》っている。〈かみついてやる〉

〈わかった、わかった〉モーは、またドアから頭を出してみた。

〈だれかいます？〉モーは、遠くまで届《とど》くように思考を飛ばした。だれかいればキャッチできるはずだ。〈こっちよ、人間いる？　おーい、人間！〉

〈友よ、ぼくは人間じゃない。けれど、きみの持ち物を盗《ぬす》んであげてもいいよ、今日は人間ごっこしたい気分?〉モーの頭の中に、思考が流れこんできた。だれの思考だか、すぐにわかる。ジ・エンドでたったひとりの、モーとフィンの友だちだ。

〈やっほー、カン!〉

グランポが殻《から》の中でうなる。〈ほらな? あいつ、またきた。あいつ嫌《きら》い。おれっち、あいつが……あいつがくるの、嫌《きら》い。うんざりだ。あいつ、しょっちゅうここにくる。あいつ、ここに住んでない。あいつ嫌《きら》い。追《お》い払《はら》え。あいつ、こないようにしろ〉

子どものエンダーマンが、くすんだ紫色《むらさきいろ》の船のデッキにあらわれた。長い腕《うで》を片方《かたほう》上げて、あいさつする。もう片方《かたほう》の手には、茶色のチェック柄《がら》の音ブロックを持っている。カンがいちばん自慢《じまん》にしている品だ。カンはフィンよりも背《せ》が高くてやせているが、いつもとてもシャイなので、フィンよりも、モーよりも小さいようにみえる。目は、大きくて美しい。それなのに、カンはいつも目をできるだけ細くして隠《かく》し、目立たないようにしている。

カンの目は、ほかのエンダーマンのように、大《おお》きく鮮《あざ》やかな赤紫《あかむらさき》の目ではないからだ。

カンの目は緑だ。

なぜそうなのか、だれにも理由はわからない。これまでのジ・エンドの歴史《れきし》のなかで、ほかに緑の目をしたエンダーマンはいなかった。それがみんなを困《こま》らせた。気味悪く思う者《もの》もいて、テロスではだれもカンの目をみようとしなかった。

フィンとモーは、まったく気にしなかった。生まれつきみんなとちがう者《もの》もいるというだけのことだ。親のない者《もの》もいれば、緑の目をした者《もの》もいる。モーは、緑の目は、はっとするほど美しいと思う。ジ・エンドで、カンの目とまったく同じ色のものはほかになかった。カンの目は、オーバーワールドの草のような緑なのだ。エメラルドのような緑。太陽に輝《かがや》く木の葉の緑。

カンはモーに向かって、黒い手を両方とも上げて振《ふ》った。

〈また家出してきちゃった〉緑の目のエンダーマンは、得意《とくい》げにいった。〈ハブユニットに連《つ》れもどされそうになったけど、逃《に》げきったよ。ぼくのほうが速いからね。オワリ監督《かんとく》がぼくを引きずっていこうとしたけど、振《ふ》りきったんだ。ぼくのほうが力は強いからね。つまり、訓練の効果《こうか》はあるけれど、おとなたちの思い通りにはならないということ。おとなはみんな最悪だよ。ぼくががまんできそうだと思うたびに、その期待を裏切《うらぎ》ってくれる。ここに隠《かく》れさせてもらっていい？〉

〈いつだって歓迎《かんげい》よ、さあ、入って、入って〉と、モー。

〈おれっちのいったこと、無視《むし》しやがったな!〉グランポがなげいた。

こうして仲間がそろった。三人はいつもこんな具合で、フィンとモーとカンは、朝も、昼も、夜も、離《はな》れていられない親友だった。だが、カンのハブユニットはふたりともそれを認《みと》めていない。認めている者など、いなかった。

フィンとモーはどのエンダーマンからも離れて、テロスのはずれに住んでいる。ふたりには家族《エンド》がない。みんなからみれば、それだけで十分ふたりは危険《きけん》だった。

カンにとっては、そんなふたりが刺激的《しげきてき》だった。エンダーマンには、家族《エンド》がすべてだ。だからカンにとって、フィンとモーはどうでもいい相手のはずだ。だが、ふたりはどうでもよくはなかった。それどころか最高の相手だった。

エンダーマンは家族《エンド》の一員だからこそエンダーマンであり、自分の家族《エンド》あってこそのエンダーマンだ。だから、テロスではだれも、フィンとモーをどうしたらいいのかわからないでいた。

ハブユニットがオーバーワールドからもどってこなかったから、フィンとモーはふたりきりで壊《こわ》れそうな古い船に住んでいる。そのためほとんどのエンダーマンは、ふたりのことを恐《おそ》ろしいほどのばかだと思っていた。だってそうだろう、ふたりの家族《エンド》は、自分たちと一匹《いっぴき》のシュルカーだけなのだから。それは家族《エンド》とはいえない。それはただの……寄《よ》せ集めだ。そんなわけで、エンダーマンたちは、ほぼ、ほぼ、双子《ふたご》を放っておいてくれた。ふたりが困《こま》るのは、シティにいくときだけだった。

しかし、カンは双子《ふたご》の秘密《ひみつ》を知っていた。ふたりがばかだなんて、とんでもない。ふたりは、いっしょにいて楽しい。エンダードームのエンダーフラグや、あのいやな監督《かんとく》や、カンがこれまでに出会ったどのハブユニットやナブユニットやフラグメントよりずっといい。もしかしたら、双子《ふたご》だからかもしれない。カンには、ほかに双子《ふたご》の知り合いはいなかったが、もしかしたら、双子《ふたご》というのは、みんなフィンとモーみたいなのかもしれない。あるいは、カンの緑の目のようなもので、ちょっとした変わり種なのかもしれない。とにかく、フィンとモーはふたりだけで十分やっていけるのだ。ふたりスタックでは、ふつうならせいぜいふたりで十まで数えられるかどうかだ。最低でも三人いなければ、まともな会話は成立しない。ただ、フィンとモーは、だれからもまったく助けてもらわずに、ふたりスタックで暮《く》らしている。そして、カンを含《ふく》めて三人そろえば、いい意味で十分すぎるほどだった。

カンには、ちゃんと自分の家族《エンド》がある。ほかのエンダーフラグたちと同じだ。しかし、カンはちっとも、家族《エンド》が自分の一部だと思えず、しょっちゅう家出していた。今週はこれで三回目だ。カンは家出するときの気分がとてもいやだった。船にたどり着くまでずっと、それがいやでたまらない。意地悪で、ばかで、おこりんぼで、傷《きず》ついていて、自分がどこに、なぜ向かっているのかわからなくなりそうになる。しかし、船までくれば、すばらしいスタックが連鎖的《れんさてき》に起《お》こるのだ。すると、カンは自分が驚《おどろ》くほど落ち着いて、賢《かしこ》くなっていくのを感じた。それは、カンがうちにいるような気《き》になれるからだった。家族《エンド》とではなく、友だちと。

モーは、カン以外に家出したことのあるエンダーマンに会ったことはない。しかし、カンは三、四日おきに家出する。モーは、このやせた黒い友だちを責《せ》める気はなかった。カンの気持ちはわかる。少なくとも、わかっているつもりだった。モーも、不愉快《ふゆかい》なくだらないグループのなかで、いちいちにらみつけられたり、やることを指図《さしず》されたり、勝手な理想像《りそうぞう》を押《お》しつけられたりしていたら、いやになって逃《に》げ出すだろう。それに、逃《に》げ出した者がお仕置きされるのは、おかしいと思う。なぜなら、逃《に》げることも秩序《ちつじょ》への反抗《はんこう》なのだから。決まりに従《したが》って大《だい》嫌《きら》いな場所にとどまるのは、秩序《ちつじょ》の力に屈《くつ》することだ。

モーは、カンの先に立って船倉《せんそう》に下りていった。フィンは、コーラスフルーツを鉄の防具《チェストプレート》にのせ、松明《たいまつ》の火で炒《い》っている。そうすると、奇妙《きみょう》な、すっぱい紫《むらさき》のポップコーンができる。それはどうしても食べられないのだが、実がはじけるのをみるのはとても楽しい。たまに、グランポが食べることもある。ポップコーンをひとつかみ、グランポの殻《から》の中に魚の餌《えさ》みたいに撒《ま》いてやると、食べるのだ。〈どうも〉と、グランポはいう。〈おれっち、これ嫌《きら》い。かみついてやる〉そういいながら、必ず全部たいらげるのだった。そして、どうやったらポップコーンを消化できるのかきいても、ぜったいに教えてくれなかった。

フィンは、調理用のミトンがわりに使う、エンチャントされた鉄の籠手《ガントレット》手をはめたまま、黒く長い手を振《ふ》った。コーラスフルーツが元気よくはじける——ポン！　ポン！　ボカン！

カンは、コーラスコーンのかおりを、胸《むね》いっぱいに吸《す》いこんだ。恐《おそ》ろしくくさいが、ほっとするにおいだ。

〈ここはうちよりもずっといい〉カンは悲しそうだった。〈きみたちといっしょに、ここで暮《く》らせたらいいのに〉

〈もう満員〉フィンは冗談《じょうだん》めかして答えたが、カンの心に届《とど》けなかった思いはこうだった。それができたら最高だけど、そんなことをしたら、きみのハブユニットはぼくらを本気で、殺《ころ》しにかかるだろう。そして、ナイフのように危険《きけん》な影《かげ》になって、この船を襲《おそ》いに来る。そうなったら、ぼくらは二度と、不気味で食べられないポップコーンを作れなくなる。

カンは船内の片隅《かたすみ》に置いてある、エメラルドのブロックひとつと、一足《いっそく》の古いブーツの間にすわった。そして脚《あし》の間に音ブロックをはさんだ。しばらくの間、カンは、音ブロックにただ頭をのせ、なにも考えずにいた。少なくとも、だれかに届《とど》くようには考えなかった。エンダーマンは、本気でやろうと思えば思考を隠《かく》すことができる。ただしそれは、あり得《え》ないくらい失礼なこととされていた。

カンは泣いてはいなかった。エンダーマンは、実際《じっさい》に涙《なみだ》を流すことはできないからだ。しかし、フィンとモーの頭の中には、細《こま》かな白いきらめきがみえていた。テロスの塔《とう》の端《はし》にあるエンドロッドからこぼれ、ずっと下の地面まで落ちていくきらめきだ。ふたりは、それがなんなのかわかっていた。人間も、目から水がこぼれるのをみたら、どういうことかわかるだろう。

ようやく、カンは音ブロックの茶色のやわらかい表面を軽くたたきはじめた。フィンは待ちわびたようにため息をつき、長い脚《あし》を組んですわっている。モーは身を乗り出して耳をすませた。カンほど美しく音楽を奏《かな》でられるものはいない。たしかに、フィンとモーはときどき音ブロックをみつけることがある。たいてい、人間がエンダードラゴンを倒《たお》すのに失敗し（必ず失敗する）、死が訪《おとず》れるときに音ブロックを落とす。だが、フィンやモーが演奏《えんそう》しようとしても、せいぜい短く、鋭《するど》い音を出せるくらいで、とてもひとつの曲にまとめられなかった。

カンが音楽を奏《かな》でると、空までがその音楽にきき入《い》る。

カンの手が音ブロックの上で動き、音楽が流れ出した。音楽は船倉《せんそう》に響《ひび》き、外のデッキにこぼれ出る。その曲にはあらゆる感情《かんじょう》が宿り、悲しいと同時に楽しく、怒《いか》りとともに希望に満ちていた。同時に、速く軽快《けいかい》なテンポで、つい音楽に合わせてステップを踏《ふ》んでしまう。その音楽をきいていると、おどりだしたくなり、友だちをハグしたくなり、外に飛び出して世界を手に入れたくなる。せめて、あれこれ指図《さしず》する連中にぎゃふんといわせてやりたくなるのだった。

グランポの殻《から》がちょっとだけ開いた。黄《き》緑《みどり》の小さな頭がそのすき間からのぞいている。カンは演奏《えんそう》をやめた。

〈当ててみようか〉カンはシュルカーに思考を伝えた。〈嫌《きら》いなんでしょ〉

ずいぶん長いこと返事がなかったが、そのうちシュルカーは答えた。〈嫌《きら》いじゃない〉

三人のエンダーマンがいっせいに息をのんだ。信じられない。もちろん、カンの演奏《えんそう》はすばらしい。最高だ。ただし、グランポはなんでも嫌《きら》いなのだ。カンが思うに、その点では、グランポはカンのハブユニットに似《に》ていた。

〈おれっち、その音楽、**ものすごく嫌《きら》いだ**〉シュルカーは、怒《おこ》っていい捨《す》てると、トサッと殻《から》を閉じてしまった。

カンは、にっこり笑ってフィンとモーを振《ふ》り返った。カンは、ジ・エンドはじまって以来のハンサムなエンダーマンだ。モーはそう思った。フィンもそう思った。しかし、三人がテロスにいって、どこまでも続く紫《むらさき》の道でほかのエンダーマンとすれ違《ちが》うとき、おとなたちがカンをおぞましいくらいみにくく、ぶざまだと思っているのがいつも伝わってきた。目がこわい。なんて間抜《まぬ》けづら。奇妙《きみょう》。ぞっとする。そんなおとなたちの思いに、モーは怒《おこ》った。カンはすてきよ！　なんでおとなにはわからないの？　テロスのみんながカンの演奏《えんそう》を耳にしたら……。

しかし家族《エンド》は、カンの演奏《えんそう》も認《みと》めようとしなかった。

〈今朝、この曲を弾《ひ》いてたら、第二ハブユニットにきかれた。彼《かれ》はかんかんに怒《おこ》っていたよ。無理もない。音ブロックのことは忘《わす》れろって、何度も何度もいわれていたから。「やめろ」って怒鳴《どな》られた。「気持ちの悪い音を出すんじゃない！　音楽は秩序《ちつじょ》に仕《つか》えるものたちの象徴《しょうちょう》だ！　こんなものをうちに持ちこんで！　これ以上、ききたくない！　エンダーマンらしくしろ！　おれたちのように！　オーバーワールドへいって、人間を倒《たお》せ！　仲間のエンダーフラグのように、混沌《こんとん》に仕《つか》えろ！　食って、戦って、喜《よろこ》べ！　なぜふさぎこんで、歌ってばかりいる？　お前はみじめなオウムか?!」って。そのあと、ぼくの音ブロックを壊《こわ》そうとした〉

〈ひどい〉フィンは考えた。〈ぼくらのハブユニットも、そんな感じだったのかな〉

〈けれど、もしもぼくが逃《に》げようとしたり、音ブロックを守ろうとしたりすれば、もっとひどいことになるんだ！　ぼくがいなくなると、ぼくの第一ハブユニットも第二ハブユニットも、その親にあたるハブユニットも、ナブユニットも、ぼくのきょうだいにあたるエンダーフラグもみんな元気がなくなって、ぼやけてしまう。だから、みんな大声を上げて追いかけてきて、ぼくを家族《エンド》に連《つ》れもどすんだ。ぼくがぜんぜんもどりたくなくてもね！　ぼくはオーバーワールドにいきたくないよ！　オーバーワールドなんか、どうでもいい！　まぶしくて、ひどいところなんだから！　ぼくは戦士《せんし》にはなりたくない。偉大《いだい》なる混沌《こんとん》だって、どうでもいい！〉

モーは息《いき》をのんだ。偉大《いだい》なる混沌《こんとん》をけがしちゃいけない。ひどい侮辱《ぶじょく》だ。そんな考えをもっているとおとなに知られたら……。

〈エンダーマンが、ひたすら人間を倒《たお》し、戦って、ものを破壊《はかい》しなきゃならないなら、ぼくは、ちっともエンダーマンでいたくない。ぼくはただ音楽を奏《かな》でていたいんだ。ぼくはこのグループで暮《く》らしたい！　カンと、フィンと、モーと、グランポと、この船！　これがぼくの家族《エンド》だ。いまの家族《エンド》はぼくのことをわかっていない。決してわかってくれない〉

〈ああ、ぼくらも、この家族《エンド》が好きだ〉と、フィン。

三人《さんにん》とも、それからしばらく黙《だま》りこんだ。

〈あとどれくらいで、迎《むか》えにくるかな？〉モーは、それとなく考えた。カンはその話はしたくないだろうが、ハブユニットがカンを連《つ》れもどしにくると、船にかなりのダメージを残していくことが多い。

〈さあ〉カンの思考はとてもしんみりして、ささやきのように伝わってきた。〈ハブユニットなんか、いないほうがいい〉

〈そんなこというなよ〉フィンは怒《おこ》った。

〈そんなこと思《おも》わないで〉モーの思考も同時に伝わった。

いまでは、カンの思考はあまりにもひっそりしていて、フィンとモーにやっと読み取れるかどうかだった。カンの考えはふたりの頭の中で、いまにも消えそうなロウソクのように揺《ゆ》らめいた。〈じゃあせめて、みんなと同じに生まれたかった。ほかのみんなみたいに、戦ったり、破壊《はかい》したりするのが好きだったらよかった。音楽なんてきいたことがなければよかった。ふつうになりたいよ。どうして偉大《いだい》なる混沌《こんとん》はぼくをこんなふうに作ったの？〉

〈カンは、いまのままがすてきだよ〉モーは思った。

いきなり、グランポの殻《から》がトサッと開いた。と思ったら、また閉《と》じた。そして開いて、閉《と》じて、開いて、閉《と》じて、開いて、閉《と》じて、どんどんせわしく騒々《そうぞう》しくなってきた。

〈**船に近づいてくるぞ**〉シュルカーは、三人の頭の中で金切り声を上げる。〈**船に近づいてくる。でかいやつ。**嫌《きら》い。嫌《きら》い。嫌《きら》い。嫌《きら》い。**やつらにかみついてやる。ぜったいに。おれっちにかみつかせろ。後悔《こうかい》させないから。おれっちがやつらにかみつけば、すべてよくなる。おれっちを信じろ。グランポいい子《こ》**〉

フィンとモーは船倉《せんそう》のドアのほうを向いた。カンの第二ハブユニット、カーシェンの恐《おそ》ろしい思考が、ふたりの頭の中に点滅灯《てんめつとう》とサイレンのようにあらわれた。

〈**カン！　この虚空《こくう》のどこにいる?!**〉

怒《いか》りくるい、尊大《そんだい》で、あのおとなにありがちな変なしゃべり方が耳ざわりだ。この船には十分な人数のエンダーマンがいるので、カーシェンは思い通りに話せるだけの知力《ちりょく》を集めることができている。

〈カン！　必ずみつけだしてやるぞ！〉

〈いかなくちゃ〉カンはうなだれて、音ブロックを、がりがりの黒い腕《うで》で脇《わき》に抱《かか》えた。〈きみたちの宝物《たからもの》がひとつでも破壊《はかい》されたらいやだから。この間はひどいことになったからね。ぼくはうちのハブユニットたちの振《ふ》る舞《ま》いがはずかしい。ごめんね〉

〈カン！　お前は見かけ以上の愚《おろ》か者だ！　ハブユニットの前に姿《すがた》をみせろ！　われわれに、お前のくだらない駆《か》け引《ひ》きにつきあう暇《ひま》はない。出てこい。事件《じけん》が起こる。恐《おそ》ろしいことが起ころうとしとるんだ〉

ひとりのエンダーマンは、グループでいるときとくらべれば、賢《かしこ》くも強くもない。しかし、エンダーマンはひとりだけでも、力は強い。カーシェンが上部デッキで暴《あば》れている音がきこえてくる。マストに取りつけられたはしごの踏《ふ》み板《いた》が、カーシェンに殴《なぐ》られて割《わ》れる音がした。

〈いかなくちゃ〉カンはもう一度いったが、立ち上がらなかった。

〈なんのことかな？〉モーはとっさに思った。〈恐《おそ》ろしいことって？〉

〈わからない。ぼくが出てきたときは、なにも起こっていなかったよ。静かだった。まあ、いつものように、まともなエンダーマンは音楽など大嫌《だいきら》いだって、しばらく怒鳴《どな》られたけど〉

〈カン！〉

〈今日は、ぼくがフラグメントになった日なのに〉カンはしずんでいた。〈だれも覚えてくれていない〉

　エンダーマンは、人間が生まれるようには生まれない。幼《おさな》いエンダーフラグは、ただ第一ハブユニットから分離《ぶんり》するのだ。小さな黒い魂《たましい》が大きな黒いブロックからぽろっと分離《ぶんり》する。最初は小さな黒い卵《たまご》のようにみえる。痛《いた》みもなく、感動的なドラマもなく、母親に抱《だ》きしめられることもない。第一ハブユニットの一部が、次の瞬間《しゅんかん》にはひとりの新しいエンダーマンになっているのだ。しかし、エンダーマンもフラグメントになった日を祝うのがふつうだった。

　今度は、カンの第一ハブユニット、テグの思考が伝わってきた。カーシェンのよりも、さらにはっきりと。テグのたくましい足がデッキを踏《ふ》み砕《くだ》いている。

〈船を壊《こわ》される〉フィンは不安になった。

〈**カン、お前を創造《そうぞう》したわたしたちの前に出てきなさい！**〉

〈さようなら、みんな〉カンは手を振《ふ》り、のろのろ階段《かいだん》をあがって家族《エンド》のところへ向かった。

〈またいつか、会えるといいな〉

〈会えるよ〉モーはカンを見送りながら思った。

〈本当に会える？〉

〈本当だって。エンダーマンの誓《ちか》いだ〉フィンはきっぱりいった。

〈エンダーマンの誓《ちか》い〉モーもいった。

カンはうなずいた。カンの顔《かお》は、ジ・エンドのおぼろげな光の中でとても美しくみえた。

〈わかった。信じているよ〉

〈**カン、魔法《まほう》のようにあらわれたな**〉外にいた巨大《きょだい》なエンダーマンはふたりとも、だれにきかれようとおかまいなしに、思考をまき散らしている。本当に心配していたのだろう。エンダーマンはいつもなら、自分の思考をしっかりコントロールして、伝える相手を選ぶ。懐中電灯《かいちゅうでんとう》の光を必要なところだけに当てるような感じだ。

〈どうしてこんなに早くみつけられたの？〉カンはそっけなくいった。

〈お前はいつもここにくるでしょう〉カンの第一ハブユニットは、冷静になっていた。〈ほかの場所を捜《さが》すわけありませんよ〉

しかし、第二ハブユニットはまだ怒《ど》鳴《な》っている。

〈**ただちに家にもどれ、フラグメント。お前の失態《しったい》の数々について話し合う時間はない**〉

〈どうして？　家になにかあった？　もどったって怒《ど》鳴《な》られるだけでしょ？〉カンは激《はげ》しい恨《うら》みをこめて思った。

第一ハブユニットは、デッキに黒いひざをついて身をかがめた。大きな頭の背景《はいけい》にテロスの光が奇妙《きみょう》な金色っぽい後光《ごこう》のようにさしている。ハブユニットは、カンの異様《いよう》な、恐《おそ》ろしい緑の目をのぞきこんだ。カンの頭に、ほんの少し触《ふ》れた。子どもをいとおしんでいるかのようだ。フィンにも、モーにも、グランポにさえも、その第一ユニットの思考は伝わってくるものの、その言葉は落ち着いていた。

〈カン、わたしのフラグメント、家にもどって備《そな》えなければならないの。これは命令です。自分たちの身を守らなければならないから。人間たちがやってくるの〉

第4章　大集会《エンドムート》

人間。

その言葉を思い浮《う》かべるだけで、モーは身震《みぶる》いする。

人間。

フィンは、一度も人間をみたことがなかったし、みたくもなかった。

ただし、人間はジ・エンドにときどきやってくる。害虫みたいなものだ。天気のいい日に、背後《はいご》から忍《しの》び寄《よ》るクリーパーとか、安全だと思った通路から飛び出してくるシルバーフィッシュとか、夕暮《ゆうぐ》れどきに襲《おそ》ってくるクモみたいな。もっといやな例をあげれば、世界の基盤《きばん》を食い荒《あ》らし、ひび割《わ》れさせてしまうエンダーマイトみたいなものだ。

しかし、モーとフィンにとっては、そんなのはすべてただのお話か、うわさにすぎなかった。

どれもほかのだれかの記憶《きおく》だ。おとなたちが、ふたりのハブユニットがどんなふうだったかを話してくれたのと同じで、人間がどんなものかも教えてくれた。知っておけばいつか役立つかもしれないと思ったからだ。ふたりが自分を守るために。

人間は変だった。エンダーマンとはまったくちがうし、おぞましい。エンダーマンは美しく、木のように背《せ》が高く、つやのある黒い体をしているが、人間は背《せ》が低く、ずんぐりして、いろんな色でできている。大きな目も、べとべとしたおなかも、恐《おそ》ろしくくさい足も、〝髪《かみ》〟と呼《よ》ばれる特に気持ち悪いものも、それぞれ色がちがう。人間は、ほしいものをすべて持っているときでさえ、凶暴《きょうぼう》で怒《おこ》っている。人間を美しい沼地《ぬまち》か森か草地に連《つ》れていったら、自分の役に立つ物はすべて半日で採《と》りつくしてしまう。いや、それならまだましで、ぶよぶよした体をもった竜巻《たつまき》のように、すべてを吸《す》い上げてしまう。そこまでしていったいなにをするかといえば、くだらない家や、城や、彫像《ちょうぞう》を作るだけだ。そのままにしておいたほうが、人間のへんてこなみにくい建物よりずっと美しいのに。人間はときどき、ヒツジや、ブタ、そして岩まで、剣《けん》で刺《さ》したり突《つ》いたりして楽しむ。どうなるかわかりきっているのに。そして、エンダーマンをみると、すぐに攻撃《こうげき》してくる。だから待ってちゃだめだ。先手必勝。素早《すばや》いものが生き残る。人間をひとりみたら、もう遅《おそ》い。瞬《まばた》きする間もなく、人間だらけになってしまう。

人間を倒《たお》すのは夜のほうがいい。人間は、家の中に入ってベッドで眠《ねむ》らなければならないからだ。エンダーマンは目を細く開けたまま仮眠《かみん》をとり、常に敵《てき》の攻撃《こうげき》を警戒《けいかい》し、備《そな》える。休息をとるとしたらこれがいちばん安全だ！　ひょろっとした気性《きしょう》の荒《あら》いサマという老いたエンダーマンから、以前、人間にとって〝眠《ねむ》り〟というのは一カ所に何時間も、音もきこえず目もみえない状態《じょうたい》で横になることだ、ときいた。それってばかみたいに危険《きけん》なことじゃないの？　フィンとモーがそう伝えると、サマも同じ意見だった。そしてサマと双子《ふたご》は、やっぱりエンダーマンは正しい、と満足して別れた。そんなわけで、人間には夜、ばかみたいな眠《ねむ》り方《かた》をする間も安全にいられるベッドと家が必要なのだ。だから、人間が家というこぢんまりした要塞《ようさい》に入ってしまう前に倒《たお》すのがいちばん確実《かくじつ》だった。

そして、もちろん人間の大好物はハブユニットだった。

ふたりはだれかに、人間の好物はなにかときいたわけではない。きかなくてもわかっていた。

それはふたりの人生の物語そのものだった。

人間はモンスターだ。物語に出てくる恐《おそ》ろしいやつだ。

そいつらがやってくる。

大集会《エンドムート》が開かれた。

エンダーマンは家族単位《エンド》でいるときこそ頭がよく知的で注意深いので、エンダーマンが最も賢《かしこ》くいられるとしたら、それはエンドムートが開かれるときだった。ジ・エンドじゅうから、エンダーマンが家族《エンド》ごとエンダードラゴンの島に集まってきて、話し合い、計画を立てるのだ。

すべてのエンダーマンにかかわることを決めるとき、エンダーマンたちは黒曜石《こくようせき》の柱が落とす長い影《かげ》の中に立ち、みんなでいつもより賢《かしこ》くなる。生きているエンダーマン全員が集まるわけではない。それは不可能《ふかのう》だ。エンダーマンは、世界のいたるところに散らばっているのだから。ジ・エンドにいるエンダーマンが全員集まるのも無理だ。ジ・エンドは広大で、それぞれの地区がほかの地区と非常《ひじょう》に長い間、交流せずにいることもある。だが、正しい道を選ぶのに十分な数のエンダーマンが集まっていれば、それで大丈夫《だいじょうぶ》だった。

フィンとモーが生まれてからは、エンドムートは一度しか開かれたことがない。その一度とは、ふたりのハブユニットが亡《な》くなり、ふたりをどうしたらいいのか、わからなかったときだ。

それ以来、エンドムートを開く必要はなかった。ジ・エンドはずっと平和だったからだ。オーバーワールドから奇襲《きしゅう》をかけられることは、あるにはあったが、対応策《たいおうさく》を練《ね》らなければならないほどの規模《きぼ》ではなかった。

これまでは。

エンダーマンたちは黒い鳥のように、グループでやってきた。四人、五人、六人、八人、ときには十二人、十五人、もっと大勢《おおぜい》のグループもあった。エンダーマンたちの美しく広い額《ひたい》は黒曜石《こくようせき》の柱から降《ふ》り注《そそ》ぐクリスタルの光を、そして永遠《えいえん》に旋回《せんかい》を続けるドラゴンを見上げている。ドラゴンはエンドムートとは無関係だし、助言してくれるわけでもない。エンダーマンが集まってくると、きらめく紫《むらさき》のパーティクルがあたり一面に舞《ま》った。なかにはフィンとモーに眠《ねむ》りを説明してくれたサマという年寄《としよ》りがいた。子どもたちの帰りをまだ待っているロップがいた。それからパーも。パーはずっと前に、フィンとモーに、きみたちはふたりきりになってしまったからエンダードームで訓練を受けられないと知らせにきたことがあった。老女イレーシャもいた。偉大《いだい》なる混沌《こんとん》の代弁者《だいべんしゃ》イレーシャのもとには、大勢《おおぜい》の聖職者《せいしょくしゃ》が集まっている。フィンは、クライも、カーシェンも、テグも、ワカスも、美しいナブユニットのタピもいた。

ハブユニットたちの後ろに隠《かく》れているコネカをみつけた。こんなに大勢《おおぜい》のエンダーマンが一カ所に集まっているので、驚《おどろ》いているのだ。カンもそこにいた。むっつり不機嫌《ふきげん》そうに、低い砂丘《さきゅう》に立ち、そばには音ブロックが置いてある。みんなとちがう緑の目は、遠くをみつめていた。カンは、足元の砂《すな》と草を蹴《け》った。フィンとモーの知り合いは全員いるようで、さらに大勢《おおぜい》、ふたりの知らないエンダーマンがいた。

〈偉大《いだい》なる混沌《こんとん》、万歳《ばんざい》！〉イレーシャが群衆《ぐんしゅう》に向けて発した。老女の思考の力には、トランペットのように威厳《いげん》があった。

〈偉大《いだい》なる混沌《こんとん》の祝福《しゅくふく》を〉みんなが答えた。

〈どうして人間がくるってわかるの？〉モーはフィンにたずねた。素早《すばや》く、ふたりの間だけで交わす思考には、ほかの人は入ってはいけないことになっている。〈ひょっとして……なんていうか、警報《けいほう》があるのかな？　人間警報《にんげんけいほう》みたいな？〉

〈感じませんか？〉年寄《としよ》りのエンダーマンの思考が、ふたりの会話に割《わ》って入ってきた。失礼なことだが、いまはルールとか細《こま》かいことはあとまわしだ。エンダードームのオワリ監督《かんとく》が、ふたりの前にそびえるように立っていた。

〈十二の封印《ふういん》がほとんどそろっているでしょう。それらの封印《ふういん》に、人間たちは十二のエンダーマンの目をはめるつもりなのです。そうなれば、偉大《いだい》なるポータルが完成し、人間たちはわれわれの世界へと押《お》し寄《よ》せてくるでしょう。それが終わりのとき《エンドタイムズ》です〉

〈十二の目?〉フィンは恐怖《きょうふ》にたじろいだ。〈目? どういう神経《しんけい》してるんだ? 人間はだれの目を盗《ぬす》むんです? なんのために? パーティーのかざりつけにでも使うんですか?〉

〈人間はもっとひどいことをするのだ、少年〉カンの第二ハブユニット、カーシェンの思考だ。多くのエンダーマンとスタックしているので、いまでは落ち着き、思慮深《しりょぶか》い。さっきの怒《いか》りはまったくない。〈人間はわれわれのパールを盗《ぬす》む〉

モーは気分が悪くなってきた。エンダーマンにとってのエンダーパールは、人間にとっての心臓《しんぞう》であり、魂《たましい》だ。〈なぜ? どうして?〉

カーシェンが答《こた》えた。〈エンダーパールを使えば、人間はわれわれのようにテレポートすることができるようになるからだ〉

〈人間は歩けないの?〉モーは恐《おそ》ろしくなった。〈走れないの?〉

〈もちろん、非常《ひじょう》によく歩くし、ほとんどの生き物よりうまく走る。しかしエンダーパールが

あれば、目的地に多少とも早く到着《とうちゃく》できるからな〉

そして、そのためにエンダーマンから魂《たましい》を引きちぎってもいいと考えているらしい。人間は、どれがどのエンダーマンの魂《たましい》かなどわかってもいない。エンダーマンの命そのものを、人間はトロッコのような乗り物としか思っていないのだ。

〈ひとつのエンダーパールで、人間《にんげん》は一度《いちど》しかテレポートできないんだ〉島の縁《ふち》でむっとしていたカンの思考が届《とど》いた。テレパシーには、距離《きょり》はほとんど関係ない。伝えようと思えば、伝わる。カンの紫《むらさき》のパーティクルが鮮《あざ》やかに輝《かがや》いている。〈パールは人間が使うと、燃《も》えて石炭になる〉

〈ふん、そりゃすごい〉フィンは思わずいった。〈便利なもんだ！　ぼくらは人間にとって、松明《たいまつ》みたいなもんか！　ぼくらを燃《も》やして、捨《す》てるんだ〉

〈人間なんて嫌《きら》い〉モーは思《おも》った。〈大嫌《だいきら》い〉

何百人というエンダーマンの心から怒《いか》りの咆哮《ほうこう》が上がった。白熱し、憎《にく》しみに満ちた、底なしの怒《いか》りだ。

〈人間をみた瞬間《しゅんかん》、わたしは自分をコントロールできなくなるの〉ナブユニットのタピが、が

まんならないというように、怒《いか》りに震《ふる》えている。〈殺《ころ》すまで止められません。人間が死ぬまで、わたしの魂《たましい》は燃《も》え続けるでしょう〉

〈よくいった、同胞《どうほう》よ！〉ひときわ背《せ》の高いエンダーマンが、タピの近くにいた。〈その通りだ。それでこそエンダーマンだ！　戦いたいという欲望《よくぼう》に従《したが》いなさい！　偉大《いだい》なる混沌《こんとん》の名《な》のもとに、人間どもをすべて倒《たお》すのだ！　人間の城を破壊《はかい》するのだ！　やつらの持っているアイテムを奪《うば》え！　後ろめたく思うことはない。人間どもも、われわれに同じことをするのだから〉

〈人間はこの世界がはじまってこのかた、最大の災《わざわ》いだというのは本当だ。人間はエンダーマイトのようにけがらわしく、死のようにあさましくみにくい〉それは年寄《としよ》りのエンダーマン、イパリの思考で、集まったエンダーマン全員の頭の中に冷静に、力強く届《とど》いた。〈しかし、こうして話し合っている時間はない。それはひとりひとりのエンダーマンが感じているだろう。ポータルは、完成に近づいておる。みなも、体に鍵《かぎ》が差しこまれたような感覚があるはずだろう〉

いちばん年少のエンダーフラグたちが、いきなりきょろきょろしはじめ、いまにも人間があられるのではとおびえている。

〈まあ、おちびさんたちには、ハブユニットたちほどよくわからないだろうねえ〉イパリ老人のなだめるような思考が流れる。〈オーバーワールドの時間の流れは、ここととはちょっとちがうのだ。人間たちがエンドポータルブロックをあとひとつはめこんでフレームを作り、エンダーアイをそこにはめこむまでには、こちらでは何時間も、何日もかかるだろう。あと何時間とかは、はっきりはわからん。時間は秩序《ちつじょ》に仕《つか》えるものだからな。わたしらにはなじまない〉

〈ぼくはなにも感じないけど〉フィンはこっそり思った。〈モーはどう？〉

〈わたしも〉モーは答《こた》えた。〈わたしたち、具合が悪くなってるのかも。グランポがかぜをひいたじゃない？　グランポったら、もっとこっちへおいで、いっしょにかぜをひこう、とかいってたもん〉

〈だが、われわれにわかっているのは、時間がないということだ〉別のエンダーマン、ベイガスが、イパリの思考が途切《とぎ》れたところから続けた。ベイガスの赤紫《あかむらさき》の目がきらりと光る。〈ポータルは、われわれが立っている、まさにこの大地の下で開くのだ。そして、人間どもは溶岩《ようがん》のように噴《ふ》き出《だ》してくる。戦わねばならない。それだけはたしかだ。もしかしたら、ドラゴン

がわれわれを守ってくれると信じていいのかもしれない〉
　エンダーマンたちはいっせいに空を見上げた。
　返事はなく、長くて重々《おもおも》しい、ドラゴンの笑いだけがきこえてきた。
　ひと言だけ、全員の頭の中にこだましました。〈愚《おろ》か者め〉
〈ジ・エンドはわたしたちのものです〉ワカスというエンダーマンが主張《しゅちょう》する。彼女《かのじょ》は、中央の島寄《しまよ》りにある小さな島のひとつの傾斜地《けいしゃち》でシュルカーの群《む》れを飼《か》っている。〈ジ・エンドはわれわれの国です。エンダーマンは、最初からこの地に住んでいたのです。人間にはこの地を取り上げ、略奪《りゃくだつ》する権利《けんり》はないのです〉
〈いえ、正確《せいかく》には最初からではありません〉ベッグがワカスをさえぎった。ベッグは、きのうフィンが砂《すな》の丘《おか》からみていたクラスを教《おし》えていた女の先生で、作戦を立てさせたらテロスでは彼女《かのじょ》の右に出る者はいない。いま、フィンは彼女《かのじょ》に尊敬《そんけい》のまなざしを向けていた。あの先生が、話をしているんだ。本当に重要な話を。そして、フィンはここで、その話をきいている。ようやくその機会がめぐってきたのだ。
〈ばかばかしい、ベッグ。お黙《だま》りなさい〉ワカスは怒《おこ》った。

〈ばかばかしい？　エンダーマンがここにあるシティを建設《けんせつ》したとでも？　われわれが、ブロックをひとつずつ積み上げてこれほど多くの塔《とう》を建《た》てたとでも？　コーラスツリーを植えたと？　この島にある黒曜石《こくようせき》の柱の頂《いただき》に、クリスタルの火を灯したのもわれわれ？　いいえ。そんなことはあり得《え》ません。われわれの先祖《せんぞ》が、こうしてすべてが整ったこの地をみつけたのですよ。何者かがエンダーマンより先にここにいて、その者たちからわれわれはこの地を取り上げたのです。人間がこの地を乗っ取ろうとしているのと同じように。われわれはすっかりここを乗っ取ってしまったから、先にいた者がだれで、どんな姿《すがた》をしていたかさえ覚えていないのです。それに、いっておきますが、なにがだれのものという発想は秩序《ちつじょ》です〉

〈それはどうだろうか〉偉《い》大《だい》なる混沌《こんとん》の代弁者《だいべんしゃ》、イレーシャが語りはじめた。〈人間の侵入者《しんにゅうしゃ》たちは、いかなるものも奪《うば》ってよいと考えている。それが人間のゆがんだ思考のなかでは宇宙《うちゅう》の秩序《ちつじょ》なのだ。ほしい物が目に留《と》まれば、破壊《はかい》し、採取《さいしゅ》し、採《と》りつくし、荒廃《こうはい》させる。そして趣味《しゅみ》の悪い建物を作るために使う。われわれは、それに立ち向かわなければならない。ジ・エンドを安全に、いまのまま、守らなければならない。たしかに、このジ・エンドをわれわれが所有するのは、いくぶん、秩序《ちつじょ》めいてはいるものの、しかたない。ジ・エンドを支配《しはい》するべき

は、エンダーマンである。それは、偉大《いだい》なる混沌《こんとん》のご意思であるからだ〉

〈別の問題もあるぞ！〉クライという名のエンダーマンの思考がけたたましく響《ひび》いた。全員の頭の中が静まりかえる。クライ以上に歳《とし》を取ったエンダーマンをだれも知らなかった。クライはクラックスユニットのひとりだ。その太く、力強い体から、ほかのすべてのエンダーマンが生まれたのだ。赤紫《あかむらさき》の目は色あせ、体から発するきらめきは銀色に近い。

〈わしは、だれよりも、ずっと昔からおる。ずっと多くをこの目でみてきた。味わった苦しみもずっと多い。だれよりずっと多くの経験《けいけん》を積んできた。わしは、生まれてこのかた、毎日のように雨からのがれてきたのじゃ〉

〈いったいなにがいいたいのだ、クライ〉パーがうるさそうにする。〈だれもきいてはいませんぞ〉

フィンとモーは、息をのんだ。ふたりはいつも、クラックスユニットを敬《うやま》うようにと教えられてきた。しかしクライは実際《じっさい》、どのおとなからも相手にされていなかった。クライが考えはじめると、ほかのエンダーマンたちはつまらなそうに、そわそわしはじめた。みんな自分のパーティクルをいじったり、ぶらついたり、急にそばにある黒曜石《こくようせき》の柱が気になってじっくりみたりしている。クライの話に耳を傾《かたむ》ける者はいなかったし、多くのエンダーマンはクライがさっさと黙《だま》ってくれたらいいのにと強く願っていた。フィンとモーは、その間にカンのところへ走っていって、カンといっしょに乾《かわ》いた草の上にすわった。島の縁《ふち》から見上げると、大きな夜空が広がっていた。本当に美しい。いつみても、美しい空だ。

クライは、あからさまに自分を無視《むし》するエンダーマンたちを無視《むし》し、話し続けた。おとなたちのやることは、じつに奇妙《きみょう》だ。

〈わしはオーバーワールドに何度も何度も旅してきたのじゃ。そして必《かなら》ずもどってきた。人間に襲《おそ》われ、切られたり、殴《なぐ》られたりしてきた。それでもなんとか雨を回避《かいひ》してきた。わしはオーバーワールドでもジ・エンドでも、偉大《いだい》なる混沌《こんとん》に仕《つか》えてきた。そのわしから、みなに忠告《ちゅうこく》せねばならんことがある。人間は恐《おそ》ろしい秘密《ひみつ》を発見し、わしらに対抗《たいこう》できるようになった。何百年もの間、人間どもはエンダーマンの目から逃《のが》れられなかった。だが、オーバーワールドでは、ウリやヒョウタンの仲間のような、丸っこくて肉厚《にくあつ》のカボチャというものが育つ。わしのように遠く、長い旅に出た者でなければ、目にすることはないであろう。どこにでも生《は》えておって、つるが黒くて愛嬌《あいきょう》があるあたり、なにやらエンダーマンに似《に》ておる。やさしい植物で、感じがよいのじゃ。そして人間どもはおもしろいことに気がついた。カボチャの中をくりぬいて、ヘルメットのようにかぶると、わしらには人間なのかエンダーマンなのか見分けがつかなくなってしまうのだ。そうやって人間はわしらに混《ま》じって行動することができるのじゃ。スパイとして、秘密工作員《ひみつこうさくいん》として！　いまも、すでにこのなかに人間がおるのに、だれもこれっぽっちも疑《うたが》っておらんのかもしれんのだ！〉

絶望《ぜつぼう》のどよめきが、エンダードラゴンの島じゅうに響《ひび》き渡《わた》った。そしてそのあと、稲光《いなびかり》のあとにくる雷鳴《らいめい》のように、ドラゴンの長く低い笑い声がきこえてきた。

〈それに対抗《たいこう》する方法はないのですか？〉ロップがなげく。

〈われわれのなかで、だれが本物のエンダーマンなのかを見分ける方法はないのか？〉カーシエンは考《かんが》え、島の縁《ふち》をぎろりとにらみつけた。そこには、あのいまいましい音ブロックを持ったカンがいる。

〈ない〉と、クライ。みなは、いま、わしの話をきいておったな？　やはりそうか。やっと注目するようになったか。クライは大いに喜《よろこ》んだ。〈わしらは慎重《しんちょう》にならねばならん。単独行動《たんどくこうどう》は禁物《きんもつ》じゃ。できるだけいっしょになって、少なくとも四人以上のグループで行動する。これまでにないほど、協力し合わねばならん。体を鍛《きた》えること。偉《い》大《だい》なる混沌《こんとん》を信じること。偉《い》大《だい》なる混沌《こんとん》がわしらを導《みちび》き、守ってくださる。敵《てき》に崩壊《ほうかい》をもたらしてくださる。シュルカーをいたるところに配置せよ。人間どもはやってくる。ともすれば、すでにここにおるかもしれん。わしらは備《そな》えねばならん。この地を、侵入者《しんにゅうしゃ》から守らねばならん〉

タピは顔をしかめたが、黙《だま》っていた。

〈だが、見分ける方法はあるはずだ〉カーシェンは考えた。品定めするように細めた目は、黒い頭に赤紫《あかむらさき》の線を引いたようにみえる。

〈ぼくらをみてる？〉フィンは怖《こわ》くなった。

〈うん、こっちをみてる〉モーは答えた。〈こなければよかった。あれは頭がおかしいよ〉

カーシェンは、ふたりをにらんだ。いや、ふたりの背後《はいご》をにらみつけている。

〈人間がそれほどすばらしいものを発明し、エンダーマンに見破《みやぶ》れないほどの偽装《ぎそう》が可能《かのう》になるなど、あり得《え》ない。人間は力は強いが、邪悪《じゃあく》で愚《おろ》かだ。人間は口でしゃべる。動物のように、物を食べる口でだぞ。食べるための穴《あな》で話す者が、高潔《こうけつ》なエンダーマンに勝てるわけがない。スパイをあぶり出すためのヒントがあるはずだ！　目をこらせばわかるはずだ〉

〈わしはスパイが潜《もぐ》りこんでおるといったのではない〉クライはあわてた。〈おるかもしれん、といっただけじゃ。不信感にとりつかれてはならんぞ。心から混沌《こんとん》に仕《つか》える者は、あらゆる可《か》能性《のうせい》を受け入れる〉

しかし、カーシェンはクライを無視《むし》した。〈ヒントがあるはずだ〉巨大《きょだい》なハブユニットの怒《いか》りが、エンダーマンたちの頭の中に響《ひび》いていた。〈見破《みやぶ》れるだけの英知を持ち合わせていれば、わかるはずだ。人間がわれわれと同じはずがない。ちがうはずだ。人間はちがうのだ。人間は野獣《やじゅう》だ。化け物だ。怪物《かいぶつ》ども。常《つね》に道をはずれ、周囲《しゅうい》がどんなに受け入れようとしてもその努力を無にする。ジ・エンドを敬《うやま》わず、無礼で、ないがしろにする。エンダーマンのグループを徹底的《てっていてき》に拒絶《きょぜつ》し、逃《に》げ出し……ばらばらになろうとする。**ああ!** 人間は家族《エンド》の意味がわかっていない。人間は、ひとりだろうと大勢《おおぜい》だろうと変わらない。みにくく、愚《おろ》かで、不愉快《ふゆかい》で、うっとうしく、残酷《ざんこく》だ〉カーシェンはどこまでも怒《いか》りを募《つの》らせていった。なめらかな黒い肩《かた》が震《ふる》え、赤くなりはじめる。人間と目を合わせてしまったときのエンダーマンのように猛烈《もうれつ》に怒《いか》り、最後は大声になっていた。

〈こないで!〉モーが叫《さけ》ぶ。〈わたしたちのこと、わかってない! なんにも知らないくせ

に！〉

〈カーシェン、やめてください！〉フィンはがばっと立ち上がった。草と砂《すな》が少し、島の縁《ふち》からはがれて虚空《こくう》へ落ちていった。〈ぼくらは、あなたがたといっしょに食事をしたこともある！　ぼくらのハブユニットが雨にとらわれたとき、あなたはぼくらを受け入れてくれた！　ぼくらのことはわかっているでしょう！　小さい頃《ころ》から知っているじゃないですか！　ぼくらはカボチャがどんなものかも知らないんです！〉

カーシェンは、エンダーマン流の雄《お》たけびを上げると、わめき、金切り声を上げながらフィンとモーのほうに向かってきた。その音は、恐《おそ》ろしい、機械仕掛《きかいじか》けの警報《けいほう》のようだった。

〈**カン！**〉カーシェンが怒鳴《どな》る。そして長い腕《うで》でモーとフィンを黒い人形みたいに払《はら》いのけた。

カーシェンは、音ブロックをエンダードラゴンの島からまっ暗な夜へ蹴《け》り上げ、歓喜《かんき》と勝利の声を上げた。カンは悲鳴を上げてブロックをみつめた。心の中では白い涙《なみだ》が流れている。ブロックは音もなく、ゆっくり落ちていき、暗闇《くらやみ》に消えた。カーシェンは自分の子ども《フラグメント》の頭をつかむと、たたき割《わ》ってやるとでもいうように地面に打ちつけた。カボチャならすぐに砕《くだ》けてしまうような勢《いきお》いだった。〈やはりそうだったのか！　ずっとそうではないかと思っていた！　これですべてつじつまが合う。お前《まえ》はおれのフラグメントではない！　初めからちがったのだ！　お前《まえ》は**緑の目をした人間**だ！〉

カンは抵抗《ていこう》しなかった。自分のハブユニットの足元に倒《たお》れ、泣いていた。

第5章　スパイ

フィンとモーは、カンを船に運んだ。ふたりで両脇《りょうわき》からカンに肩《かた》を貸《か》して支《ささ》えながら、連《つら》なる島々を二回に分けて穏《おだ》やかに船までテレポートした。あまりカンを揺《ゆ》さぶりたくなかったのだ。船は静かだった。大集会《エンドムート》の喚声《かんせい》が、はるか後ろのほうで上がっている。エンドロッドのゆらめく光と、エンドシップの内部で脈打《みゃくう》つ鼓動《こどう》のようにグランポの殻《から》がゆっくり開閉《かいへい》する音だけが、三人の帰りを待っていてくれた。

〈頭、大丈夫《だいじょうぶ》？〉モーがそっとたずねた。

カンはうめいている。その声は、モーとフィンの頭の中に響《ひび》くだけだったが、それは耳にきこえるのよりもずっとひどい。うめき声を抑《おさ》えて友だちを心配させまいとしても、ありのままの痛《いた》みが相手に届《とど》いてしまうのだ。全部つつぬけだった。

〈すわって〉と、フィンは伝えた。〈なにか手当てするものを持ってくる。たしか、治癒《ちゆ》のポーションがどこかにあったと思うんだ〉

〈どうしてぼくを助けるの？〉カンは、みじめな思いだった。〈きいたでしょ。ぼくは薄汚《うすぎたな》く、不愉快《ふゆかい》で、みにくくて、騒々《そうぞう》しい人間《にんげん》だ。助けるのはやめて。スパイをつかまえたら、助けたりしないで、尋問《じんもん》するものだよ。さあ、しなよ〉

グランポの殻《から》が鈍《にぶ》い音を立て続け、中からくぐもった笑いがきこえてきた。

〈グランポが嫌《きら》いっていったのに、いうことをきかないからだ〉シュルカーは、くっくっと笑った。〈ほらみろ、ほらみろ。だれもグランポの〝嫌《きら》い〟をきいちゃくれない。グランポの〝嫌《きら》い〟は趣味《しゅみ》がいい。おれっちの〝嫌《きら》い〟にはちゃんとした理由がある。あはは、カン、おれっち、お前の顔、嫌《きら》い。お前の顔、ガブっとかみついてやる。いいこと教えてやろうか？グランポのかみつきたいやつにかみつかせてくれたら、みんなにとっていい世の中になるぞ〉

〈黙《だま》れ〉フィンが怒《おこ》った。〈いまはやめろ、グランポ〉

〈かみついていいよ、グランポ〉カンは、すっかり落ちこんでいる。〈ぼくなんか、シュルカーにかまれる以上にひどい目にあえばいいい〉

〈ああ、カン。しゃべらないで〉モーは、船倉《せんそう》の樽《たる》の後ろをひっかきまわし、しばらく探《さが》し物をしていた。そしてなにかを持って出てくると、カンにわたした。〈食べて。気分がよくなるよ〉

それはふたつだけあった金《きん》のリンゴだった。金《きん》のリンゴは、とても貴重《きちょう》だ。モーが、そのふたつをテロスの裏通《うらどお》りでみつけたとき、リンゴの下には、ちりがこんもり積もっていた。ちりの山をみてモーは、かつては人間だったのだろうと思った。なにか盗《ぬす》んでいるところを、正義《せいぎ》心《しん》の強いエンダーマンにみつかったにちがいない。善良《ぜんりょう》なエンダーマンに襲《おそ》われて、リンゴを食べて体力を回復《かいふく》させようとしていたのだろう。自業自得《じごうじとく》だ。モーは、そのちりをあざ笑った。

〈死んだのね。おばかさん。死ぬのはばかだけ〉

カンは、リンゴをゆっくり食べた。当然だが、顎《あご》が痛《いた》んだ。それでも徐々《じょじょ》に、紫《むらさき》の血は乾《かわ》いて剥《は》がれ落ちた。顔の横にできたあざが薄《うす》くなって消えると、カンは、背筋《せすじ》をのばしてすわりなおした。

カンはなにも変わっていなかった。いままで通り、黒く、美しく、四角い顔の輪郭《りんかく》はしっかりして、くっきりしている。カンの目は相変わらず、ふたりが大好きな鮮《あざ》やかな、きらめく緑だった。どこにもカボチャを思わせるものはない。種のかけらひとつ、筋《すじ》っぽいわたさえみあたらない。

〈カーシェンは間違《まちが》ってる〉モーは思った。〈ぜったい間違《まちが》ってるもん。なんで、カンがエンダーマンじゃないなんて思うんだろう。カンは、わたしたちと同じエンダーマンだよ。ずっと、エンダーマンだったたし。カンのハブユニットなんて……〉

〈ばかだ〉フィンが妹の代《か》わりに結論《けつろん》をいった。〈カンをいじめてるだけだ〉

〈けれど、ぼくが人間だとしても、きみたちにはわからないよ！〉カンは抵抗《ていこう》した。〈だって、ふつうのエンダーマンにみえるんだから！　ぼくは人間だよ。人間なんだ。それならすべて説明がつく。音楽が好きだし、この……目だって。それしか考えられないよ〉カンは鼻をすすって、目をぬぐった。まるで、目をこすってすっかり消してしまいたいみたいだった。〈人間は音楽が好きだよね。ああ……〉カンははっと思い出した。〈ぼくの音ブロックは、なくなっちゃった……ね〉

三人の心の中に、ある記憶《きおく》がよみがえってきた。カンはあの音ブロックを、エンダードラゴンのいる中央の島に近いある島で、何年も前にみつけたのだった。幼《おさな》いカンは、かわいらしい緑の目を輝《かがや》かせながら、虚空《こくう》に浮《う》かぶ、小さな島をひとりでうろついていた。そこにはちっぽけな木が一本、生《は》えているだけだった。ひとりでいたのは、家にいるのがいやになったからだった。その日の朝、仲間のフラグメントにまたしても〝グリーンボーイ〟と呼《よ》ばれ、カンはすっかり自分がいやになってしまったからだ。自分が泣いたことがいやだった。みんなに嫌《きら》われているのがいやだった。自分の目が緑なのがいやだった。朝、起きたときに目が赤紫《あかむらさき》になっていてくれたらな、と毎日思っていたものだ。そのとき、それがカンの目に留《と》まった。それは黄色っぽい地面に置いてあり、そばには一足《いっそく》のブーツと、折れた剣《けん》と、ひと袋《ふくろ》のリンゴと、焼いたタラもあった。まるであらかじめ決められていたかのように、奏《かな》でてくれるだれかを待っていたのだ。カンはそのとき、それがなにかも知らなかった。ただ触《さわ》ってみた。何気なく触《ふ》れてみたのだ。

カンがそのなんの変哲《へんてつ》もない茶色のブロックに触《ふ》れると、音楽が流れた。

そしていま、そのブロックはない。

〈カン、世界じゅう探《さが》したって、さっきみたいにハブユニットに殴《なぐ》られてもぼろぼろにならないカボチャはないって〉モーは思った。

〈それはわからないよ。カボチャがどんなものかも知らないでしょ？〉

〈そりゃ、そうだけど。だいたいわかるよ。クライは、ウリだっていったよね。だったら、なにかの実《み》なんじゃない？〉

〈ほらね？〉

フィンは、カンの肩《かた》を揺《ゆ》さぶった。〈カン！　きみが**人間なわけないだろう**？　ぼくらが五《ご》歳《さい》のときのエンダー祭《さい》を覚えてるか？　カンのハブユニットは、ぼくらをきみの家に招《まね》いて、神なる混沌《こんとん》を祝ううたげに加えてくれた。ぼくらが家に入るのを許《ゆる》されたのは、あの年だけだった。覚えてる？〉

〈うん〉カンはぼそっといった。

〈なんで許《ゆる》してもらえた？〉

〈ぼくがどうしてもってお願いしたから。きみたちもいっしょに祝えるなら、ぼくは音ブロックを一カ月間触《さわ》らないって、約束したから。ぼくはハブユニットにいったよ。偉《い》大《だい》なる混沌《こんとん》は、親のいない者もみんな受け入れるはずだって。だって、親なしで気ままに生きていても、いろんなことを成し遂《と》げられるから。それに、きみたちふたりがきてくれたら、最高に混沌《こんとん》としたエンダー祭《さい》になるって、話したんだ。エンダー祭《さい》に参加できない者がいてはだめだと思う。だれだって雨にあうことはあるし、きみたちのハブユニットに災難《さいなん》が降《ふ》りかかったのは、きみたちのせいじゃないと思うんだ〉

〈だよね。カンはハブユニットに話してくれた。それはカンが親友だからだ。カンはミュージシャンとしてすばらしいだけでなく、すばらしい友だちだったからだ。あれは七年も前のことだ。もしもカンが七年間も人間のスパイでいたのに、だれも疑《うたが》いもしなかったとしたら、正直、いますぐ、きみをジ・エンドの王にするべきだと思う。だって、そんなことは、王以外だれにもできないよ。七年は長い。七年前なんて、ぼくらはまだ、小さい子どもじゃないか。小さい子どもにスパイなんかできるもんか。ばかばかしい〉

〈たしかにそうだね〉カンはため息をついた。

〈フィンのいう通りだよ〉モーもいった。〈カンのハブユニットが、おかしいだけだよ〉

〈けれど、ぼくの目はどう？　緑の目をしているのはぼくだけだ。たしかに、目のことは、やっぱり、どうしても説明がつかないよ〉

フィンもモーも黙《だま》ってしまった。たしかに、うまく説明できない。

〈説明できないからって、緑の目が悪いってことにはならないもん〉モーはやさしくいった。〈カンがモンスターってことにはならないし。ただ、みんなとちがうものもあるっていうだけ。へんてこな果実《フルーツ》もあるし、木には背《せ》が高いのもあれば低いのもあるし、ほかより大きくて美しいシティもあるし、わたしたちエンダーマンだって……〉

〈けれど、そこなんだよ、モー〉カンの意思は強かった。〈エンダーマンはみんな同じだよ。ジ・エンドではだれひとりちがわない。オーバーワールドでは、モーのいう通りかもしれない。けれど、ここでは、だれも枠《わく》からはみ出さない。コーラスフルーツはみんな同じ色をしているし、ほかより美しいシティはない。だれもが同じにみえる。みんな同じだよね。ぼく以外は〉

〈ぼくら以外、だ〉フィンはいった。〈ただ、ぼくらは三人いっしょにはみ出してればいいんじゃないかな。偉大《いだい》なる混沌《こんとん》って、そういうものだろ？　とにかく、そうあるべきなんだよ〉

三人は、それから長い間、考えを伝え合わなかった。つまり、三人ともそれぞれで考えていても、自分の心の中にとどめておくことにしたのだ。心を夜空のようにひっそり、じっとさせておいた。

〈いや、きみたちはちがう〉ついにカンが沈黙《ちんもく》を破《やぶ》った。〈ぼくほどはみ出してはいないよ。

きみたちは、ハブユニットが雨に降《ふ》られるまでは、みんなとまったく同じだった。いまはみんなからはみ出しているけれど、そのはみ出しは事故《じこ》みたいに起こったことだ。そして、きみたちがおとなになれば、修正《しゅうせい》できるかもしれないはみ出しだ。おとなになって、自分の家族《エンド》を持つようになれば、ちっともみんなからはみ出さなくてすむようになる。すべてうまくいく。きみたちは、ふつうのエンダーマンだった。そしてふつうのエンダーマンに成長する。だけどぼくの目は、赤紫《あかむらさき》だったことはないし、これからも、赤紫《あかむらさき》になることはないんだ〉

〈おれっち、赤紫《あかむらさき》、嫌《きら》い〉グランポが殻《から》の中でだだをこねる。トサトサ、トサッ、トサトサッ。

〈ありがとう、グランポ〉カンの心がなごんだ。〈やさしいね〉

〈おれっち、緑も嫌《きら》い〉トサトサッ、トサッ、トサッ、トサッ。グランポの殻《から》が開いたり閉《と》じたりする音は、不思議とくすくす笑っているみたいだった。〈緑は、あとでかみついてやるかも〉

カンは船倉《せんそう》の壁《かべ》に立てかけてある金のチェストプレートを両手でなでた。〈ただ、否定《ひてい》できないと思うだけなんだけど。ぼくがじつは人間だという可能性《かのうせい》は、いまのところゼロじゃないと思《おも》う〉

フィンは、あきれたように両手を上げた。〈カン、そのことは忘《わす》れろって！　いいか、きみは好きなだけここにいていい。ぼくらが守るから。ここには武器《ぶき》がたくさんあるし、少《すこ》しは爆《ばく》薬《やく》もあるから、心配しなくていい。けど、これ以上、きみが人間だとかいう話はききたくない。とんでもない。まったく、悪い冗談《じょうだん》だ〉

モーは首を振《ふ》った。〈カンは人間じゃない。あり得《え》ないって。不可能《ふかのう》だよ〉

〈どうして？〉

〈だって、人間は恐ろしいモンスターだもん。残酷《ざんこく》で、みにくくて、欲張《よくば》りで。でも、カンは……すてきだもん〉

フィンとモーの心の中に、白いきらめきがエンドロッドからゆっくり流れ落ちる様子がまた浮《う》かんだ。きらめきは、ぽろぽろ落ちながら、白から赤に変わっていった。ふたりには、カンが悔《く》やしくて泣いているのがわかる。カンは、長くて黒い指で顔をなでた。

〈ふたりとも、わかってないよ！　ぼくは人間になりたいんだ！　人間だったらいいと思《おも》う！どうしてだかわからないけれど、ぼくのハブユニットが正しければいいと思う。それなら、すべてつじつまが合うから。そうなれば、これまで自分に起こってきたことが納得《なっとく》できるんだよ！　ハブユニットが正しければ、これまでのぼくの人生は物語みたいなものになる。読者が最後に、「そうか！　なるほど！　どうしていままで気づかなかったのだろう?」って思うような物語にね。ぼくが人間なら、すべてつじつまが合う。ぼくは自分が何者かわかる。ぼくも人間の世界にいけば、道ですれ違《ちが》う人からじろじろみられなくなる。だれもぼくのことを気にしなくなる。だって、ぼくはみんなと同じになるのだから。ふつうになるのだから。そして、ぼくが音楽を奏《かな》でるとき、そのときは……人間ならきいてくれる〉

カンはさっきからずっと、顔をなでたり、頬《ほお》をぎゅっとつまんだりしている。なでては、みじめそうに指で皮膚《ひふ》をつついている。モーは気づいた。カンは、顔をなでているのではなく、引《ひ》っ掻《か》いている。みえないカボチャが顔にかぶせられていてほしいといわんばかりに引《ひ》っ掻《か》いているのだ。

フィンがカンの手をつかんでやめさせた。

〈ほら〉フィンはやさしくカンの心に思いを伝えた。〈そんなことするな。深呼吸《しんこきゅう》して〉

モーは、勢《いきお》いよく立ち上がった。思い出したことがあった。ずっと考えもしなかったことだ。覚えていないのも当然で、これまでは思い出す理由がなかった。それはただ、拾ってきて船倉《せんそう》に放りこんであるがらくたのひとつでしかなかったからだ。モーがみつけたとき、そのそばには焼《や》け焦《こ》げたあとがあった。エンダードラゴンと対決しようとして失敗し、あわれにも死《し》んでしまったばかな人間の痕跡《こんせき》だ。上空ではエンダードラゴンが旋回《せんかい》し、冷たく笑っていた。その人間はかなりの宝《たから》や武器《ぶき》をジ・エンドに持ちこんでいて、モーにとって、ラッキーな日だった。あれはどこに置いたっけ？　モーは、エンチャントされた本や、エメラルドや、弓矢の山をあさった。

いつかこれを全部、整理しなきゃ。でも、今日はしない。まだ、わたし流のごちゃごちゃ山積みシステムで、なにをどこに置いたのか覚えてるもん。このやり方《かた》は、偉大《いだい》なる混沌《こんとん》へのわたしなりの小さな奉仕《ほうし》。

モーは、本をみると紙を連想し、楽譜《がくふ》をみると音楽を連想する。エメラルドはカンの目を思わせるし、カンが演奏《えんそう》すると必ず、モーは胸《むね》を矢で射《い》られたように感じた。だからそういったものを全部いっしょに積んでおくのは、モーにとっては理にかなっていたのだ。

ほら、あった。

モーは、たくさんの矢とエメラルドを取り除《のぞ》き、そのうち必ず読もうと思っていた古い本を何冊《なんさつ》かどかしながら、ごちゃごちゃした中から硬《かた》くて茶色のものを引っぱり出した。そしてカンのとなりにひざをつき、カンの手に持たせた。

〈ほら〉モーの思いは穏《おだ》やかだった。〈ね？　なんだって、元通りにできるよ。自分の家族《エンド》とフラグメントができれば、なんだってまたもどってくるよ〉

それは音ブロックだった。

カンは鼻をすった。すぐにはブロックに触《ふ》れられなかった。恐《おそ》れていたのかもしれない。それが現実《げんじつ》だと信じるのが怖《こわ》かった。希望をもつのが怖《こわ》かった。カンのきらめくパーティクルが降《ふ》ってきて、ブロックのまわりを紫《むらさき》のホタルのように舞《ま》った。

カンは、指を音ブロックの上に置いた。そして、あわれな疲《つか》れた目を閉《と》じ、弾《ひ》きはじめた。

第6章　最後の戦い

クライが船に乗りこんできたとき、三人はちょうど眠《ねむ》っているところだった。クライはひとりではなかった。ひとりでくるわけがない。クライだけではなにもできないし、クラックスユニットの威厳《いげん》すらないのだ。

〈だれか、船に近づいてくる！〉グランポの声が、フィンと、モーと、カンの頭の中でさく裂《れつ》し、三人を深い眠《ねむ》りからたたき起こした。**〈大勢《おおぜい》のだれか、船に近づいてくる！　起きろ！　起きろ！　ああ、おれっち、大勢《おおぜい》のだれか、嫌《きら》い！　起きろ！　おれっちを、大勢《おおぜい》のだれかから守ってくれ！〉**

大昔から生《い》きているクラックスユニットのクライが、八人の大柄《おおがら》で強靭《きょうじん》なエンダーマンに囲《かこ》まれて、フィンとモーの船の船尾《せんび》に近《ちか》づいてくる。フィンが小さな丸窓《まるまど》から外をみると、クライたちは右舷《うげん》を越《こ》えて近づいてくるところだった。黙《だま》りこくって、威圧的《いあつてき》だ。フィンは首を振《ふ》って、まだ残っていた眠気《ねむけ》を振《ふ》り払《はら》った。モーは目をこすったが、心臓《しんぞう》がばくばくしている。カンは後ろにさがり、不安げに目を見開いた。クライと八人のエンダーマンは、心の中も思考もみせなかった。彼《かれ》らの心は空《から》っぽで、背《せ》の高い引《ひ》き締《し》まった体と同じようにまっ黒だった。

〈あれはクライの家族《エンド》じゃない〉フィンは思考を細く鋭《するど》くして、モーとカンにだけ発した。

〈ぼくはクライのフラグメントも、そのフラグメントも、そのまた下のフラグメントも知ってる。クライの家族《エンド》はたしかに大勢《おおぜい》いるけど〉

クライがあれだけ長生きできるほど、経験豊富《けいけんほうふ》でもの知りなのには訳《わけ》があった。常《つね》に大家族に囲《かこ》まれ、常《つね》に多くの者を従《したが》えていて、決してひとりにならないので、クライは想像《そうぞう》もつかないほど賢《かしこ》い、ただ、それだけなのだ。だから、だれもクライに耳を貸《か》さなかった。エンダーマンのあいだでも、利口《りこう》ぶる者は嫌《きら》われる。

八人のエンダーマンはクライのまわりに立っている。デッキの上で、ふたりが前に出て老人の両脇《りょうわき》を固め、残りの六人が後方で配置についている。

〈はじめましょう、長老〉八人は、いっせいに思考を発《はっ》した。はっきりと、険《けわ》しい調子で、船全体に届《とど》くように考えていた。〈やつらが危害《きがい》を加えようとしたら、われわれがお守りします。逃《に》げようとしたら、われわれが阻止《そし》します。偉大《いだい》なる混沌《こんとん》、万歳《ばんざい》！〉

〈偉大《いだい》なる混沌《こんとん》の祝福《しゅくふく》がありますように、代用フラグメントたちよ〉クライは忠実《ちゅうじつ》な部下に答えた。まったく気持ちのこもらない思考だった。

〈クライの新しいエンドだよ〉モーは船倉《せんそう》のドアのすき間から、じっと外をみていった。〈あれは兵士《へいし》だね。軍隊だ。小《ちい》さいけど。それでも軍隊だよ〉

フィンは顔をしかめた。〈けど、ぼくらは……ぼくらは敵《てき》じゃない。なんでクライはぼくらの船に兵士《へいし》なんか連《つ》れてきたんだ？　なんでぼくらが逃《に》げなくちゃいけない？　いったいどうして、ぼくらがクライに危害《きがい》を加えるのさ？　人間と戦うための軍隊があるなら、ぼくらはその一員になるだろ？　ぼくらになにか命令しにきたのかな？　どういうことかわからない〉

〈おれっち、わかるぞ〉グランポは、しょげている。〈お前ら、これから起こること嫌《きら》いになる。おれっち、いまからいやだ。だけど、お前らのせいだ。だって、おれっちが、顔にかみつかせろっていっても、だれひとりかみつかせてくれない。つけがまわってきたんだ。むかつく。ばかなこと、お前らみんなに降《ふ》りかかる。あーあ、つまんない。むかつく。ばか〉

〈きっと、ぼくをつかまえにきたんだよ〉カンは暗い顔でいった。〈きっと、ぼくは尋問《じんもん》される。カボチャをかぶっている証拠《しょうこ》がないか調べられるんだ〉

クライとふたりのボディガードが、さっそうと飛《と》んで、デッキから船倉《せんそう》と船内を隔《へだ》てる重い木製のドアに向かってくる。

〈偉大《いだい》なる混沌《こんとん》の名《な》において、そして長老クライの命令に従《したが》い、ドアを開《あ》けるのだ、フラグメントたち。すなおに従《したが》えば、悪《わる》いようにはせん〉

おとなのエンダーマンたちが、こんな奇妙《きみょう》な行動をとっていなければ、フィンとモーはためらわずにドアを開けただろう。人間が攻《せ》めてくるという大変なときに、ためらうわけがない。この船にはカン以外に、隠《かく》すものなどなにもないのだから。

カン以外には。

〈開けないほうがいいかも〉モーは考えて、掛《か》け金《がね》にのばした手を止めた。

〈開けなければ、ドアを壊《こわ》されるだけだ。あっちは九人もいるのに、こっちはたった三人だ〉フィンは答えた。〈開ける以外、どうしようもないよ〉

〈え、そんなことないよ、フィン。いつだって、なにかできることはある。だめだと思えることでも、やってみようよ〉モーは、挑《いど》むような目でフィンをみた。そして閉《し》まったドアのほうを向いて、できるだけ力強く思った。〈カンは、渡《わた》しません！　カンは人間じゃない。それは、わたしたちが保証《ほしょう》します！　それでも連《つ》れていくというなら、この船にはかなり大量の爆薬《ばくやく》が積まれてます。それに、ほかにも危《あぶ》ないものがいろいろあります。だから、カンを連《つ》れにきたなら、帰ったほうがいいですよ〉

クライの思考が、消えることのないずしっとした足跡《あしあと》のように、三人の頭の中に刻まれた。〈この船になにがあるかくらい、よくわかっておる。異形《いぎょう》のフラグメントは、積み荷のなかでもいちばん無価値《むかち》なもの。ふたりとも、よくわかっておろう。わしは、そやつのハブユニットではない。そやつなどわしはどうでもよい。ふたりとも、まともなエンダーマンでいたいなら、このドアを開けるがいい〉

カンを除《のぞ》けば、この船にはみとがめられるようなものはひとつもない。モーとフィンは不安げに肩をすくめ、掛《か》け金《がね》をはずした。ドアを開け、クライの老いて色あせた目を見上げた。ところが、その目は大集会《エンドムート》でみたときほど色あせても曇《くも》ってもいなかった。クライの視線《しせん》は、いまではとても鋭《するど》くなっている。刺《さ》すような、残忍《ざんにん》な視線《しせん》だ。

〈すばらしい〉クライは、暗い船倉《せんそう》の中に目をこらした。〈カーシェンのいった通りじゃ〉年老いたエンダーマンは、フィンの目をみつめながらいった。そして〈すべて持っていけ〉と命令した。

クライの部下ふたりが、満足げに船倉《せんそう》に押《お》し入《い》ってきた。そして、すぐさまフィンとモーの大切な、かけがえのない宝《たから》をあさりはじめた。兵士《へいし》たちは、アイテムをひとつひとつ持ち上げ、品定めして、ひと言ふた言いっては、船倉《せんそう》からデッキにいる仲間たちに規則的《きそくてき》なテンポでせっせと手渡《てわた》していった。

〈なにするのよ？〉モーが悲鳴を上げる。〈だめ！　やめて！　それは、わたしたちのものよ！　それも！　**やめて**！　お願いだから、やめて！　だめ、それはわたしのなの、お願いだから、わたしのエリトラを返して。それはいちばん古いものなの！　この船をみつけたとき、そのエリトラがあったの！　取り上げる権利《けんり》はないわ！〉

兵士《へいし》のひとりが、ダイヤモンドの斧《おの》を片手《かたて》に、クロスボウを片手《かたて》に持ち、両方を振《ふ》り回《まわ》してみている。〈斧《おの》はわたしがいただくとしましょう〉そのエンダーマンは満足そうだった。タマトという女の兵士《へいし》だった。タマト隊長《たいちょう》。自分の階級《かいきゅう》と名前をみんなにわかるように思考の前面に出し、自慢《じまん》しているようだ。

フィンは斧《おの》を取り返そうとした。〈だめだ。ぼくのだ。それは侵入者《しんにゅうしゃ》から正当なやり方《かた》で手に入れたものだぞ。これまでずっと、ぼくのものだった。盗《ぬす》むな！　泥棒《どろぼう》！　自分で手に入れろよ！〉タマト隊長《たいちょう》は笑い、難《なん》なくフィンを床《ゆか》に押《お》し倒《たお》した。

〈だが、これはわたしのもの〉タマトはあざ笑った。〈わたしはお前から、正当なやり方《かた》でこれを手《て》に入《い》れたのですから。偉大《いだい》なる混沌《こんとん》は、なぞめいたことをなさるものだ！〉

カンは、音ブロックを胸《むね》に抱《かか》え、ゆっくり後ずさりした。後ろにさがっていったら、肩《かた》がグランポの殻《から》にぶつかった。すると、グランポが悲しそうに嘆《なげ》いた。

〈ぬすっとだ、ぬすっとだ、かっぱらいだ、泥棒《どろぼう》だ〉グランポはわめいている。

〈あっちいけ！　あっちいかないと、かみついてやる。あっちいっても、かみついてやる！

どっちにいっても、かみついてやる。エンダーマンは武器《ぶき》なんか使わない！　出ていけ！〉

クライは長く黒い指を折り曲げて、フィンとモーに向きなおった。クライが心の中でほくそ笑《え》むのが伝わってくる。

〈われらが祝福《しゅくふく》されしイレーシャ、偉大《いだい》なる混沌《こんとん》の至高《しこう》にして神聖《しんせい》なる代弁者《だいべんしゃ》は、わしとわしの長年の経験《けいけん》をたたえ、このわしをエンダー軍の司令官に任命《にんめい》したのじゃ。イレーシャは、あらゆる作戦を検討《けんとう》して、エンダーマンが生き延《の》びる方法を考えろといわれた。なぜ、エンダーマンが武器《ぶき》を使ってはならんのだ？　人間は武器《ぶき》を使っておる。わしらは人間より、あらゆる面でひいでている。すばらしい剣《けん》をたやすく拾えるというのに、地面に置き去りにするなどばかげておる。わが民《たみ》を戦いに備《そな》えさせるのは、わしの重大な任務《にんむ》。そして情報《じょうほう》によると――〉

クライ司令官はカンをちらっとみて続けた。〈――ある信頼《しんらい》のおける筋《すじ》からの情報《じょうほう》によると、おぬしら、家族《エンド》に属《ぞく》さぬ不愉快《ふゆかい》なエンダーフラグは、監視《かんし》の目が届《とど》かぬこの船で、かなりの武《ぶ》器庫《きこ》を作り上《あ》げておるというではないか。そもそも、エンドに属《ぞく》さないなど、決して許《ゆる》されぬこと。ふたりともクラックスユニットではない。勝手に自分のグループを作ってはならぬ。人間の侵略《しんりゃく》を食い止めたときには、どれかのエンドに入ってもらう。そこでほかのフラグメントと同じように、成長するがいい。おぬしらは特別ではない。当然だが、ここにあるものは、ひとつとしてふたりのものではない。おぬしらは、何年もの間、わしらが大目にみてやっていたから暮《く》らしてこられたのじゃ。わしらがいなければ、わしらがこのとんでもない生活を温かく見守り、同情《どうじょう》してやらなければ、これだけの物を集めることなどできなかったはず。というこ

とは、考えてみれば、これはみなわしらの物だ。これまでやさしくしてやった見返りというわけじゃのう〉

フィンは涙《なみだ》をこらえた。〈つまり、あなたがたは、ぼくらになにも与《あた》えずにほったらかして、無視《むし》して、ぼくらのことをこそこそうわさして、エンダー祭《さい》のときにもシティに入らせず、それに、それに、それに……ぼくらをエンダードームにも通わせず、……ぼくらを見捨《みす》てたってことですよね？　ただぼくらのハブユニットたちが死んだというだけの理由でぼくらを見捨《みす》てて……、それでぼくらがちゃんと生きてるかどうか、みにもこなかったってことですよね？〉

〈ぼくはきたよ〉カンは静かに思った。

〈きてくれたのは、カンだけだった〉フィンはうなずいた。

クライ司令官は、戸惑《とまど》っているようだった。〈その通り。わしがいいたいのは、まったくそういうことじゃ。わしらは、おぬしらを好きなように成長させ、学ばせ、これほどの武器庫《ぶきこ》を持たせておいた。わしが助言を求められておれば、このようなことを認《みと》めはしなかったのだが。これからは、わしがあらゆることに助言することになる。このジ・エンドは劇的《げきてき》に進歩するはずだ。エンドに属《ぞく》さない者どもは危険《きけん》きわまりない。しかし、わしらは寛大《かんだい》じゃった。わしには、おぬしらがなにをごねておるのかわからぬ。わしらは、おぬしらをジ・エンドに置いてやったではないか！　おぬしらを地上世界《オーバーワールド》に追放して、人間の標的《ひょうてき》になるという立派《りっぱ》な人生を歩ませることもできたのにだ。そうすれば、人間が地面に穴《あな》を掘《ほ》るなどという、ろくでもない行動に出るのを遅《おく》らせられたかもしれん。おぬしらが、このように恩知《おんし》らずにも文句《もんく》をいい続けるなら、わしは、この件《けん》に関する方針《ほうしん》を考え直さねばならんかもしれん。剣《けん》の扱《あつか》いは慎重《しんちょう》にな、マラム伍長《ごちょう》。初日に自分を刺《さ》しておっては、戦いの役には立てんからのう。フィンよ、モーよ、エンダーマンがおぬしらを必要としておる。いまがわしらにとっていちばん苦しいときなのじゃ。みなが犠牲《ぎせい》を払《はら》わねばならぬ。ジ・エンドが存続《そんぞく》するためには、みながなにかをあきらめねばならぬ〉

マラム伍長《ごちょう》は剣《けん》を振《ふ》り回すのをやめ、かがんで大きな丸いものを拾った。

〈**だめ！**〉モーは叫《さけ》んだ。〈それはだめ！　やめて！〉モーは、武器《ぶき》の山をよじ登り、猫《ねこ》のように伍長《ごちょう》に飛びかかると、相手の手を激《はげ》しくたたいた。〈放しなさいよ！　武器《ぶき》じゃないんだから、いらないでしょ！　それはわたしのだもん！　お願いだから、放して！〉モーは、マラム伍長《ごちょう》の腕《うで》をパンチした。伍長《ごちょう》はうめいて、手に持った丸い青緑のものを落としそうになった。

モーは手をのばしたが、取り返せなかった。〈なんの役にも立たないったら〉モーはどうすることもできず、猛烈《もうれつ》に怒《おこ》って抵抗《ていこう》した。〈持っていっても、なんにもならない。わたしが持っていなければ、意味がないの。触《さわ》らないで!〉

クライ司令官は軽く首を振《ふ》った。見逃《みのが》してやれという合図《あいず》だ。マラムは、持っていたものを荒《あら》っぽく肩越《かたご》しに投げた。モーは必死でそれに飛びついてキャッチし、胸《むね》にしっかり抱《かか》えた。

〈根こそぎ持ち去《さ》るつもりはない〉クライがそう思っているそばから、フィンとモーのこれまでの人生すべてといってもいいコレクションは、目の前を通り過《す》ぎ、船の外へ、フィンとモーの家の外へ運び出されていく。〈少しは残しておいてやろう……思い出の品や、自分の身を守るためのものはな〉

〈自分の身を守る? けど……だけど、ぼくらはエンダーマンですよ? ぼくらはジ・エンドの一員でしょ? ぼくらもみんなといっしょに戦います。いま、いっしょにいきます!〉フィンは、ふたりの兵士《へいし》をじっとみた。ふたりは何冊《なんさつ》もの本をひっくり返したり、逆《さか》さにしたり、においをかいだりして首をかしげ、司令官をみて指示《しじ》を待っている。

〈いや、そのようなものは必要ない。本を読んでも人間を殺《ころ》すことはできん。置いていけ〉クライは答えた。〈さて、おかしなことをいうでない。モンスターでもあるまいし、正規《せいき》の訓練を受けていない者が戦う必要などないわ！　偉大《いだい》なる混沌《こんとん》は、エンダーフラグの助力などお求めではないのじゃ。だめじゃ、戦いに参加させるわけにはいかん。エンダー軍の部隊に配属《はいぞく》してやるが、ただその部隊についていくように。部隊に知力を貸《か》し、部隊の能力《のうりょく》を増強《ぞうきょう》するだけでよい。おぬしらは兵士《へいし》ではないのだ、哀《あわ》れな愚《おろ》か者《もの》よ。おぬしらは装備《そうび》にすぎん。さて、この船にはなにが残っておるかのう？　うそをつこうなどと思うなよ。クライにはわかるぞ。クライは必ずつきとめるぞ〉

モーは体を前後に揺《ゆ》らし、マラム伍長《ごちょう》から奪《うば》い返したものを、カンが音ブロックを抱《だ》きしめるのに負けないくらいしっかりと抱《かか》えている。

〈事情《じじょう》を話してくれさえしたら〉モーは傷《きず》ついた心でうったえた。〈全部差し出したのに。ジ・エンドはわたしたちのうちだもん。わたしたちだって、人間を倒《たお》したいのに〉

カンは顔を上げた。緑の目がきりりと細くなって、怒《おこ》っている。〈同じじゃないか〉カンの思考はささやくようにかすかで、憎《にく》しみがこもっていた。

フィンとモーに集中していたクライの意識《いしき》がすっと引き、別のほうに向かった。たった一日前のエンドムートでは、やさしい年寄《としよ》りのエンダーマンにしかみえなかったクライは、いまでは別人のようだ。〈なんと申した、フラグメント？　だれと同じだというのじゃ？〉

〈人間だよ！〉カンはかみつきそうな勢《いきお》いだ。〈ここにきて、ほしいものを奪《うば》っていく。ことわりもなく、思いやりもなく、自分のことと自分の役に立つもののことしか考えていない。あなたはこの船を侵略《しんりゃく》している。人間がジ・エンドを侵略《しんりゃく》するのと同じだ。ぼくの友だちのものを略奪《りゃくだつ》して、ふたりのすまいをめちゃくちゃにしている。奪《うば》って、奪《うば》って、奪《うば》いつくす。人間も奪《うば》う。持ちきれなくなるまで奪《うば》う。人間は、巨大《きょだい》な怒《おこ》った馬みたいだ。食べて、食べて、食べつくす。なぜって、愚《おろ》かで、おなかがはちきれそうだと気づかないから。それと同じだ。だからぼくには、どうしてぼくたちが、だれかの装備《そうび》にならなければいけないのかわからない。だって、どちらのばか馬が食べるにしても、ぼくたちはどうせ食べられるのでしょう〉

クライは目を怒《いか》らせ顔をしかめた。〈なんとも見事じゃのう。おぬしは人間の気持ちをそれほど理解《りかい》し、本質《ほんしつ》を見抜《みぬ》いておるのか、カン少年よ。人間という種について、どこでそこまで詳《くわ》しい知識《ちしき》を得《え》た？　なぜそれほどよく知《し》っておる？　わしは、おぬしのハブユニットの怒《いか》りをなだめぬほうがよかったかのう？〉

〈もういいよ〉フィンはとっさにいった。〈欲《ほ》しけりゃ持っていけよ。ただの物なんだから〉フィンは気分が悪かった。吐《は》きそうだった。〈ただのがらくただ〉フィンは、タマト隊長《たいちょう》がさまざまな種類の矢を十本以上束ねるのをみていた。再生《さいせい》の矢、耐火《たいか》の矢、毒《どく》の矢、光の矢、水《すい》中呼吸《ちゅうこきゅう》の矢、そして、フィンが大事にしているタートルマスターの矢。タマト隊長《たいちょう》は、どれも同じ矢で、そっくりな棒《ぼう》の束《たば》にすぎないとでもいうように握《にぎ》り、薪《まき》でも扱《あつか》うみたいに、船倉《せんそう》から外にいる仲間の隊員たちにわたしている。

〈持っていけばいい〉モーもフィンと同じ思いだった。〈わたしたちは協力したいの。ただ、ひとこといってくれたらよかったのに、っていいたいだけ〉

〈そうだろうと思っておった。あわれな家族《エンド》のないくずどもよ。いまにわかるときがくる。戦いになれば、細《こま》かいことなどどうでもよくなる。おぬしらのエンダーマンの肉体も同じだ。そして、すべてはみな無意味なのだ。結局はな。このジ・エンド《イン・ジ・エンド》も、すべてが無意味なのだ！　ああ、部隊を指揮《しき》するのは、じつにすばらしい。脳《のう》が知性《ちせい》で沸《わ》き立《た》っておる。しゃれまで思いつくとは！　信じられるか？　戦いがもっと早くはじまっていてくれていたら！〉

トサトサ、トサッ。グランポの殻《から》が控《ひか》えめに音を立てた。

　クライ司令官は、うるさそうに船尾《せんび》のほうに手を振《ふ》った。〈わかっておるぞ、シュルカー。わしが嫌《きら》いであろう。承知《しょうち》しておるわ〉
〈人間に目を食われちまえ〉グランポは小さく思った。〈おれっち、本気だぞ〉
　船倉《せんそう》は、ほぼ空になった。いまにも崩《くず》れそうな本の山が隅《すみ》のほうに残され、松明《たいまつ》も少しあった。あとは、剣《けん》が三本と、防具《ぼうぐ》のパーツがいくつか床《ゆか》に散らばっている。フィンは兵士《へいし》たちが、ひと仕事終えてお疲《つか》れさまといい合っているのをみていた。〈だけど、なんでぼくらのコーラスフルーツや、ニンジンや、焼き羊肉まで必要なんです？　そんなものを人間相手にどうやって使うんです？〉
〈兵士《へいし》たちは空腹《くうふく》なのだ〉と、伍長《ごちょう》と隊長《たいちょう》。
〈こっちだって〉三人のエンダーフラグがいっしょに思った。
〈だからなに？〉タマト隊長《たいちょう》は、階段《かいだん》をデッキに上がりながら思った。〈お前たちは、いったいなんの隊長《たいちょう》だというのです？〉
〈腹《はら》がへっているなら、食べる物を探《さが》したほうがいいんじゃないか？〉マラム伍長《ごちょう》のほうが少しはやさしかった。だが、ほんの少しだけだった。

〈こちらの用事はすんだぞ、小さいフラグメントども〉と、クライ司令官。

〈そんなに小さくないけどね〉モーは、むっとして思った。

〈わしにくらべれば、果てしなく小さい。態度《たいど》に気をつけるように。さもなければ、痛《いた》い目《め》にあうぞ。中央の島に、真夜中に出向き、任務《にんむ》につくがいい。防具《ぼうぐ》や武器《ぶき》は十分残しておいてやったから、きちんとした格好《かっこう》でくるように。よいな？〉

三人はがらんとした船倉《せんそう》を見回した。いきなり、グランポの殻《から》の音が空《から》っぽの船倉《せんそう》に響《ひび》いた。

クライが、三人《さんにん》のふてくされた顔を冷たくみつめる。

〈いいかげんにせい。あれほど多くの武器《ぶき》を持っておるとは、ぜいたくにもほどがある。金の剣《けん》の使い方もわかっておらんくせに。それくらいは容易《ようい》に察《さっ》しがつく。昼飯の準備《じゅんび》くらいにしか、使っておらんかっただろう。分相応《ぶんそうおう》のアイテムを残しておいてやった。ありがたく思え〉

モーと、フィンと、カンは、黙《だま》って顔をしかめた。

〈ありがたく思えといったのだ、きこえなかったのか！　文句《もんく》があるなら偉大《いだい》なる混沌《こんとん》の名《な》のもとに、わしが思い知らせてやるぞ！〉

〈感謝《かんしゃ》します、クライ司令官〉三人は、怒《いか》りに震《ふる》えながら、そろって思いを伝えた。

〈よろしい。真夜中だぞ。あらわれなければ、わしが最初にみつけた人間にここを教え、おぬしらはうまいぞと伝えてやろう。それから、カン、今後ひと言でも人間に通じておるようなことをいったら、衛生兵《えいせいへい》におぬしを切《き》り刻《きざ》ませ、おぬしが本物のエンダーマンかどうか、骨《ほね》の髄《ずい》まで確《たし》かめてやるからな〉

クライの言葉を最後に、兵士《へいし》たちは消えた。九人全員が、まるでこの船を襲《おそ》った嵐《あらし》が過《す》ぎ去《さ》ったかのように、荒《あ》れた船だけを残して去っていった。

カンは、司令官のいたところをみつめた。

〈クライはエンダーマイトのローストを、ひとりで食べていいぞって、エンダー祭《さい》のお祝《いわ》いでくれたことがあった。ぼくのことをハンサムな子だ、ともいってくれたんだ。そして、オーバーワールドにいる〝ブタ〟という生き物について、おもしろい話をしてくれたのに〉

〈クライはもう、子どもをひざに乗せてぽんぽん跳《は》ねさせてあやすようなことは、しないよね〉モーは肩《かた》をすくめた。

〈おかしいよな、〝司令官〟なんて呼《よ》ばれると、あんなに変わるんだな〉フィンがぼやく。

〈おれっち、あいつ嫌《きら》い〉グランポは、殻《から》を開きもせずに怒《おこ》っている。

〈初めてだね、みんなが賛成《さんせい》してるよ、グランポちゃん〉と、モー。カンがシュルカーの殻《から》を、ぽんぽんとたたいた。

〈ブタはピンク〉と、緑の目のエンダーマン。〈ブタはピンクで、泥《どろ》を食べる。クライはそういっていたよ〉

フィンとモーは顔をしかめた。その話は間違《まちが》っているような気がしたが、ふたりはカンにそういう気にはなれなかった。いまは、それどころではない。

〈いったい、なにが残っているんだろう？〉長いこと、悲しそうに、なにもない三人の未来をみつめていたカンがいった。

フィンはため息をついた。〈壊《こわ》れた木の剣《けん》に、忠誠心《ちゅうせいしん》のエンチャントが施《ほどこ》されたトライデント――タマトのやつ、踏《ふ》んづけたみたいだ――。それから、クロスボウ。三人分の革《かわ》の上着があるけど、エンチャントされたのをだれがとるか、決めないと。おー、壊《こわ》れた石の剣《けん》が立派《りっぱ》にみえる！　本はいっぱいあるし、カンの音ブロックもある。ポーションがいくつかあるけど、中身が中途半端《ちゅうとはんぱ》に残ってるだけでどれも使い物にならない。コーラスフルーツがちょうどボウル一杯《いっぱい》。あとは、なんだかわからないけど、モーが大騒《おおさわ》ぎして取りもどしたそれだ〉

フィンとカンは、モーに遠慮《えんりょ》して近づかずにいたが、ふたりとも知りたくてたまらなかった。モーが、エンダーマンを、しかもおとなの兵士《へいし》を殴《なぐ》ってまで守ったものは、なんだったんだろう。

モーは船倉《せんそう》の床《ゆか》にすわっていた。ぴくりとも動かずに、ずっとそうしている。そこにすわったまま、あまりに腹立《はらだ》たしくて動けず……それを抱《かか》えていた。マラム伍長《ごちょう》が持っていこうとしたものを。その丸くて、青緑のなにかは、モーがとても大切にしてきたものだった。

〈なんでもないよ〉モーは思った。白く光る涙《なみだ》が、フィンとカンの頭の中で雪のように輝《かがや》いている。〈ばかみたいだけど、なんていうか、あいつがこれを荒《あら》っぽく扱《あつか》うのをみたら、わたし、プチッと切れちゃったの。割《わ》れてたかもしれない〉

フィンが身《み》を乗《の》り出《だ》す〈それ、なんなの、モー?〉

モーは、それを腕《うで》の中でいとおしそうになでている。〈わたしのよ。これはぜったいに、わたしのだから、フィンにだって話さずにおいたの。この間の夏にみつけたんだ。エンドラが教えてくれたんだもん〉

〈エンダードラゴンから、なにかもらったの?〉カンは信じられない気持ちだった。あの巨大《きょだい》なドラゴンは、決してだれかになにかしてくれることはないのに。
〈なんていうか、もらったんじゃなくて、教えてくれたの。島の下にあるって。だれかが落としたんでしょう。もしかしたら、ただそこに生成《スポーン》したのかも。魔法《まほう》みたいに。運命《うんめい》みたいに〉
モーは首を振《ふ》った。〈でも、いった通り、ほんとにばかみたい。いつも、これがなにか……起こすと思ってた。でも、なにも起こらなかった〉モーは、長く黒い腕《うで》をはなしてみせた。モーのひざには、大きくて少しかびくさい、緑と青と黄色まじりの卵《たまご》がのっていた。〈なんていうか、これを温かいところに置いておいたら、ほら、船倉《せんそう》なら松明《たいまつ》は灯《とも》ってるし、いろんなものがあるし、そしたら孵化《ふか》するかもしれないって思ったの〉
フィンは、正座《せいざ》してすわった。〈なんなのそれ？〉
〈ゾンビホースの卵《たまご》だよ〉モーは打ち明けた。〈ひびが入っちゃったけど〉

第7章　人間たち

真夜中がきた。

そして去《さ》った。

エンダーマンたちはみんな、国民として、エンダードラゴンの美しくも不毛な島に集まって、隊列《たいれつ》を組《く》み、立ち並《なら》ぶ黒曜石《こくようせき》の柱の足元に立っていた。柱の上では、クリスタルの火が銀のケージの中で燃《も》えている。

エンダーマンたちは、フィンとモーの生きてきた証《あかし》を身に着けていた。ふたりの持っていた物は、ほかのエンダーマンたちが体に合っていようがいまいが、無理にでも装備している。年少のエンダーマンは、部隊から部隊へ駆《か》け回って物資《ぶっし》を運んだり、命令を届《とど》けたりしながら、軍全体に知力を貸《か》して、戦いにふさわしい思考のバランスをみいだそうとしていた。モーは、弓の部隊につくよう命じられた。クライ司令官は、フィンをモーからできるだけ離《はな》して、治療《ちりょう》部隊《ぶたい》につけた。しかし、クライに面と向かっていやとはいわなかったが、だれもカンを仲間と思うほど信用しなかった。だからカンは後ろのほうで、外からみんなをみていた。これまでもそうだったように。ただし今回、カンは折れた石の剣《けん》を、命を守ってくれるとでもいうように握《にぎ》りしめていた。

偉大《いだい》なるエンダー軍の兵士《へいし》たちは、赤紫《あかむらさき》の目を夜に向けて、ジ・エンドのために命を投げ出す覚悟《かくご》でいた。エンダードラゴンが上空を旋回《せんかい》しながらすべての人間に火と憎《にく》しみと、復《ふく》讐《しゅう》と死の咆哮《ほうこう》を上げていた。

準備《じゅんび》はできていた。

ジ・エンドはとても静かで、暗闇《くらやみ》でお互《たが》いの呼吸《こきゅう》の音がわかるほど、静まりかえっていた。あまりにも静かなので、ひとりひとりの体内にあるエンダーパールの規則的《きそくてき》な鼓動《こどう》まできこえてきた。これほど多くのエンダーマンが集まるのは初めてのことだ。エンダーマンの知力が触《ふ》れ合って、電気がはじけるような音を立てた。いま、エンダーマンは恐《おそ》ろしい目的のために集まっていたが、もしそうでなければ、一丸となったエンダーマンたちは、どんな問題でも解決《かいけつ》できただろう。どんなにすばらしい機械でも発明できただろう。もしも、全宇宙《ぜんうちゅう》に生存《せいぞん》するとても頭のいい生物が、ものすごく難《むずか》しく、なぞめいた、哲学《てつがく》みたいななぞかけをしても、エンダーマンたちは三、四秒で答えられたはずだ。エンダーマンがひとつの巨大《きょだい》な集団《エンド》になったとき、彼《かれ》らはそれほど賢《かしこ》くなる。そのような機会はこれまで一度もなかったし、もう二度とないだろう。

ただならぬ気配に、空気がぴりぴりしている。こんな静けさが生《しょう》じるのは、とてつもなく大きな嵐《あらし》か、想像《そうぞう》もつかないほどの大惨事《だいさんじ》の前だけだ。いや、もうひとつ、戦争の前。

ところが、時が過《す》ぎても結局《けっきょく》、なにも起こりはしなかった。

そのうち、みんな家に帰りはじめた。おなかがすいてきたし、疲《つか》れていたし、なんとなく、つまらなくなってもいた。

エンダーマンたちは、ほかになにをすればいいのか、わからなかった。エンダーマンたちは戦争の日を決めた。ところが人間たちはあらわれなかった。これは、エンダーマンは戦わずして勝ったということだろう。しかし、本当に勝ったのだろうか？　みんな、すっきりしない気分だった。

モーと、フィンと、カンがもどったとき、船は死んだように静かだった。三人はしばらくデッキに立っていた。少し戸惑《とまど》い、少しショックも受けていた。そして、三人とも認《みと》めたくなかったが、少しがっかりしていた。戦いにいきたかったわけではない。戦いは危険《きけん》だ。死ぬ可能《かのう》性《せい》もある。吹《ふ》き飛《と》ばされてばらばらになってしまうかもしれない。腕《うで》や脚《あし》だけではない。魂《たましい》。心。記憶《きおく》。しかし、気持ちを高め勇気《ゆうき》を奮《ふる》いおこして戦うつもりになったのにそれが空振《からぶ》りに終わってしまうと、必死に勇気を積み重《かさ》ねた場所にずいぶん奇妙《きみょう》な穴《あな》が残るものだ。

常《つね》にテレパシーがはたらいていると、自分の感じていることを完全に隠《かく》すことはできない。三人は、三人ともが同じように奇妙《きみょう》に拍子抜《ひょうしぬ》けしているのを感じていた。三人とも、同じように感じているのがわかっていた。今日、人間を全滅《ぜんめつ》させるチャンスがなかったのを残念がるべきではない。それでも、船は物音ひとつ立てず、罪《つみ》の意識《いしき》のようにひっそりし続けていた。

フィンとモーの目の前には、空《から》っぽになった自分たちの家があった。ふたりは、暗い船倉《せんそう》の中を見下ろした。壁《かべ》にさした松明《たいまつ》の火が揺《ゆ》れている（少なくとも、明かりまでは取り上げられなかった）。グランポの殻《から》は奥《おく》の壁《かべ》ぎわにあり、三人をとがめるように黙《だま》っている。

モーはなぜか、船倉《せんそう》は魔法《まほう》のようにまたいっぱいになっているのではないかと思っていた。だが、そんなわけはない。船倉《せんそう》の床《ゆか》や壁《かべ》には紫《むらさき》と黄色の木のブロックがはめられていたが、ふたりがそれを目にするのは何年ぶりだろう。ブロックやチェストや箱が置いてあったところは、ほこりをかぶることも、足跡《あしあと》がつくこともなかったため、ほとんどぴかぴかだ。軍に持っていかれなかった本の山を除《のぞ》けば、落ち着かないくらいきれいだ。

グランポと同じで、ふたりはそれがいやでたまらなかった。

〈フィン〉モーは動揺《どうよう》していた。〈貧乏《びんぼう》になっちゃった。食べる物がないよ。金《きん》もない。なんにもない。どうやって生きていけばいいの?〉

フィンは返事に困《こま》った。〈もしかしたら、クライが一日かふつかで全部返しにきて、あやまるんじゃないか。ブタの話をしてくれたりしてさ〉

〈ブタはピンク〉カンは、ぼんやり考えていた。

フィンはうなずいた。〈らしいね〉

〈ちょっと、まじめにいってるの。わたしたち、なにを食べる? 今夜、なにを食べるかってことなんだけど? いまよ? おなかすいちゃった〉

モーは黒いおなかをさすった。

〈本は食べられるの？　食べられるとして、体にいいのかな？　本って、栄養《えいよう》ある？　もしかしたら……質《しつ》のいい脂肪《しぼう》かなにかがとれるとか〉

〈やめてくれよ〉フィンはぎょっとした。本はフィンにとって、エンダードームでの訓練に代《か》わるものだった。学び、敵《てき》について研究するためのものだ。〈ぼくらには本しか残ってないんだぞ。おなかがすいたなら、あの卵《たまご》を食べたらどうだ？　少なくとも、卵《たまご》は食べ物だし！　ゾンビホースのほうがよっぽど、質《しつ》のいい脂肪《しぼう》がありそうだ！　ウマウマ！〉

モーは、あわてて隅《すみ》のほうに隠《かく》した卵《たまご》のところに走っていった。そして卵《たまご》を腕《うで》に抱《だ》いて、やさしく揺《ゆ》らした。卵《たまご》のひびを確《たし》かめる。いない間に、ひびは広がっていないようだ。〈ひどいよ。なんで意地悪いうの？　わたしの卵《たまご》に手出ししたら、殴《なぐ》るからね〉

フィンはすぐに後悔《こうかい》した。冗談《じょうだん》のつもりだったのだ。いや、多少は本気も混《ま》じっていたが。フィンは、ものすごくおなかがすいていたし、ゾンビの卵《たまご》は結構《けっこう》大きいのだ。モーが本を食べるなどというから、フィンもつい口がすべってしまった。

〈ごめん、モー。あやまるよ。たぶん、戦争で使うはずだった意地悪な気持ちがたまってるん

だ。それでいま、その気持ちは……なんでもいいからはけ口がほしいのかも〉

モーはフィンをじろりとみて、卵《たまご》をしっかり抱《だ》いた。

いきなり、グランポの殻《から》が、手をたたくみたいに開いて閉《と》じた。三回、あっという間《ま》に。三人とも、ぎょっとして飛び上《あが》った。リンゴが三個、シュルカーの隠《かく》れ家《が》から飛び出し、音を立てて床《ゆか》に落《お》ちた。

〈グランポ！〉フィンとモーは、うれしそうに思考を踊《おど》らせた。ふたりは駆《か》け寄《よ》ってリンゴを拾う。

〈いい子ね、よしよし〉モーは、グランポの殻《から》の正面にキスしまくった。殻《から》の中ではグランポがつっけんどんにいう。

〈ちがう。おれっち、いい子じゃない。そのリンゴ、毒《どく》だ。あっちいけ〉

〈毒《どく》じゃないって〉フィンは笑った。〈おいしいリンゴだ。それに、グランポはいい子だ。あ、いい子だ〉

〈すごい勇気だな。クライ司令官から隠《かく》しておいたなんて〉カンは驚《おどろ》いた。

〈おれっち、隠《かく》してない。証拠《しょうこ》ないぞ。リンゴでも喉《のど》につめろ〉グランポはくってかかって、それからはいっさい考えるのをやめた。その間に、フィンとモーは、グランポをちやほやしてほめちぎったので、グランポは殻《から》の中で二度吐《は》いた。シュルカーのゲロはかなり気持ち悪い。

三人は、リンゴを剣《けん》の先に刺《さ》し、そのささやかなごちそうを松明《たいまつ》の火であぶった。もしかしたら、しばらくは食べ物にありつけないかもしれない。一からやり直しだ。コーラスツリーから、実と花を集める。フィンとモーが小さい頃にやったように。家族のない物乞いみたいに。

三人はリンゴを食べても、あまり空腹《くうふく》が満たされた気はしなかった。それより、なんとなく気分が悪くて、ものすごく眠《ねむ》かった。シュルカーは、やはりシュルカーで、あのリンゴには本当に少し毒《どく》が入っていたのだ。結局、よくも悪くも、食べたリンゴはひとりひとつだけだったおかげで、満腹《まんぷく》にはならなかったが、ひどく気分が悪くなることもなくすんだ。

モーと、フィンと、カンは、船倉《せんそう》の硬《かた》い床《ゆか》に背中《せなか》と背中《せなか》と背中《せなか》を合わせてすわり、ふっと眠《ねむ》ってしまった。モーは卵《たまご》を抱《だ》いて、カンは音ブロックを抱《だ》いて、フィンは本の山の横で眠《ねむ》った。

三人とも、疲《つか》れ果《は》てていた。こんなことはいままでになかった。だれもこれからどうなるのか、まったくわからない。三人とも夢《ゆめ》をみた。リンゴと、ブタと、音楽と、ハブユニットと、空が晴《は》れていてもいつ降《ふ》りはじめるかわからない雨の夢《ゆめ》だった。

ささやき声《ごえ》がきこえてきたのは、何時間もたってからだった。完璧《かんぺき》な真夜中。ジ・エンドではいつも〝完璧《かんぺき》な真夜中〟のようなものだが、このときは本当にそうだった。エンドロッドがいちばん光を失うときだ。どこもかしこも、完璧《かんぺき》にまっ暗で静まりかえっていた――と、そのとき。

ひそひそ。

ドアの外、船のデッキで、小さく、ひそやかで、せわしい声がする。

モーが最初に目を覚ました。心臓《しんぞう》の音が、頭の中で大きく響《ひび》いている。もう、全部持っていったのに！　なんでもどってくるの！　モーは、フィンとカンをかばうように前に出た。卵《たまご》は自分のうしろに隠《かく》した。もしかしたら、クライは卵《たまご》まで取り上げにきたのかもしれない。

またささやく声。今度はさっきより大きい。

フィンが目を覚ました。フィンの赤紫《あかむらさき》の目が、薄暗《うすぐら》いなかでうっすら開く。

〈外にだれかいる〉モーがフィンに伝えた。

カンが顔を上げた。〈ぼくのハブユニット？　カーシェン？　テグ？〉

〈ちがうみたい〉モーは船尾《せんび》のほうに目を向け、壁《かべ》から出《で》っ張《ぱ》ったシュルカーをみる。〈なんでグランポは大騒《おおさわ》ぎしてないの？〉

なにかが木のドアに激《はげ》しくぶつかった。ささやきは、もうドアのすぐ外《そと》まできていて、話の内容《ないよう》まで聞き取れそうだ。

フィンとモーははっとして、目を見開いた。

〈なに？〉カンは、なにがなんだかわからず、ふたりを交互《こうご》にみている。

〈声がするでしょ〉と、モー。

〈うん、ぼくにもきこえる。クライ？　マラム伍長《ごちょう》？　タマト隊長《たいちょう》かな？〉

モーはカンの手をぎゅっと握《にぎ》った。そして、その手をカンの顔の横に押《お》し当てた。〈ちがうの、カン、きこえるの。声が、耳できこえてるのよ〉

船倉《せんそう》の外でだれかが話している。だが、テレパシーではない。美しい思考がきれいに、一瞬《いっしゅん》にしてだれかの頭の中にあらわれるのではない。しゃべっているのだ。顔を動かして。いくつもの顔がある。グランポが知らせなかったのは、グランポが知らなかったからだ。グランポは、だれかが船に近づいてくるのを感じなかった。それは、近づいてきた者たちがテレパシーを使えなかったからだ。近づいてきた者たちは思考を閉《と》じ、口を開いていた。

「静かにしろよ！　ばか」

「なんで？　中の宝《たから》がびっくりするってか？」

「ただでかいだけのぼろ船だろ。ほかのと同じだ。中に入って、シュルカーを倒《たお》して、チェストを開けて、エリトラをいただいて、脱出《だつしゅつ》。いつもと同じ」

「どうかな、この船、気味が悪い。静かすぎるんですけど。とにかく、気をつけよう」

「じゃ、ドラゴンのとこにもどるか？　あのやろうは、うるさかったぞ」

「あのドラゴン、〝やろう〟かどうか、わからないわよ」

「おいおい、この船を襲《おそ》うんだろ？」

「さ、いこうか」

「いくぞ」

「お先にどうぞ」

「ったく。なんだよ、わがままだなあ、ローリー」

エンダーマンたちは、閉《し》まっているドアをみつめて震《ふる》えあがった。

人間たちが。

ここにいる。

いま。

そして、逃《に》げ場《ば》はない。

ドアが勢《いきお》いよく開いて、四つのモノが、船に飛びこんできた。角《かく》ばって、ぶかっこうで、ずんぐりした、まだら模様《もよう》の生き物。肌《はだ》の色がひとりひとりちがう。肌といえば、美しくなめらかな黒のはずなのに。服の色もばらばらだ——ひとりは赤、ひとりは青緑、もうひとりは緑、残りのひとりは黄色の服を着ている。四人とも服を着ている！　いろんなスタイルの服！　エンダーマンの肌《はだ》は、肌《はだ》と、シャツと、コートと、ズボンと、防具《ぼうぐ》をすべて兼《か》ねている。モーも、フィンも、カンも、服などただの一度もみたことがなかった。チェストプレートならわかる。しかし、ジーンズやTシャツは初めてだ。フィンとモーは、それをなんと呼ぶのかさえ知らなかった。人間たちが身に着けているものは、防具《ぼうぐ》としてはあまり役に立ちそうにない。いったい、なんの意味があるのだろう？

人間は、大声を上げて武器《ぶき》を振《ふ》りかざした。そして、フィンとモーのプライベートな空間に、ふたりの家に、笑いながら、剣《けん》をめちゃくちゃに振《ふ》り回して突入《とつにゅう》してきた。ろくにねらいも定めていない。青緑のシャツを着た女の子が、カンに飛びかかった。頭上に高々《たかだか》とダイヤモンドの剣《けん》を振《ふ》り上げ、歌うように叫《さけ》びながら振《ふ》り下ろす。モーは泣きながら、その人間のおなかを思い切りパンチした。おかげでカンは、首を切り落とされずにすんだ。

「いたっ」人間はうめいた。「この子たち最悪。なんなのよ」

「みて！」赤い服を着た女の子がいった。「あっちの、緑の目をしてる！　すっごーい」

〈カンに近づかないで！〉モーは激《はげ》しく思った。ところがその女の子とは、記憶《きおく》も、思考も共有《きょうゆう》できないのがわかった。

〈ぼくは大丈夫《だいじょうぶ》〉カンの思いは震えている。〈やられてないから。それにぼく、まだ剣《けん》を持っている〉カンは後ろ手に剣《けん》を手探《てさぐ》りし、柄《つか》を握《にぎ》った。

モーは、凶暴《きょうぼう》な人間の女の子ふたりを恐《おそ》ろしいエンダーマンの目でにらみつけた。エンダーマンが視界《しかい》に獲物《えもの》をとらえたら、もう止められない。すべてを破壊《はかい》するほど猛烈《もうれつ》な怒《いか》りがみなぎり、目標《もくひょう》をずたずたに引《ひ》き裂《さ》くまで、その怒《いか》りはしずまらない。

ところが女の子たちは、エンダーマンの怒《いか》りの目にとらわれてしまったことに気づいていないようだった。ふたりはこそこそなにか耳打ちし合い、モーを完全に無視《むし》している。

黄色のシャツの男の子がグランポに駆《か》け寄《よ》り、トライデントで殻《から》を突《つ》きまわした。トライデントだ！　フィンはつい、うらやましそうにみつめた。これまでに一本だけみつけたトライデントは、あやうくクライに取り上げられるところだった。武器《ぶき》のなかでも、フィンはトライデントが気に入っていたのでもっとほしかったが、一本しかみつけられなかったのだ。フィンは黄色の人間のほうに飛び出し、グランポとの間に割《わ》って入った。トライデントがフィンの肩《かた》とひざに当たり、ひじをかすめる。なぜかひじがいちばん痛《いた》かった。

「どけ！」黄色の人間はフィンに怒鳴《どな》った。「きみの相手をしてる暇《ひま》はない！」

〈たのむから、出ていってくれ〉フィンはうめくように伝えた。腕《うで》がすごく痛《いた》い。フィンは、その男の子の目をみて、昔からエンダーマンに受《う》け継《つ》がれてきた、強烈《きょうれつ》でどうにもならない爆《ばく》発的《はってき》な怒《いか》りを全身にみなぎらせた。フィンに、生まれながらに備《そな》わっている怒《いか》りだ。しかし、黄色の人間はまったく平気で、フィンの思考もきこえていないようだった。この人間にみえているのは、痛《いた》みと怒《いか》りで赤くなったエンダーマンだ。速攻《そっこう》をしかけてくるわけでも、殺《ころ》そうと殴《なぐ》りかかってくるわけでもない。

グランポは、間違《まちが》いなく目覚めていた。激怒《げきど》していて、その怒《いか》りは言葉にならないほどだった。ただ、長い憎《にく》しみの叫《さけ》びとなって、フィンたちの頭の中を切《き》り裂《さ》いて響《ひび》いた。

〈やーーーーーっちーーーーまえーーーーっ！〉シュルカーの金切り声。

「ちぇっ、なんだよ」緑の服を着た男の子がいった。「ここ、なんにもないぜ。チェストのひとつもないのかよ？　史上《しじょう》。最悪の。船だ。コール、なにぐずぐずしてる、マジでシュルカーに手こずってんのか？　そんなもん、初心者のなかの初心者向けだぞ。弱いんだぞ。そんなもん、ほっとけ。シュルカーにうるさがられてるじゃないか」

「もういこうよ、ジャックス」赤い服の女の子が、ため息をついた。「ばかばかしい。意味ないし。先客がいたみたい」

「そうね。ごめんね、あなたたち」青緑のシャツを着た、さっき、カンの首を切り落とそうとした女の子があやまった。「うちら、こんなところまでクリアしているプレーヤーがいるとは思わなかったのよね。ごめん。うちはローリー、こっちはジェスター」――ローリーは親指を後ろにいる赤い服の友だちに向けた。――「そっちの大柄《おおがら》なのがジャックスで、やせているのがコールよ」

〈この人間たち、だれに話してるの？〉モーは混乱《こんらん》していた。卵《たまご》を胸《むね》にぎゅっと抱《かか》えた。そうすると不思議と少し落ち着いた。〈侵略《しんりゃく》って、このこと？〉

〈わからない！〉フィンは、息を切らせている。腕《うで》がまだひどく痛《いた》むのだ。フィンは、目の前の人間から別の人間のほうを向き直り、いつでもまた戦えるように両手を軽く握《にぎ》った。

ジャックスは顔をしかめ、「ここでただエンダーマンとつるんでるなんて、なんかおかしくねえ？　だけど、まあ、好きにしろ」といった。「お前ら、もうドラゴンを倒《たお》したのか？　まだなら、おれらといっしょにきてもいいぜ。アイテムをいただいたら、あいつの心臓《しんぞう》を刺《さ》し貫《つらぬ》いてやるんだ」

「ねえ」ジェスターが指を鳴らした。「ちょっとー？　失礼ね！　なんとかいったら？　そんなふうにカボチャをかぶってても、しゃべれるんですけど」

カンの鮮《あざ》やかな美しい緑の目が大きくなった。

〈ぼくに話しかけているのか〉カンは思った。〈ぼくは人間だ。ずっと人間だったんだ。この人たちは、ぼくがこの船を襲《おそ》ったと思っている。自分たちと同じだと考えている。ふつうの人間の男の子ならそう思うだろう。この人たちは、ぼくがこの船を襲《おそ》って、人間のくせにエンダ

ーマンの振《ふ》りをしているると思っているんだ。ぼく……ぼくは、この人たちが正しいと思う〉

カンは、人間たちのほうに一歩進み出た。その顔には、切ないほどの喜《よろこ》びと悲しみが浮《う》かんでいる。カンは口を開けてしゃべろうとした。実際《じっさい》に声を出して伝えるのだ。なめらかで音の出ない思考で伝えるのは、もうおしまいだ。本物の言葉。人間の言葉をついに話すのだ。

「わー、ジェスター！」コールが大声を出した。「気をつけろ！　そいつ、そっちにいくぞ！」

コールは飛び出してきて、トライデントを振《ふ》った。刃先《はさき》がカンの頬《ほお》をかすめ、傷口《きずぐち》がぱっと赤くなる。深《ふか》い傷《きず》ではなかったが、緑の目をしたエンダーマンは、心の底から傷《きず》つき、困惑して、人間たちをみつめた。

「お前ら、さっさとそいつを片《かた》づけたほうがいいんじゃねえか？」ジャックスと呼ばれた人間がいった。「気づかれずにこそこそ歩きまわるのは楽しい、おれも正直そう思う。けど、まず片《かた》づけちまったほうが楽だぞ。心配するなって。やつらは、お前らが近づいても気づきゃしない。呼吸《こきゅう》もしてないんじゃないかって思うくらいばかだからな。カボチャをかぶってる限り、そいつらを片《かた》っ端《ぱし》から倒《たお》せるぞ。それでもやつらには、なにが起こってるのかわかりゃしない」

フィンとモーはその場に立ちつくし、ぼうぜんとしている。グランポの悲鳴が、さっきからずっとふたりの頭の中で響《ひび》いていた。グランポは、まるで人間の音にがまんできず、悲鳴でかき消そうとしてわめいているかのようだった。ふたりが心の中で勇気を積み上げたところには、きれいさっぱりなにもなくなった。ふたりとも、理解《りかい》できなかった。理解《りかい》したくないのかもしれない。フィンとモーは、お互《たが》いの手を取った。

〈たのむからいなくなってくれ。こんなのうそだといってくれ〉フィンは思った。

〈きっとわたしたち、まだ眠《ねむ》ってるのよ。きっと、あのリンゴは本当に毒入《どくい》りだったんだ。やっぱりグランポは**悪い子**だったんだ。ずっと、そうじゃないかと思ってたのに〉モーは考えた。起こっていることの重みに、心が壊《こわ》れかけている。モーは卵《たまご》を抱《だ》きしめた。卵《たまご》はちゃんとそこにあった。その卵《たまご》は現実《げんじつ》だった。卵《たまご》は愛。卵《たまご》は命。

ローリーが、咳払《せきばら》いした。「きまずいね」

「とにかく……」ジャックスは、コホンと咳《せき》をした。「そこのふたり、いっしょにドラゴンを倒《たお》しにいくか？　おれら人間は、いっしょに行動したほうがいいんだ」

〈おれら人間？〉フィンとモーはくり返す。〈ふたり？〉

カンは床《ゆか》にくずれ落ちた。

グランポのテレパシーの叫《さけ》びが、いきなり止まった。

フィンは妹にしがみついた。

モーは、これでもかというくらいきつく卵《たまご》を抱《だ》きしめた。この悪夢《あくむ》が消えてほしいといわんばかりにきつく。

卵《たまご》が割《わ》れた。

第8章　みんなで六人

〈ちがう〉フィンは怒《おこ》った。〈ぼくらは人間じゃない〉

細長いくすんだ紫色《むらさきいろ》のものが、卵《たまご》の殻《から》を突《つ》き破《やぶ》って出てきた。端《はし》には硬《かた》い黄色の蹄《ひづめ》がついている。まるでこぶしほどに肥大《ひだい》して変色した爪《つめ》のような蹄《ひづめ》だ。

〈勘違《かんちが》いだ〉カンは必死だった。〈ぼくだよ。ぼくがそう。ぼくが人間だよ〉

ひょろっとしたものがもう一本、モーの卵《たまご》から出てきた。まっ赤な血管がくねりながら全体に走っている。その複雑《ふくざつ》な模様《もよう》は、美しい花瓶《かびん》の模様《もよう》のようだが、ずっとずっと生々《なまなま》しく……べちゃっとしている。

〈〝いっしょにドラゴンを倒《たお》す〟って、いったいどういうこと？〉モーは責《せ》めるように思った。

〈エンドラのこと？　もしそうなら、エンドラに立ったまま焼かれるよ〉

なにかとても大きなものが、必死でモーの卵《たまご》から生まれようとしていた。細長い脚《あし》が、いっしょうけんめい宙《ちゅう》を蹴《け》っている。頭が青緑の殻《から》を押《お》し破《やぶ》ろうとしている。そのおぞましい頭は、ところどころに鮮《あざ》やかな色の骨が、あざだらけの皮膚《ひふ》から透《す》けてみえている。そして、黄色く鋭《するど》い歯が生えていて、産声《うぶごえ》を上げる前から頭にはカビが生えていた。

それがいなないた。

棺《ひつぎ》の蓋《ふた》が開くような声だった。

それはモーの黒い、愛情《あいじょう》のこもった顔を、カビのようなまつげの生えた大きな黒い目で、じっと見上げている。

〈ママ?〉ゾンビホースのしゃがれた思考がモーの心に響《ひび》いた。

「わお! これ、知ってるし!」ジェスターが驚《おどろ》く。「こいつの卵《たまご》、すごいレアものだよ! 暗黒星《ネザースター》と交換《こうかん》しようよ」

モーは、ゾンビホースの首に、やさしく腕《うで》を巻《ま》きつけた。女の子。雌馬《めすうま》だ。毛はよれよれで、ぬれていて、生の牛肉のようなにおいがした。

〈ママ〉おぞましい馬は、うれしそうにげっぷをした。その息で松明《たいまつ》の火が消えた。〈脳《のう》みそ。

脳《のう》みーーーそ？〉子馬ゾンビは、ゾンビならだれでも大好きな食べ物を求めてあたりをかぎまわった。そして、血走った目で、意味ありげにフィンの頭をみつめている。

〈お前のベイビー、気持ち悪い〉グランポが殻《から》からみていた。〈おれっち、そいつ嫌《きら》い。ごみ箱に捨《す》てちまえ。おれっちがそいつを絞《し》め殺《ころ》してやってもいいぞ〉

〈グランポがごみ箱に入れれば！〉モーは怒《おこ》っていい返した。〈この子はかわいいもん！　ね、ベイビー？〉

〈モー、いまは、もっと大事なことがあるんじゃないか？〉

モーは、意地を張《は》ってフィンをにらみつけた。

〈ない〉そして、とてもやさしく、ウマの額《ひたい》にキスした。

〈あなたしかいないの〉モーは静かに思った。〈あなたはいままでのわたしの人生のすべて。いままでわたしがくさいウマだったとしても同じ。これからわたしたちに起こることは起こってほしくないし、もうすぐわかることなんて知りたくない。でも、起こるのは止められないし、知ったことは知らなかったことにはできない。だから、わたしはただ、いまに集中して、いまが終わるのを待つ。あなたを手放したりしないからね。体じゅうの傷《きず》だってかわいいよ〉

モーには、ゾンビホースの頭の中がどうなっているのか、まったくわからなかった。さっき、ゾンビホースの思考が伝わってきたから、テレパシーが使えるのだろう。だが、死んだ心というのは、だれかの思いをしっかり受け入れるゆとりがあるのだろうか？　モーは、ひとりで考えた。やってみなければ、わからない。モーは、ゾンビホースに笑いかけ、頭の中を、心の中を、魂《たましい》をのぞいてみようとした。自分の心を子馬の心に近づける。

すると、墓地《ぼち》がみえた。墓地《ぼち》はどこまでも続き、百以上、さらにそれ以上の塚《つか》がある。どの塚《つか》も、最近、土が掘《ほ》り起こされたようだ。針金細工《はりがねざいく》のような、ゆがんだ木々が墓石《はかいし》の上にしだれている。不気味な白い月が墓地《ぼち》をすみずみまで照らしている。モーの思考に応《こた》えるものはないようだ。墓石《はかいし》には、さまざまな言葉が刻《きざ》まれている。「**ハロー**」「**やあ**」「**かわいい**」「**気持ち悪い**」「**ベイビー**」「**ごみ箱に捨《す》てちまえ**」「**わお**」「**脳《のう》みそ**」「**ママ**」「**おなかすいた**」「**おなかすいた**」「**ママ**」「**脳《のう》みそ**」。そしてほかの墓石《はかいし》には、なにも書かれていなかった。子馬はまだほぼなにも経験《けいけん》していないのだから、無理もない。

むくんで、腐《くさ》りかけた手がゆっくり、墓《はか》のひとつからもぞもぞ出てきた。手の爪《つめ》には、黒ずんだ紫《むらさき》のカビがもわもわと生えている。掌《てのひら》には穴《あな》が空《あ》いていて、ウジ虫がはい出してきている。

そこにある墓石《はかいし》には、「ハロー」と書かれていた。

その手は、モーに向かって恥《は》ずかしそうにゆらゆらしている。

〈やっほー、ベイビー〉モーは呼《よ》びかけた。

「おい！」コールが大声を上げた。「すっごい。失礼。だぞ。親切に。いって。やってる。のに。しかと。する。なんて」といいながら、ひとことひとことの間に手を打ち鳴らす。

「口はこうやって動かすんだ」ジャックスは、大げさにゆっくりいった。

そして、手をのばし、ふざけてフィンの顎《あご》を上下に動かした。

いきなりフィンの顎《あご》がちぎれて、ジャックスの手にそれが残った。

モーは悲鳴を上げた。頭の中で、ではない。フィンの頭の中でもない。カンの頭の中でもない。

モーは悲鳴を上げたのだ。その声は船倉《せんそう》じゅうに響《ひび》いた。ゾンビホースも悲鳴を上げた。まったく同じ高さの音だったが、ずっと音量は大きかった。新しいことを覚えるのは、楽しい。たとえゾンビホースでも、それは同じことだ。

しかし、ちぎれたのはフィンの顎《あご》ではなかった。

カボチャの一部だった。

美しいまっ黒なエンダーマンの顔の中から、明るい茶色の肌《はだ》がのぞいている。

ジャックスは、カボチャのかけらを顔色ひとつ変えずに持っている。「やべっ。お前のカボチャ、やべえよ。古くて腐《くさ》りかけてる。このカボチャ、あとどれくらいもつのかわからないぞ、なあ?」

〈うそだ〉と、フィンは思い、モーをみつめた。〈あり得《え》ない〉

「なんていったの?」ローリーが、助けるようにいう。「もう一回、もっと大きい声でいってくれる?」

「あり得《え》ない」フィンは苦しそうにいった。きしんだひどい声で、がらがらでしゃがれている。まるで何年も使っていないような声だった。実際《じっさい》、その通りなのだ。

モーは片手《かたて》を上げて自分の顔を触《さわ》った。催眠術《さいみんじゅつ》にでもかかったようだった。自分の顎《あご》の下の、ジャックスがフィンの顎《あご》をつかんだのと同じところに指を押《お》しこんで、持ち上げてみる。

カボチャのかけらが、腐《くさ》った木のようにとれた。

モーは、火でもついているかのように、それを振《ふ》り落とした。かけらは床《ゆか》に落ちた。表《おもて》のほうは、まだ黒くてつやがある。反対側は、ぐちゃっとやわらかく、腐《くさ》っていた。それに、種まで二、三粒《つぶ》くっついている。カボチャのかけらはすぐにしぼんで塵《ちり》になり、消えてしまった。

カンは片手《かたて》を自分の頬《ほお》に当てた。そして指を顎の下に滑らせ、上に引っ張った。

なにも起こらなかった。

〈そんな〉カンは、心の中で嘆《なげ》いた。〈そんな、そんな、そんな。そんなわけない〉

カンは何度も顔を引っぱった。何度も持ち上げた。何度も顎《あご》をこすって、カボチャのヘルメットの端《はし》をみつけようとした。みつかるわけのないヘルメットを。カンの心の中で涙《なみだ》がこぼれた。〈いったいどうなっているの。ぼくなのに。人間はぼくだ。フィンとモーじゃない。お願い、お願いいだ。ぼくは人間なんだ〉

「どういう……なんでこんな」フィンはいった。しゃべるのは、すごく難《むずか》しい！　こんなにいろんな筋肉《きんにく》を使うのか！　こんなにいろんな動きをするのか！「モーもしゃべれる？」

モーは口を開けようとした。もうひとつの口を。その口は、これまでずっと本当に自分の顔だと思っていた顔の内部にある。「わたし……そうみたい」モーの声はかすれて、やっとききとれるくらいだった。「痛《いた》い」

〈マーマ、いーーーたい〉モーの腕の中で、死にそこなったウマがうめいた。口は動いていないが、そのうめきはフィンとカンにもきこえていた。モーはウマの額《ひたい》をなでてやった。

〈ほらね、グランポ〉モーは、思考を飛ばした。〈この子は気持ち悪くなんかない。この子は、わたしが痛《いた》がってるのをわかって、心配してくれてる。グランポはそんなことしてくれたことないよね〉ウマはうれしそうに喉《のど》を鳴らしはじめた。地獄《じごく》の猫《ねこ》が喉《のど》を鳴らすとしたら、こんな感じかもしれない。

カンは床《ゆか》に横たわった。動けなかった。考えられなかった。脳《のう》が働いていなかった。

「えーっと、……きみたちは人間ですけど。カボチャをふたつみつけて、ああ、これをかぶれば、ジ・エンドに盗《ぬす》みに入っても、かっとなりやすいエンダーマンに五秒おきに攻撃《こうげき》されずにすむ、ってことになってたんでしょ」ジェスターは、じれったそうにいった。「以上！」

「でも、そんなのうそだよ」モーはいい張《は》った。しゃべろうとするとのどが痛《いた》む。そして、思いを発する代《か》わりに口でしゃべればしゃべるほど、人間たちが正しいのがわかる。「わたしたち、ずっとここで暮《く》らしてきたんだよ。ほかの場所なんか覚えてない。ここで育ったんだもん。ここが家だもん。ここはわたしたちのハブユニットの家だった。わたしたち、エンダーマンだもん」モーは、慣《な》れ親しんだ自分にしがみつこうとしてもう一度いった。「わたしたち、エンダーマンだもん」

〈わたしたち、エンダーマンだもん〉

「まあ……じつはそうじゃないけどな」コールが、笑いそうになりながらいった。

「ハブユニットってなに？」ジェスターは戸惑《とまど》っている。

「ぼくらはエンダーマンだ！　本当にそうなんだ！」フィンは大声でいいたかったが、まだそれほど声が出なかった。

「オーケー、頭がおかしいみたいだな」ジャックスはあきれた顔をした。「好きにしろよ。おれらはいくから」

「待って」ローリーが、両手を上げていった。「ちょっと待って。おもしろいじゃない。あなたたち、本当にわからないの？　どうやってここにきたか、覚えていないの？」

「ここで生まれたんだもん！」モーは、すすり泣いている。

コールは両方の手を黄色のポケットに突《つ》っこんだ。「ふうん。親はどこにいるんだ？」

「〝親〟ってなによ？」モーはいらっとして、思わずきいてしまった。

ジェスターが瞬《まばた》きする。ローリーが瞬《まばた》きする。コールは、なにかいおうとして口を開けたが、また閉《と》じ、眉《まゆ》をひそめた。ジャックスは笑った。短く鋭《するど》い、いやな音で、笑ったというよりも咳《せき》をしたみたいだった。「なにって、お前らの親だよ。ほら……ママとパパ」

「ママってなんだ？」フィンはたずねた。

「パパってなに？」と、モー。

「ママとかパパとか、知らないって？」ジェスターは信じられないようだ。「自分と似《に》てるけど、ずっと大きくて、しゃべり方も似《に》てるけど、ずっとうるさい人たちでしょ。いろんなルールを作ったり、おもしろくないジョークをいったり、こんなこともいったりする。『うちはだめなの』とか、『いったい何時だと思ってるの？』とか、『あなたのことはとても愛してるけど、朝食にケーキはだめ』とか。きみたちを作った人たちですけど！」

「ハブユニットのことね」と、モー。

「ママとパパだよ」コールはいい張《は》った。

「第一ハブユニットと第二ハブユニット」モーもいい張《は》った。

〈マーマ！〉ゾンビホースの思考は得意《とくい》げだった。

　ローリーは、ぐるりと目をまわした。「わかった、わかった。じゃあ、あなたたちの第一、第二ハブユニットはどうなったの？」

「死んだ」フィンはぼそっといった。「ずっと前に」

　カンの緑の目がうっすら開いた。脳《のう》が少し元気をとりもどしたのだ。ひょっとすると、また働いてくれるかもしれない。少しの間なら。

〈そう？〉カンは、フィンとモーに思考を向けた。〈本当に死んだのかな？〉

〈もちろん！〉フィンはいらっとして、カンに顔を向けた。

〈なんでそんなこと？〉モーも思った。モーのひざの上で、モンスターの赤ちゃんがカンをにらみつける。

〈それなら〉カンの疑問《ぎもん》は、とてもささやかでシンプルだった。〈第一ハブユニットの名前は？〉

　モーは瞬《まばた》きした。

〈じゃあ、第二ハブユニットの名前は？〉

　フィンは口を開いて答えかけたが……答えられなかった。自分の家族《エンド》の記憶《きおく》を、小さい頃《ころ》の思い出を、全部引っぱり出してみた。しかし……思い出せない。

「ヘイ！」ジャックスは、フィンとモーの目の前で指を鳴らし、注意を引いた。「どうなってんだよ？　なんかの発作か？　いきなり止まっちゃって、遠くをみつめてさ。具合でも悪いのか？　大丈夫《だいじょうぶ》？　治癒《ちゆ》のポーションかなにか、いるか？」

「ごめん」フィンはしゃがれ声でいう。「話してたんだ」

「いや、しゃべってなかったよ」ジェスターがいう。

「本当に、話してたの。わたしたち、エンダーマンだもん。というか、わたしたちが何者かは別としてね。エンダーマンはテレパシーで会話するんだよ。細《こま》かい紫《むらさき》のきらめきがいっぱい舞《ま》ってるのはテレパシーを使ってるからなの」ローリーが手をのばして触《ふ》れようとすると、パーティクルはふわりと逃《に》げた。「このきらきらが、思考を別のエンダーマンの頭に直接《ちょくせつ》伝えてくれるの。シュルカーもその気になればできるけど、まず、ない。いまはわたしたち、そこにいる友だちと話してたの。カンだよ。わたしはモー。こっちは双子のフィン」

「あなたたち、エ、エ、エ、エンダーマンと友だちなの？」ローリーは、心底、信じられないようだった。

「エンダーマンと友だちになんて、なれないわよ」

「わたしたちは、大勢《おおぜい》のエンダーマンと友だちだよ」モーは、言《い》い訳《わけ》するようにいった。ふたりが大半《たいはん》のエンダーマンと友だちではないので、言《い》い訳《わけ》がましい口調になったのだが、人間たちに、自分たちがのけ者にされていることを知らせる必要はない。「とにかく、たぶん、カンは……わたしたちと同じなんじゃないかな。わたしたちが何者だろうとね」

そう、フィンとモーが何者かはわからなかったが、みんなとちがうなにかだ。ただし、人間ではない。そんな恐《おそ》ろしいことは受け入れられない。モーは、喉《のど》を鳴らしている子馬から手を離《はな》し、かわいそうなカンの頭をなでた。指で触《ふ》れると、べたっとした黒っぽいしみがカンのこめかみについた。生まれたばかりのウマについていた汚《よご》れだ。だがカンは気にしなかった。どんなことも、もう気にならなかった。気にすることに、なんの意味があるのだろう？

「いいや」コールが首を振《ふ》る。「そいつはエンダーマンだ。本物だ。エンダーマンを見分けるのは、かーなーり、簡単《かんたん》だ」

「そうかも」モーは、納得《なっとく》できなかった。「でも、カンはほかのエンダーマンとちがうよ」

「目ね」ローリーは、考えにふけった。「たしかに、そんな目をしたエンダーマンは、どこでもみたことがないわ。一度もね」

「どうせ、カンの目をくり抜《ぬ》いて、次のポータルに使うつもりなんでしょ？」と、モー。

ジャックスは、ちょっと考えて、肩《かた》をすくめた。「いや、おれらはもうここに着いてる。だからいらない。エンダーアイが必要なのは……その……オーバーワールドを出るときだけだ。それに実際《じっさい》の――」

「オーケー、それは置いておいて、話を本当におもしろいことにもどそうよ」ローリーが口をはさんだ。フィンとモーに、ものすごく興味《きょうみ》をもっているらしい。まるで医者のようだ。ローリーは、ふたりのことを調べて、理解《りかい》したくてたまらないのだ。解剖《かいぼう》までしかねない。

「人間なのに、人間だということを覚えていないって、どういうこと？　ここでどれくらい暮《く》らしているの？　あなたたちになにが起こったの？　ジャックス、フィンでもモーでもいいけど、だれか行方不明になっている子を知っている？　カボチャを完全にとってみたらどうかしら？　そうしたら、いろいろ思い出すかもしれない」

〈だめ〉カンの思考が瞬時《しゅんじ》に届《とど》いた。〈だめだ、そんなことしないで。カボチャを取ったら、みんなにばれる。攻撃《こうげき》されちゃう〉

〈カンはいま、わたしたちを攻撃《こうげき》してないでしょ〉

その通りだった。カンは、なぜ自分が攻撃《こうげき》しないのかわからなかった。だが、実際《じっさい》に、人間のいる部屋にいて、だれも攻撃《こうげき》していない。攻撃《こうげき》したくなどなかった。カンはどうなっているのだろう？　いったいどこまで変わり者なのだろう？

「めんどくせえな」ジャックスはいった。「そいつは、しゃべれるのか？」

「いったじゃないか、エンダーマンはテレパシーで伝え合うんだ」フィンがまた説明した。

「はい、はい、はい、超能力《ちょうのうりょく》モンスターなんだろ。わかったよ。けど、しゃべることはできるのか？　おれはしゃべれるけど、考えることもできる。ほら、いちもく……なんとかってやつだ」

「りょうぜん、〝一目瞭然《いちもくりょうぜん》〟でしょ、おばかさん」ローリーがいった。

モーは首を傾《かし》げた。「どうかな、わからない」そして、カンのほうを向いた。

〈カン、しゃべってみてくれる？〉

〈しゃべっているよ〉

〈しゃべるって、人間のようにしゃべるの。やってみてくれる？　慣《な》れてしまえば、すごく簡《かん》単《たん》なの。顔の下の部分を上下に動かして、なんていうか……息を大きく吐《は》く感じ〉

「たのむよ、ほら」ジャックスは、まるでおやつをもらえないとかみつく、大きくて怖《こわ》そうな犬に話しかけているようだった。「おれらと、おしゃべりしようぜ」

カンはしかめっつらをして、「いやだ」と低い声を出した。

だが、カンにはとても難《むずか》しかった。カンの口は、人間の口にくらべてとても小さい。思い切り大きく開けない限《かぎ》り、みえないくらいだ。カンの舌は、食べること以外には使えそうにない。言葉が出てくるとき、カンは痛《いた》みを覚えた。ナイフで切られるように痛《いた》かった。

「お前ら、パーティーにいったら人気者になれるぜ」ジャックスはため息をついた。「なあ、やめてくれよ。おれらとぺちゃくちゃおしゃべりしてたかと思ったら、いきなりそいつとのスピリチュアルな心の交流を混《ま》ぜてくるのさ。マナーってもんがあるだろう」

モーは、鼻にしわを寄《よ》せた。カボチャをかぶっていると思うと、顔がかゆくなってきたのだ。これまでなぜ気づかなかったのだろう？

「あなた、なんていうか、いやなやつよね」モーは緑のシャツを着た大柄《おおがら》な男の子にいった。

ジャックスはにやりと笑った。そんなこと、気にしていないようだ。

「当たり。だけど、いやなやつでもおれたちの仲間だから」コールはため息をついた。

「おれはいやなやつかもしれないけど、いってることは正しいからな！　テレパシーで話すなんて、おれらに失礼だろ。それにおれらに不利になる」

「もう一度いっておくけど、ここで起こっていることは、おそらく世界の歴史《れきし》の中でも例のないことよ」ローリーがいった。「ふたりはこのモンスターの巣窟《そうくつ》に何年間もまぎれこんでいたのよ。これは解明《かいめい》しなきゃ。ねえ、あなたたち、少なくともここから連れ出してあげられるよ。家に連れて帰ってあげる」

「ドラゴンを倒《たお》したらな」コールが釘をさす。

「そうね。もちろん、ジャックスのお楽しみ、ドラゴン退治《たいじ》が終わるまではどこにもいけないけれど、そのあとなら、あなたたちみんなをいっしょに連れて帰れる」

ジェスターは腕組《うでぐ》みをして、黙《だま》っていた。気がつくと、フィンはジェスターをみていた。そんなつもりはなかったのだが。テレパシーの世界で生きることに慣《な》れてしまったので、無意識《むいしき》のうちにジェスターに集中して、その思考が自分の頭の中にあらわれるのを待っていたのだ。だが、思考は届《とど》かなかった。ジェスターは、閉《と》じた本だった。ジェスターが眉《まゆ》をひそめて遠くをみつめる理由がなんであれ、ただフィンが集中してみていればわかるものではないのだ。じれったくて、居心地《いごこち》が悪い。ジェスターをそんなに食い入るようにみているのは、まわりからみたらかなり変だろうと思い、フィンは目をそらした。なんで人間はそんな生き方を選んだんだろう？　みんながぼくになにか秘密《ひみつ》にしていたら、ぼくにはぜったいわからないってことじゃないか！

〈マーマ、いかなーーーいで〉死にぞこないの子馬が、モーの頭の中の墓地《ぼち》で叫《さけ》び、モーをいかせまいと胸《むね》にすがりついた。このゾンビホースにとっては、ここが家だった。生まれてきて三十分もたっていないのだ。まだ新しい場所に移《うつ》ることはできない。

「それ、飼《か》うつもり？」コールが顔をしかめた。くさくて耐えられないのだ。「ペットみたいに？」

〈**マーマ**〉子馬は声を上げずにいなないた。歯についていた赤いつばが飛んだ。

「この子はわたしのベイビーだから」モーは、いとおしそうにいった。

「気持ちわりい」ジャックスは、吐《は》き気《け》がして口をおおった。腹《はら》の底から、げえーっと長いげっぷが出ただけだった。

「気持ち悪くなんかないもん。この子はわたしのもの。汚い子《ロウズサム》って呼ぶことに決めた。かわいいウマにぴったりの名前じゃない？　この子はぜったいに、わたしがよそみしたすきにわたしの脳《のう》みそを食べたりしないもの。ぜったいしないよね？」

〈なーーまえ〉ロウズサムは、うれしそうだ。頭の中の果てしない墓地《ぼち》で、墓石《はかいし》のひとつに突《とつ》然《ぜん》「**ロウズサム**」という言葉が刻《きざ》まれた。ロウズサムは、モーの手を、腐《くさ》りかけて黄ばんだ鋭《するど》い歯に挟んだ。モーは息をのんだ。心臓《しんぞう》が止まるかと思った。しかし、ロウズサムは、モーの指をやさしくくわえただけで、〈食べることもできるよ、でも食べない。できるけどね〉といっているかのようだった。ゾンビホースは、むかむかするような、きしむような、泡立《あわだ》つような音を、腐《くさ》りかけた喉《のど》で鳴らした。いたずらっぽい笑いだった。

「わお」コールは首を振《ふ》った。どうなっても知らないぞ、というように両手を上げている。

「わお」

「うるさい！」モーは、とげとげしい声でいった。「それと、エンダードラゴンと戦うなんて、まだ思ってるわけじゃないでしょうね。ドラゴンを倒《たお》さなきゃ家に帰れないなら、さっさとこのジ・エンドにすてきな家を建《た》てたほうがいいよ。わたしのドラゴンには手を出させない」

「お前のドラゴン？」ジャックスが小声でいった。

「なんていうか……わたしのってわけじゃないけど。本当はだれのものでもないし。でも、わたしはあのドラゴンを愛してるから、〝わたしの〟ドラゴンなの」

「愛って、そういうものじゃないんですけど」黙《だま》っていたジェスターがいった。

「ふん！　でも、あなたたちにドラゴンは倒《たお》させないから。だって、ドラゴンは美しくて、一頭しかいなくて、口から火を吐《は》くし、わたしの名前を知ってるもん。わたしはジ・エンドの終わりまであなたたちと戦って、ドラゴンを守る。愛ってそういうものでしょ」

「ぼくらはオーバーワールドにはいかない」いきなりみんなの注目がフィンに集まった。「きみらもだ。ここで起こっていることをぜんぜんわかってない。ぼくらは、きみらがくるとわかってたんだ。みんな知ってた。だから、こっちは準備《じゅんび》してた。ただ……きみらがもっと早くくると思ってたし、もっと大勢《おおぜい》でくると思ってた。人間がきてることがみんなに知れたら、クライ司令官はジ・エンドはじまって以来の大きな軍隊を引き連れて、襲《おそ》いかかるだろう。たった四人じゃ、勝ち目はないよ」

「わたしたち、六人なんですけど」ジェスターは落ち着いていた。「六人の人間がいる、でしょ」

「どういうこと？」と、ローリー。「エンダーマンの軍隊なんかないはずよ。司令官もいないはず。いったいなにが起こっているの？」

「いまはあるもん」モーは、肩《かた》をすくめた。

「おー、こわ！　おれ、エンチャントされたブーツの中で足が震《ふる》えてるぜ」ジャックスは、指を震《ふる》わせながらいう。「おれはここに、ドラゴンを倒《たお》しにきた。そのために、お前らの不気味なお友だちを何人倒《たお》さなきゃならなくても、構《かま》わない。おれらのほうがずっと優秀《ゆうしゅう》だ。エンダーマンは、いやになるほど力は強いけど、あんまり頭がよくないしな。これまでも問題なく戦ってきた」

カンはいっしょうけんめい顎《あご》をぎこちなく動かし、しゃべろうとした。そして、ようやく言葉を吐《は》き出した。「不気味じゃない」カンは、吐《は》き気《け》をもよおしたように咳《せき》こんだ。「不気味じゃない」

「わかったよ、グリーンボーイ。お前は不気味じゃない。満足か？」

カンはまっ赤になって叫《さけ》んだ。そしてジャックスに飛びかかると、左舷《さげん》の壁《かべ》にたたきつけた。船がきしんでうめきに似《に》た音を空に響《ひび》かせた。

「やめろ！　はなせ！」

コールがフィンの肩《かた》をつかんだ。「あいつを止めろ。さもないと、おれが後ろから刺《さ》すぞ！本気だ。あいつは、きみの友だちかもしれないが、おれの友だちじゃない。おれの友だちはジャックスだ」

「カン、やめろ！」フィンは大声《おおごえ》でいった。「やめるんだ！」

カンは、攻撃をやめた。自分を抑《おさ》えるのはとてもつらかったが、やめた。それは、フィンにいわれたからだ。フィンはいつでも正しい。これまでもそうだった。小さい頃《ころ》からそうだった。だが、カンは本当にフィンたちといっしょに大きくなったのだろうか？　すべてうそだったのだろうか？　いったいなにが起こっているのだろう？

ローリーは腰《こし》に手を当てた。「まずは、カボチャを取ってみたらいいと思う。なにかわかるかもしれないよ。ふたりとも、すべて思い出すかもしれない。うち、カボチャをかぶるとどうなるのか、よく知らないのよね。以前、畑になっているのをみつけて、暇《ひま》だったからカボチャをいじりはじめて、なんだかよくわからないうちに……ものすごく役に立つものだとわかったけど。もしかしたら、長い間かぶったままでいると、脳《のう》になにかが起こるんじゃないかな。それならわかるわ」

「けど、ほかのエンダーマンが……」

「大丈夫《だいじょうぶ》、だれかきたら、またかぶればいいのよ」ローリーはいった。

「だれか近づいてくれば、グランポが教えてくれる。エンダーマンなら、だけど」

そういいながらもモーは、確信《かくしん》が持てなかった。本当に、グランポは知らせてくれるだろうか？　グランポは、不思議なくらい静かだ。フィンとモーがよそ者だとわかったいま、グランポはふたりに話しかけないことにしたのかもしれない。モーは、子馬にくっついている卵《たまご》の殻《から》を取ってやった。子馬はさっきよりずっと大きくなっている。生まれたときは、ニワトリくらいの大きさだったのに、いまではイヌくらいの大きさだ。

「やってみるだけのことはありそうだな」フィンはため息をついた。

ローリーは、ひざをついて、フィンがカボチャをはずすのを手伝った。ジェスターとコールは、モーを手伝いにいく。ジャックスはただ、カンに殴《なぐ》られた胸《むね》をなでながら、腹立《はらだ》たしそうにみていた。カンに思い切り殴《なぐ》られたのだ。

〈怖《こわ》い？〉モーは、双子《ふたご》の兄《あに》に思いを向けた。

〈すごく怖《こわ》い〉フィンの思いは震《ふる》えている。〈思い出したくなかったらどうなる?〉

〈もう手遅《ておく》れだよ〉カンは思った。

ローリーはカボチャを押《お》し上げ、それから後ろに押《お》した。ジェスターとコールは、カボチャを後ろから前に押《お》し下げた。ふたつのカボチャが、ぐしゃっと音を立ててはずれた。

カンは、みたことのなかったふたりの顔をみつめた。

そして悲鳴を上げた。

第9章　モンスター

カンはテレパシーの悲鳴を上げた。すぐにあやまったが、それからまた悲鳴を上げ、またあやまった。

しかし、カンの悲鳴が頭の中で響《ひび》いているというのに、フィンとモーはお互《たが》いから目をそらすことができなかった。

「髪《かみ》、茶色！」と、モー。

「黒い髪《かみ》！」と、フィン。

「髪《かみ》の毛がある」ふたりの声がそろう。

「マジ？　あー、服なんか着てるし！」フィンが見とがめる。

「フィンだって！」モーがいい返す。

〈うあーーーーーー！〉カンが悲鳴を上げる。

「目が青いよ、フィン。気持ち悪ーい！」モーは楽しそうに笑った。「でも、なかなかいいね。でも、気持ち悪い。でも、いいね」

「モーの目は緑だ。そうだな、……なかなか、いい感じだ」

緑の目なら、みたことがある。これまでずっとみてきたし、見慣《みな》れていた。緑と黒。悪くない。そのうち慣《な》れるだろう。双子《ふたご》の妹が、いきなり小麦色の肌《はだ》になって、顔には眉毛《まゆげ》がくっついていたり、ほかにも顎《あご》のような変なものがあったりするけど、気にならなくなるだろう。

「なにか思い出した？」ローリーがたずねた。

「なんにも」モーはゆっくり答える。「これまでと同じ、モーだよ。わたしはエンダーマン」

「フィンはどう？」

フィンは首を振《ふ》った。「これまでと同じ、エンダーマンのぼくだ」

なんで？　こんなことが現実《げんじつ》ってありか？　なんでぼくには、人間だった記憶《きおく》がない？　ぼくはエンダーマンだ。本当に。そうにきまってる。ぼくがエンダーマンじゃないとしたら、すべての意味がわからなくなる。だけど、どこかに少し疑問《ぎもん》に思う気持ちもある。だからエンダードームに入れてもらえなかったんだろうか？　だからみんなは、ぼくらが古い船でふたりきりで暮らしていても放《ほう》っておいたんだろうか？　みんなは、なんとなく、心の奥底《おくそこ》で、ぼくらがなにかおかしいと気づいていたのだろうか？

〈うあーーーーー！〉

〈それ、やめてくれよ〉フィンは思った。〈叫《さけ》びたいのは、こっちなんだから〉

〈抑《おさ》えられないよ！　ふたりとも、モンスターだ〉

〈ちがう。ぼくらは、きみの友だちだ。これまで通り。なにも変わっちゃいない〉

〈すべて変わってしまった！　ぼくにとっては、きみたちはモンスターだ！　人間だ！　髪《かみ》も、肌《はだ》も、大きな恐《おそ》ろしい**耳**もある〉

〈けど、みろよ、カン。ほら。モーの目は緑だ。きみと同じだ。なかなかよくない？　モーは、まあまあだよ。ぼくも、まあまあだろ。な？〉

モーは、カンのほうに手をのばした。ゾンビホースのロウズサムが、モーの手を逃《のが》すまいと蹄《ひづめ》で引《ひ》っ掻《か》いてくる。〈偉大《いだい》なる混沌《こんとん》は、どんな思いがけないことも、いとおしむんじゃない？〉モーは、願いをこめてたずねた。

〈これはちがう〉と、カン。カンの心はぼろぼろだった。カンは、モーとフィンをまともにみられなかった。〈これはちがう〉

そして、カンは消えた。たったいまここにいたのに、一瞬《いっしゅん》にしていなくなってしまった。カンが、そんなことをしたことは、ただの一度もなかった。なにもいわずに、ただテレポートしてモーとフィンから逃《に》げてしまうなんて。エンダーマンは、そんなことはしない。友だちは、そんなことはしない。

「すごくおもしろい」ローリーはいった。そして、ふたりのまわりを歩き、まるで理科の実験でできたものかなにかみたいにじろじろみた。「呪文《じゅもん》かポーションのせいかも。それか、あなたたち、だれかになにかされたのかも。なぜかというと、カボチャをかぶってもそんなことは起こらないから」

「さっきは、カボチャのことはよくわからないっていったじゃない」モーが口をはさむ。

「そうね、うちは正確《せいかく》な仕組みはわかっていないかもしれないけれど、カボチャをかぶっても記憶《きおく》が消えないのは確《たし》かよ。うちも一度、何日もカボチャをかぶっていたことがあるけれど、全部ちゃんと覚えているもの。うちの名前はローリーで、なぞを解《と》くのが好きで、いろんなバイオームを探検《たんけん》したり、友だちと遊んだり、ものを燃《も》やしたりするのが趣味《しゅみ》で、怪《あや》しいシチューが好き」

「ああ、大好きだよな。この間、その好物を夕食に食べたときは、一週間目がみえなくなってた」コールがいった。

「けれど、その前のときは、火炎耐性《かえんたいせい》の効果《こうか》が一カ月も続いたわよ！　怪《あや》しいシチューは、食べてみないとなにが起こるかわからない！　うちは、びっくりするようなことが好きなの。まあ、それはどうでもいいの。重要なのは、カボチャに備《そな》わったなぞめいた秘密《ひみつ》は知らないけれど、頭にかぶっても記憶喪失《きおくそうしつ》は起こさないってこと。それなら、原因《げんいん》はカボチャ以外のなにかね。うちは、それがなんなのかをぜったいに知りたいの。うるさく口出しして悪いけれど、なぞを解《と》くまであきらめないわよ」

「ふたりが頭を打っただけかもしれないな」コールは肩をすくめた。「魔法《まほう》のせいじゃなくたっていい」

「エンダーマンのしわざかも。あなたたちは赤ちゃんのときに、誘拐《ゆうかい》されたのかもよ！」ローリーは、正真正銘《しょうしんしょうめい》のミステリーに興奮《こうふん》し、息をはずませていった。

フィンは頭を掻《か》いた。髪《かみ》の毛がたくさんあって、かゆい。これほどかゆいと思ったことは一度もなかった。とても嫌《いや》な気分だった。

「もしかしたら、ジ・エンドそのもののせいかも」フィンはいった。「エンダーマンがここにあるシティを建設《けんせつ》したわけじゃない。エンダーマンにも、だれが作ったのかわからないんだ。だれも覚えてない。ここに長いこといすぎると、記憶《きおく》がおかしくなるのかも」

ジェスターと、コールと、ローリーは、振《ふ》り向いてフィンをみつめた。フィンは赤くなった。ぼくがなにか、変なことをいったんだ！　三人がぼくに注目してる！　フィンは、自分が人間たちに賢《かしこ》いと思ってもらいたがっていることに気づいた。賢《かしこ》くて、役に立つと思われたい。特に、ジェスターには。もしも、この人たちがぼくの仲間なら、もしぼくが本当に人間なら、この人たちはぼくをエンダードームみたいなところから遠ざけるようなことはしないかもしれない。もしもぼくがそれなりに優秀《ゆうしゅう》なら、どこかの一員になれるかもしれない。人間《ヒューマン》ドームで、ジェスターの隣《となり》にすわり、さまざまな敵《てき》と戦うために訓練を受けられるかもしれない。ふつうの人間とまったく同じようにふるまえて、だれもぼくが人間になったばかりだとは思わないかもしれない。

モーは戸惑《とまど》った。「でも、カンはわたしたちを覚えてる。カンは、わたしたちと同じくらい記憶《きおく》をたどれるよ。五つのエンダー祭《さい》のこととか。カンは、第二ハブユニットに追い出されるたびに、いつもこの船にきてたし」

「いまからその頃《ころ》までずっと、いろいろなことを思い出せるの？」ローリーがたずねる。

「もちろん」ふたりは同時に答えた。

「それより前のことは？」

「えっと、……それほど覚えてないけど、それがふつうでしょ？　たとえば、五つより前のことをいろいろ覚えてる？」

「たしかに」と、ジェスター。

「なるほど。でも、あなたは〝五つ〟っていったわよね」ローリーがいった。「五歳《ごさい》のときといいたかったの？　それとも、ここにきて五年たったとき？　それとも、五カ月？　五日？」

「もちろん、五歳《ごさい》のときよ！　きまってるでしょ！　ばかみたいなこときかないで！」

「本当に？　確信《かくしん》をもっていえる？」

ふたりとも答えられなかった。確信《かくしん》をもっていたかったが、十分前までふたりとも、自分がエンダーマンで、人間は悪いモンスターだと確信《かくしん》していたのだ。

ローリーは、船倉《せんそう》の中をいったりきたりしはじめた。「ほらね、あなたたちがわかっていることって、なにもないんじゃないの？　きっと、すべてがつながっているのよ。不気味なエンダーマンが軍隊を作って、司令官までいることとか、あなたたちの友だちの緑の目とか、あなたたちの記憶《きおく》とか、全部ね。それに、だれも気づいてないの？　うちらがここにいる間ずっと、エンドロッドの光がだんだん暗くなってきているわよ。なにか本当におかしなことがジ・エンドで起こっていて、うちらはすべてを考え直さなきゃいけないのかもしれない。あなたたちふたりは、ここでエンダーマンとずっと暮《く》らしてきたから、基本的《きほんてき》なことがわかってないよね。エンダーマンはモンスターなんだよ。わかる？　あいつらは、盗《ぬす》んだり、殺《ころ》したり、人間を追いかけまわしたりする。なんでも破壊《はかい》する、ひどいやつら――」

「ちがう、そんなことしない！」モーは大声でいった。

ロウズサムは、モーの袖《そで》を軽くかんでいる。子馬はもう、自転車くらいの大きさになっていた。モーは、子馬の成長はいつ止まるのだろうと思った。

「まあいいけどね。うちがいいたいのは、エンダーマンが悪者だということ。あいつらはどんなことでもできる。あなたたちにひどいうそを教えて、仲間だと思いこませることもできたはず！　うちでさえ、すぐに九通りか十通りの方法を思いつくもの。いっとくけど、うちは善人《ぜんにん》だからね！　ただ、なぜそんなことをするのかがわからないのよね。なぜ、エンダーマンがふたりの人間にエンダーマンだと思いこませたの？　なんのために？　なにをたくらんでいるの？」

「エンダーマンは悪者じゃないっていってるだろ！」フィンは反発した。

〈おれっち、エンダーマン嫌《きら》い〉グランポはローリーに賛成《さんせい》だった。〈エンダーマン、悪者〉

〈グランポは、なんでも嫌《きら》いでしょ〉と、モー。〈それがなんなの？〉

〈グランポがなんでも嫌《きら》いだからって、すべてが最悪じゃないってことにはならないぞ〉グランポは理屈《りくつ》をこねた。〈エンダーマン、最悪。お前、最悪。双子《ふたご》の兄ちゃん、最悪。ジ・エンド、最悪。すべて焼いちまえ、まずはドラゴンからだ〉

〈よくしゃべるな、グランポ〉フィンは思った。

〈グランポ、人間としゃべらない〉シュルカーは、冷たくいった。〈人間、最悪〉

「けど、きみらもカンに会っただろ」フィンは、人間たちにいった。みんな、あからさまなテレパシーのやりとりに、またむっとしているようだった。「カンは悪いやつじゃない」

「おれに向かってきたときは、ごくふつうのエンダーマンみたいだったけどな」ジャックスは咳《せき》こんで、カンに殴《なぐ》られた胸《むね》をなでた。

コールはあきれた顔をして、「へえ、エンダーマンでも、少なくともひとりは人生つらいよと泣いちゃうんだ。それ、すごいね。カン以外のエンダーマンは、きみらにやさしくしてくれるの？　仲間なの？　楽しいエンダーパーティーにいつも呼《よ》んでくれる？」

「それは……そうでもないかも」モーはいった。「わたしたちには、家族《エンド》がないから……」

「はあ？」ジャックスがきき返す。

「エンド。なんていうか、……エンダーマンの家族《かぞく》。エンダーマンのグループはエンドと呼《よ》ばれるの」

「すっげえ想像力《そうぞうりょく》だな」ジャックスは鼻で笑った。「いいか、そういうのを、モンスターのたまり場っていうんだ。エンドじゃない」

「なんだって？　ひどいじゃないか」フィンは眉《まゆ》をひそめた。

「自分たちのことをなんと呼《よ》ぼうと、あなたにとやかくいわれたくない」モーは怒《おこ》った。

コールはあきれた顔をしてみせる。「あー、そう。きみはエンダーマンじゃないんだから、きみもとやかくいえないよな」

「なんと呼《よ》ぼうと、ぼくらにはそのグループがないんだ」フィンは答えた。「そのせいで、エンダーマンは、ぼくらの近くにいると気が休まらない。けど、悪気はないんだ」

ジャックスは、値踏《ねぶ》みするようにあたりを見回した。なにかじっくり考えている。

「なあ」ジャックスは、フィンとモーの前にくつろいだ感じですわった。「お前らのものはどこにあるの？」

「ものって？」フィンは、警戒《けいかい》した。

「ふたりでここに住んでるんだよな？　でかい船だ。おれがエンダーマンについて知ってることといえば、やつらはものを盗《ぬす》むのが趣味《しゅみ》だということだ。だから、お前らが集めたものはどこ？」

モーはうつむいた。頬《ほお》が焼けるように熱《あつ》い。そして「持っていかれた」と、小声でいった。

「だれに？　やさしいエンダーマンにか？　ぜんぜん悪くないエンダーマンに？　お前らのものを全部持っていかれたって？　食べる物もろくにないし、身を守るための剣《けん》もないじゃないか。その、すばらしくて、やさしくて、寛大《かんだい》なエンダーマンてやつらは、そんなものさえ残してくれなかったのか?」

「ぼくらが人間と戦うために必要なものだけは残してったけど」フィンは、ぼそっといった。だが、フィンはいまでも傷《きず》ついていた。いまでも、クライと部下たちがすべてを奪《うば》っていったのが腹立《はらだ》たしかった。いまもおなかがすいていた。ジャックスのいう通りだが、それを認《みと》めたらジャックスの思うつぼだ。

「へえ、たしかに、人間と戦うのに十分な武器《ぶき》があるよなあ。おれらの完敗だと思わないか、みんな?」

「ふたりをオーバーワールドに連《つ》れていったほうがいいかも」ジェスターが突然口《とつぜんくち》をはさんだ。「早いほうがいいと思う。オーバーワールドで、見覚えのあるものがあるかもよ。治癒《ちゆ》のポーションを飲ませてみてもいいし。あたし、ポーションならいっぱい家に置いてあるし。ジャックスもいっぱい持ってるよね。それに、ひょっとしたら、ふたりを知ってる人がいるかもしれないし」

「おいおい、ジャックスとおれとローリーは、ドラゴンを倒《たお》したいんだよ」コールがいった。

「そのためにここにきたんじゃないか。そのふたりのことは、おれたちがあの古トカゲを倒《たお》すのを見届《みとど》けてからでいいだろ。そうしないと、だれもどこにもいけやしないぞ。出口《でぐち》ポータルは、あのドラゴンがくたばらない限《かぎ》り起動しないんだから」

「だめ！　エンドラにかまわないで！」モーは金切り声を上げた。ロウズサムもいっしょに甲《かん》高《だか》くいななく。「それに、わたしたちはオーバーワールドにはいかないから！」

モーは、唇をかんだ。

「わたしたちのハブユニットは……その……両親は、オーバーワールドで死んだの。そんなところはごめんよ。上の世界では、いつ雨が降《ふ》るかわからないんだし、雨に当たったら死ぬもん……」エンダーマンならだれでも知っていることだ。雨にあうのは自殺行為《じさつこうい》だ。

「ちがうでしょ」ローリーはいら立っていた。「うちは、あなたたちの両親を知らないけれど、ふたりのパパとママはまちがいなく人間よ！　人間は雨にぬれたって平気！　保証《ほしょう》する！」

「オーバーワールドになんかいきたくない！」モーは、ロウズサムにしがみついた。ロウズサムの首から液体《えきたい》が染《し》み出している。「フィン、この人たちに連れていかれたくないよ。わたしたち、オーバーワールドに居場所《いばしょ》はないもん」

「まったく。きみたち、双子《ふたご》だってことはたしかなの？」ジェスターは、あきれて両手を上げた。

「**もちろん**双子《ふたご》だよ」モーとフィンはいっしょに大声で答えた。

「ぜんぜん似てないんですけど。そもそも、なにか血のつながりがあるって証拠《しょうこ》でもあるの？　自分のこと、知りたくない？　記憶《きおく》を取りもどせるチャンスがあるなら、やってみようと思わないの？　オーバーワールドって、すごくいいところだよ。本当に。太陽の光を、きっと気に入るって。太陽の光が嫌《きら》いな人なんかいないから」

「だけど、ぼくは好きじゃない！」フィンは怒鳴《どな》った。オーバーワールドにいくのを夢見《ゆめみ》たこともあった。ハブユニットの復讐《ふくしゅう》のため。偉大《いだい》なる混沌《こんとん》の役に立つため。だが、いま起こっていることは受け止めきれない。急すぎる。いまは、ぼくの船に、ぼくの妹と、ぼくのシュルカーといっしょにいられたらそれでいい。この船は、安全だし、ぼくらの家だし、ぼくの足元に確実《かくじつ》にある。こんな状況《じょうきょう》では、まともに考えられない。モーと話して、すっきりした頭で考えて、なんとかしないと。うるさいモンスターのグループは邪魔《じゃま》だ。

（だけど、本当にモンスターなのか？　この人たちがモンスターなら、ぼくはなんだ？）

エンダーマンは、ぼくをエンダードームにいかせるべきだったんだ。そうすれば、この状《じょう》況《きょう》をどうしたらいいのかヒントをもらえたのかもしれない。

モーは、エンドシップの船体の壁《かべ》まで後ずさりした。「オーバーワールドがいいところのはずない。秩序《ちつじょ》の国だもん。悪いやつが支《し》配《はい》する、悲《ひ》惨《さん》な荒《あ》れ地《ち》だもん！　毒《どく》と死があふれてる！　わたしはいかない、ぜったいいかない。それに、ここから飛び出していって、エンドラを倒《たお》せると思ったら、大《おお》間《ま》違《ちが》いだから。この船からは出られないよ。ここはわたしたちのテリトリーだから。もうすぐほかのエンダーマンが、やっぱり人間がきてると気づいて、駆《か》けつけるよ。そして、あなたたちは、わたしたちのものがどこへ持っていかれたのか知ることになる。楽しくないと思うけど」〈でも、わたしたちも楽しくないよね〉モーはひとりごとのように思った。〈だって、わたしたち、人間だもん。この人たちと同じ。ジ・エンドのよそ者。エンダーマンは、涙《なみだ》ひとつ流さず、わたしたちを切り刻《きざ》む〉「あなたたちといっしょにきた人間が、ほかに何人いるかはどうでもいい。人間の軍隊がどれだけ大きくても構《かま》わない。人間は侵《しん》略《りゃく》者《しゃ》だ。ジ・エンド軍はすごく強いから、人間の軍隊をたたきつぶす」

「ほかに何人って？　おれたちだけだよ」コールは戸《と》惑《まど》っている。「で、おれたちは、なにを侵略《しんりゃく》することになってるんだっけ？」

〈お前らみんな、嫌《きら》い〉グランポは、吐《は》き出すようにいった。〈グランポは、支配《しはい》されない。グランポを支配《しはい》することはできない！〉

ジャックスは、立ち上がって、手を打っていった。「あーあ、つまんねえ。ばかばかしくて、つまんねえ」

そしていきなり、ジャックスは飛び出した。モーが思っていたよりはるかに素早《すばや》く、ジャックスは、モーの腕《うで》をつかむと、もう一方の手をポケットにつっこんで、テレポートした。もとエンダーマンとゾンビホースを連れ、船をあとにして、暗闇《くらやみ》へ。

フィンは、目をしばたたかせてモーのいたところをみた。妹は消えてしまい、フィンにはあとを追うすべがない。

フィンは、生まれて初めて、ひとりぼっちになった。

ときどきそのプレーヤーは、物語の中に入りこむ夢《ゆめ》をみた。

ときどきそのプレーヤーは、自分がほかのものになって、ほかの場所にいる夢《ゆめ》をみた。心をかき乱《みだ》す夢《ゆめ》のこともあれば、じつに美しい夢《ゆめ》のこともあった。ときどきそのプレーヤーはある夢《ゆめ》から覚め、別の夢《ゆめ》をみて、そしてその夢《ゆめ》から覚め、三つめの夢《ゆめ》をみた。

――ジュリアン・ゴフ作、マインクラフト『終わりの詩《エンド・ポエム》』

第10章　偉大《いだい》なる混沌《こんとん》の祝福《しゅくふく》がありますように

クライ司令官は、白みがかった黄色の塀に囲まれた庭《コートヤード》をいったりきたりしていた。下には、岩だらけで険《けわ》しい島の縁《ふち》がみえている。タマト隊長《たいちょう》とマラム伍長《ごちょう》が、少し距離《きょり》をおいて後ろからついて歩いていた。クライの護衛《ごえい》は、いまでは八人から十二人に増《ふ》え、コートヤードから夜空にそびえる壮大《そうだい》な塔《とう》に通じるドアのあたりに集まっている。その塔《とう》がなにかを知らなくても、教会のようだと思うかもしれない。実際《じっさい》、その通りだった。

クライと部下たちは、偉大《いだい》なる混沌《こんとん》の代弁者《だいべんしゃ》、イレーシャとの謁見《えつけん》を待っていた。

約束の時間はとっくに過《す》ぎている。

エンダーマンは、この場所を思うとき、ただ静かに、敬《うやま》い畏《おそ》れていた。ターミナスと呼《よ》ばれるこの聖《せい》なる島には、荘厳《そうごん》にして壮麗《そうれい》な無秩序《エントロピー》の大聖堂《だいせいどう》があり、外部の者に完全にドアを閉《と》ざしている。事実、ほとんどのエンダーマンにドアを閉《と》ざしていた。偉大《いだい》なる混沌《こんとん》の代弁者《だいべんしゃ》は、その昔、大多数の者の手が届《とど》かないとき、いかなるものもすばらしく神聖《しんせい》にみえると考えた。それで、この島が選ばれた。この島には、容易《ようい》に上陸できる場所がない。険《けわ》しい岩壁《いわかべ》や切りたった崖《がけ》がいたるところにあり、足を滑《すべ》らせたと気がついたときにはすでに死をまぬがれないのだ。そして、島の北端《ほくたん》にあるこの巨大《きょだい》なすばらしい教会には、エンドシップがつながれていなかった。ターミナスのすべてが、死と秘密《ひみつ》をささやいていた。死、秘密《ひみつ》、そして混沌《こんとん》。

いま、エンダーマンが、どの岩山にも、どの崖《がけ》にも、どの岩にもひしめいている。

みんな、イレーシャの言葉をききにきていた。これからなにが起こるのか？　人間はどこにいるのか？　家に帰って大丈夫《だいじょうぶ》なのか？　とてつもなく知的になっていることがストレスになり、心を疲《つか》れさせ、エンダーマンたちをいらつかせはじめていた。みんな、自分の家族《エンド》とくつろいで、夕食に食べる物を決められる程度《ていど》に賢《かしこ》いほうがずっとよく、高度な数学ができるほどの賢《かしこ》さは求めていなかった。

偉大《いだい》なる混沌《こんとん》の代弁者《だいべんしゃ》、イレーシャは、まだ自分の住まいを出ていない。

クライ司令官には、窓《まど》の前にいるイレーシャがみえていた。代弁者《だいべんしゃ》の黒い影《かげ》が旗《バナー》のむこうにみえている。あのばばあは、わざと待たせている。クライにはちゃんとわかっていた。しかしクライは、かつての耳を貸《か》す者のいない頭のおかしいおいぼれではなかった。クライはいまでは重要人物なのだ。司令官だ。司令官のいうことは、だれもがきかなければならない。

クライは夜の空気のにおいをかいだ。大集会以来《エンドムートいらい》、一睡《いっすい》もしていなかった。眠《ねむ》っている場合ではない。眠《ねむ》りは弱み。眠《ねむ》りは怠惰《たいだ》。司令官は、下の方にいる群衆《ぐんしゅう》をのぞきこんだ。上からみると、はるか下の群衆《ぐんしゅう》が巨大《きょだい》な黒《くろ》い塊《かたまり》にみえる。そして下にいる者には、クライや、マラム、タマトをはじめとする護衛《ごえい》の者たちはみえなかった。

あごのごついクライ司令官は、首を振《ふ》った。知力が衰《おとろ》えてきているのがわかる。もっと知力が必要だ。

クライは群衆《ぐんしゅう》に向けて思考を発した。二、三人いれば十分だろう。

〈無秩序《エントロピー》の大聖堂《だいせいどう》の第七コートヤードにくるのじゃ、わしに従《したが》う者どもよ〉思いやりをこめた、静かな呼《よ》びかけだった。〈偉大《いだい》なる混沌《こんとん》は、おぬしたちに大切な役目をお与《あた》えになった〉

十五分ほどで、三人の若《わか》いエンダーマンが不安げにドアから入ってきた。自分たちの重要な役割《やくわり》とはなにかとあたりを見回している。神聖《しんせい》なる宇宙《うちゅう》の源《みなもと》が、三人に特別に用意した仕事とはなんだろう。

クライ司令官はほほ笑んだ。口は小さく、細い裂《さ》け目《め》くらいにしかみえないが、クライの果てしない想像《そうぞう》の中で、その笑顔《えがお》は山脈《さんみゃく》のように広大だった。クライは力がみなぎるのを感じた。三人の若者の知力が、護衛《ごえい》の者たちやクライ自身の知力とスタックしたのだ。〈ああ。そうじゃ。よいぞ。これでよい〉クライは思った。

〈クライ、わがフラグメントよ〉別の思考が、水を切って進む船のように、クライ自身の思考を突《つ》っ切った。

イレーシャが、コートヤードに出てきていたのだ。

なんと失礼な。クライは、だれのフラグメントでもない。クラックスユニットだ。イレーシャがハブユニットの体から分離《ぶんり》するずっと前に、クライはひとりの分離《ぶんり》したことのないエンダーマンで、太古《たいこ》の世界を巨人《きょじん》のように歩いていた。自分からフラグメントを分離《ぶんり》させたことがそもそも間違《まちが》いだったのかもしれない。イレーシャはクライに感謝《かんしゃ》するべきだ。クライをはじめとするクラックスユニットは、太古《たいこ》の昔からどこにいても生き延《の》びてきた。クラックスユニットがいなければ、ジ・エンドはいま存在《そんざい》しないのだ。

代弁者《だいべんしゃ》イレーシャは、全員を見渡《みわた》した。クライと、その部下たちと、クライ専用《せんよう》の脳《のう》バンクを務《つと》める三人だ。しかし、かならずしも専用《せんよう》ではない。イレーシャもまた、多くのエンダーマンがいるおかげで堂々《どうどう》として、思考も明瞭《めいりょう》だった。クライは、グループの知力を独《ひと》り占《じ》めできたらいいと思ったが、そういうわけにはいかなかった。自分の思考を鋭《するど》く、イレーシャの思考は鈍《にぶ》くして、思い通りにすることはできない。エンダーマンの知力は、グループでいるときに増大《ぞうだい》するが、分割《ぶんかつ》することはできない。

〈辛抱強《しんぼうづよ》く待ってくれて、感謝《かんしゃ》する〉代弁者《だいべんしゃ》はいった。

クライは、今後、エンダーマンがこれほど賢《かしこ》く、穏《おだ》やかになることは二度とないだろうと思った。この先二度と、いまのように団結《だんけつ》することはないだろう。じつに多くのエンダーマンがひとつになっている。じつに大勢《おおぜい》が。なぜこれまで、心をひとつにすることがなかったのだろう？　なぜ常《つね》に、いまのようにひとまとまりになり、全宇宙《ぜんうちゅう》を征服《せいふく》しなかったのだろう？

イレーシャは、本当はばばあなどではなかった。クライよりも、かなり若《わか》い。イレーシャの美しい黒い顔には、ひび割《わ》れなどひとつもなく、足を引きずってのろのろ歩くこともない。クライは、イレーシャが混沌《こんとん》の代弁者《だいべんしゃ》になった日を覚えている。大昔のエンダー祭《さい》のあの日、クライはまだ若《わか》く、代弁者《だいべんしゃ》の座《ざ》は自分のものだろうと思っていた。それが、あんな若《わか》いエンダーマンのものになってしまうとは。

〈どうぞご命令を、混沌《こんとん》の代弁者《だいべんしゃ》〉クライは頭を下げた。

うやうやしく頭を下げたのも、従順《じゅうじゅん》な受け答えも本心からではなかった。イレーシャにはそれがわかっていて、クライにはイレーシャに見抜《みぬ》かれていることがわかっていた。お互《たが》いに、相手がわかっていることをわかっているのだ。テレパシーが使えると、駆《か》け引《ひ》きがとても難《むずか》しくなるので、ほとんどのエンダーマンは無駄《むだ》な努力はしない。

〈そなたへの命令はない、混沌《こんとん》から生まれし者よ〉代弁者《だいべんしゃ》は、頭を下げたクライにかすかにうなずいていった。

〈どういうことでしょう?〉

イレーシャは、あたりを歩きはじめた。

〈戦争は終わった。さらに正確《せいかく》にいうならば、戦争など、はじめからなかった。人間は攻《せ》めてきていない。すべて終わった。誤報《ごほう》だったのだ〉

クライはイレーシャを見据《みす》えた。

〈安堵《あんど》してはいないのか？〉と、イレーシャ。〈死者はなく、血を流すこともなく、犠牲者《ぎせいしゃ》が出る恐れもない。自らの家族《エンド》に帰るのだ。われわれはみな、それぞれの家族《エンド》にもどり、再《ふた》び、平和に暮《く》らす。武器《ぶき》、防具《ぼうぐ》、アイテムを、エンドシップのフラグメントふたりに返すように。われわれには必要ない。われわれに必要なのは、再《ふた》び、エンダーマン同士《どうし》の絆《きずな》を深めることのみ。わたくしは、偉大《いだい》なる混沌《こんとん》と交信し、それがエンダーマンの道であるとのお言葉をいただいた〉

〈愚《おろ》か者め〉クライ司令官の思いは激《はげ》しかった。

〈わたくしに向かって、そのような口をきくのは許《ゆる》さぬぞ、フラグメント〉イレーシャがクライの頭の中で声を荒《あら》らげた。

〈わしはフラグメントではない。おぬしより歳《とし》をとっておる。どうやら、わしのほうが知力でもずっと上のようじゃ。敵《てき》が今日みえぬから、まったく心配ないと考えるのは愚《おろ》か。よくきけ。人間は簡単《かんたん》にあきらめはせん。ジ・エンドは、豊かで、美しく、広大じゃ。大勢《おおぜい》の人間を率《ひき》いる者が、このような略奪《りゃくだつ》の機会をみすみす逃《のが》すわけがない。戦いの準備《じゅんび》をしておいて、略奪品《りゃくだつひん》を目の前にして引き返す騎士《きし》がおろうか？　人間はやってくるぞ、イレーシャ。人間はすでにきておる。あの異形《いぎょう》のグリーンボーイがスパイでも妨害工作員《ぼうがいこうさくいん》でもないからといって、人間がおらんとは限《かぎ》らん。そんなこともわからんのか？〉

代弁者《だいべんしゃ》は身動きひとつせずに立ち、怒《いか》りをコントロールしていた。ほかのエンダーマンなら、ジ・エンドじゅうのエンダーマンが肩を並べて立たない限り、ぜったいにできないことだろう。おそらく、イレーシャはクライが思っている以上に強い。はるか下の方にいる群衆は、スタックするには遠すぎる。同じ条件のもとでも、イレーシャは簡単に怒りを抑えることができ、クライはやっとのことで激怒するのをこらえていた。

〈わたくしは、偉大《いだい》なる混沌《こんとん》と交信《こうしん》したのだ。平和に暮らすのがエンダーマンの道である。これはくつがえすことはできぬ〉イレーシャは冷ややかに思考を伝えた。

〈その決定は間違《まちが》っておる〉クライは怒った。

タマト隊長《たいちょう》とマラム伍長《ごちょう》は恐《おそ》れをなして、司令官から後ずさりした。代弁者《だいべんしゃ》が間違《まちが》っているわけがない。そんなことはあり得《え》ない。イレーシャだけが、偉大《いだい》なる混沌《こんとん》の意思《いし》をきくことができるのだ。疑問《ぎもん》をはさむことは許《ゆる》されない。隊長《たいちょう》と伍長《ごちょう》はまきぞえにならないよう後ずさりした。稲妻《いなずま》か火の玉が飛んできて、クライは確実《かくじつ》にその場で消されてしまうだろう。

だが、クライにはなにも起こらなかった。

〈では、そなたのいう敵《てき》とは、いったいなんなのだ、クライ?〉イレーシャの赤紫《あかむらさき》の目は、焦燥《しょうそう》と軽蔑《けいべつ》に満ちている。イレーシャが、クライなど自分の足元にも及《およ》ばないと思っているのがはっきりみてとれる。クライはますますいきり立った。〈人間か? 人間くらい、オーバーワールドにいけば、いつでも目にすることができる。人間が嫌《きら》いなら、殺《ころ》すのはたやすい。敵《てき》をみつけたければ、家を探《さが》し、人間が戻《もど》ってくるのを待っていればよい。なぜ、われわれの国をエンダーマンの血で洗《あら》う必要がある? もう一度、強くいっておく。なにも起こってはいないし、だれも攻めてきていないのだ〉

〈そうとも、人間じゃ!〉司令官の怒《いか》りが爆発《ばくはつ》した。〈いうまでもない。人間がわしらの敵《てき》じゃ! ジ・エンドに属《ぞく》さぬ者は敵《てき》じゃ! わしらとちがうもの、わしらの大《だい》エンドの外にいる者すべてが敵《てき》じゃ! やつらは、娯楽《ごらく》のためにエンダーマンを殺《ころ》す。ほんの少し速く移動《いどう》するだけのために、わしらの心臓《しんぞう》を盗《ぬす》む。やつらは、エンダーマンの目をくり抜《ぬ》き、この国に通じるドアを飾《かざ》る。やつらがここにきてするのは、略奪《りゃくだつ》と殺《ころ》しだけ。ジ・エンドはエンダーマンのものじゃ!〉クライは怒《ど》鳴《な》った。

〈それはちがう〉イレーシャは、落ち着いて続ける。〈そなたは忘《わす》れている。エンダードームで学んだことを忘《わす》れている。ジ・エンドはシュルカーや、エンダーマイトのものでもあり、コーラスツリーやエンダードラゴンのものでもある。いかなる国にも、多くの者が共存《きょうぞん》している。そしてかつて、ジ・エンドは、ここにある偉大《いだい》なる塔《とう》、城、柱、道を作った者たちのものだった。それがだれであれ、われわれの祖先《そせん》のだれかが、その者たちからこの地を奪《うば》ったのだ。これが偉大《いだい》なる混沌《こんとん》の歩んできた道だ、フラグメントよ。その道はときには厳《きび》しい〉

〈わしは、その者たちのようにはなりとうない。そう思わんか、イレーシャ？　人間どもは、いったい何度、ジ・エンドにきて、行く手をはばむエンダーマンを殺《ころ》し、わしらの世界のあちこちから宝《たから》を盗《ぬす》んでいった？〉

〈何度も〉イレーシャは認《みと》めた。〈数えきれないほどだ〉

〈おぬしは、生まれて初めて侵略《しんりゃく》されたときのことを、覚えておるか？〉

偉大《いだい》なる混沌《こんとん》の代弁者《だいべんしゃ》はうなずいた。〈わたくしはフラグメントであった。わたくしの家族《エンド》で最初のフラグメントであった。家族《エンド》が全員集まっていても、わたくしの知力は賢《かしこ》いオオカミより少しましな程度《ていど》であった。その頃《ころ》、家族《エンド》は三人しかいなかったからだ。わたくしたち三人に対し、人間はふたり。ふたりで十分であった。あのような者はみたことがなかった。ひとりは火や水を意のままに操《あやつ》れるようだった。その女がエンダーマンを倒《たお》しにかかると、われわれは無力で、瞬時《しゅんじ》にして凍《こお》りつき、火もないところで焼け死んでしまう。女は水そのもののようであり、雨のようであり、われわれに降《ふ》り注《そそ》ぎ、エンダーマンは死んだ。われわれは、その女を恐《おそ》れたが、それでも向かっていった。それがエンダーマンたるゆえんだ。そして、あの男が歩くところには、炎《ほのお》がついてまわった。ふたりはすべてを奪《うば》った。それから何年もかけて、わたくしの家族《エンド》は回復《かいふく》していったが、ときどき、決して元通りにはならなかったと考えることもある〉

クライは、腹立《はらだ》たしそうに両手を上げた。〈なら、わしが正しいのはわかっておるではないか！　人間を阻止《そし》せねばならん！　おぬしがさっきいった通りだ。なぜ、わしらの国を血で洗《あら》わねばならん？　人間の国を奪《うば》えばよい！　みなで、オーバーワールドに攻め入《い》り、人間どもの作り上げたものをすべて破壊《はかい》するのじゃ。秩序《ちつじょ》の力を徹底的《てっていてき》に破壊《はかい》し、回復《かいふく》できぬようにするのじゃ。みなが一丸《いちがん》となれば、人間など取るに足らぬ。わしらは発育不良のロバのように離《はな》れ離《ばな》れの暮《く》らしにこだわっておるからこそ、いまだ全宇宙《ぜんうちゅう》を支配《しはい》しておらんのじゃ。いまこそ

変わるべきとき。進化するとき。新たな法が必要だ。〝今後、エンダーマンは決してひとりにならんこと〟という法じゃ〉

イレーシャはあきれた顔をして、クライの話をきいていた。〈わたくしは、オーバーワールドにいって、村人をみな殺《ごろ》しにしたときのことも覚えている。わたくしと、仲間のフラグメントが、ただやってみたかったというだけで。それが偉大《いだい》なる混沌《こんとん》と秩序《ちつじょ》の力の均衡《きんこう》なのだ。わたくしは、それを受け入れる。そなたも受け入れるがいい。人間は攻《せ》めてこない。家に帰れ。そなたはもう司令官ではなく、ただのクライにもどったのだ。家へ、そなたのフラグメントや、そのまたフラグメント、さらにそのフラグメントのもとへ帰るがよい。これは決定である〉

〈だめじゃ、やめろ〉クライはどんより重い気持ちになり、凍《こお》りついた。イレーシャはクライから司令官の称号《しょうごう》を取り上げた。クライは、剣《けん》でひと突《つ》きされたような痛《いた》みを感じた。そんなばかな。イレーシャに、そんなふうにこの称号《しょうごう》を奪《うば》わせてはならない。だれも話をきかないクライにもどるなど、あり得《え》ない。みんなに、気のふれたおいぼれクライと笑われ、見向きもされなくなりたくはない。イレーシャにそんなことをさせるものか。

テレパシーで駆《か》け引《ひ》きするのはとても難《むずか》しい。が、裏切《うらぎ》りはさらに難《むずか》しい。そんな考えが一《いっ》瞬《しゅん》でも頭をかすめる前に、やらなければ。思考よりも速く行動すること。脳《のう》が、腕《うで》に動けと指令を出す前に。

その速さで、クライは偉《い》大《だい》なる混沌《こんとん》の代弁者《だいべんしゃ》、イレーシャをかかえ上げると、荘厳《そうごん》にして壮《そう》麗《れい》な無秩序《エントロピー》の大聖堂《だいせいどう》の第七コートヤードの端《はし》から放り投げた。イレーシャは声もなく、まっ逆《さか》さまに無の中へ落ちていった。黒い体が黒い無の中へ。エンダーマンが、ジ・エンドへ。

クライは、再《ふた》び司令官となり、イレーシャが落ちていくのをみていた。これまで、これほど穏《おだ》やかな気持ちに満たされたことはない。そしていま、考えてみれば、なぜ司令官にとどまることがあろう。頂点《ちょうてん》を極《きわ》めればいい。

〈偉《い》大《だい》なる混沌《こんとん》、万歳《ばんざい》〉クライはイレーシャに向けて思った。

第11章　エンダーマンの心臓《しんぞう》

ジャックスは、ざらついた黄色の岩が突《つ》き出しているところにあらわれた。その下では、虚《こ》空《くう》が大きく口を開けている。ジャックスのつま先が岩の縁《ふち》で滑《すべ》り、小石《こいし》が転がって無の中へ落ちていった。モーとロウズサムが、ジャックスの隣《となり》にあらわれた。モーの目は怒《いか》りに満ち、ロウズサムの目は興奮《こうふん》と好奇心《こうきしん》に満ちている。

「どういうつもり?」モーはとげとげしくいった。

「くだらないことは切り上げて、必要な決定をしたのさ」ジャックスは、あきれた顔をしてみせた。そして、背後《はいご》を指さした。

雷《かみなり》のような咆哮《ほうこう》が、頭上の高いところでこだましている。エンダードラゴンが、たっぷり時間をかけて円を描《えが》きながら、遠くの空を飛んでいる。ジャックスは、モーとロウズサムをドラゴンの島の近くまで連れてきたのだ。しかし、なぜ？

しかも、ジャックスはテレポートした！　エンダーパールを持っていなければ不可能《ふかのう》なことだ。ジャックスは、哀《あわ》れにも命を落としたエンダーマンの魂《たましい》そのものを、どこかに入れて持っているのだ。どこに？　だれの？　モーは、ふたつ目の疑問《ぎもん》の答えがわかることはないだろうと思った。

「では、ごいっしょに。お先にどうぞ、お嬢《じょう》さん」ジャックスは、おじぎを真似《まね》た。

「ごいっしょに、なに？」

ジャックスは、ちらりと上をみた。「まあ、いやなら、ここで待っててもいいぞ。その間に、おれがいって、サクッとドラゴンを倒《たお》し、ここから脱出《だっしゅつ》して、お前たちの――」といいながら、モーとロウズサムを、片方《かたほう》だけなのか両方なのかは不明だが、指さして続けた。「――状況《じょうきょう》を解明《かいめい》する。それとも、お前はペットの気持ちの悪いやつととっても仲よしなんだから、いっしょにきてあいつの注意を引きつけておいてくれたら、おれが一発であのおいぼれモンスターを倒《たお》す。そしたら、地上世界《オーバーワールド》に向かう。おもしろいやつらをいっしょに倒《たお》した友だちとしてな。おれは、そのほうがいい。おれは、お前がいったような、いやなやつじゃないぞ。本当だ。ただ、……野心がいろいろあってさ、とても歯が立たなそうなことがあると、大いにやる気になるってだけだ。とにかく、おれのハブユニットはよくそういってたぜ」ジャックスは、モーにウインクした。

「なんで、わたしのことや、双子《ふたご》の兄さんのことや、わたしたちになにが起こったのかまで気にするのよ」

「別に気にしてねえよ」ジャックスは、きっぱりいった。「ただ、ローリーより先になぞを解《と》きたいんだ。なぞを解《と》くのに勝ち負けってあるのかな？　おれは、それで勝ちたいんだよな。なんでも勝つ。おれのこだわりみたいなもんだ」

モーはジャックスをにらみつけた。「あなたがわたしの友だちを倒《たお》す手伝いはしないし、あなたとはどこにもいかない。もう、最悪。いきなりわたしをいっしょにテレポートさせる権利《けんり》はないでしょ。許可《きょか》なく、わたしに触《さわ》る権利《けんり》は――」

「だけど、彼はお前の友だちなんだろ？」ジャックスは途中で口をはさんだ。

「エンドラは彼じゃない！」

「なんでもいいけどさ！」

「わたしだってテレポートして消えられるんだから。わかってる?」モーは大声でいった。

「ここにあなたといる必要は、まったくないから」

ジャックスは、腕《うで》を組んだ。「やってみろよ。ほら、できないだろ。もうエンダーマンの姿《すがた》じゃないもんな。おれにできないことは、お前にもできないんだ。お前は、テレポート用のエンダーパールも持ってないだろうしな」

モーは凍《こお》りついた。うそ! これからは、ある場所から別の場所へ移動《いどう》するときに、人間の女の子のようにのろのろと重い足で歩くしかないの? モーは、ためらった。ただテレポートしてしまえばいいのだとはわかっていた。いますぐにここから消えて、どこか別の場所にあらわれる。だが、できなかったらどうしよう? ジャックスのいう通りだったら? そうだとしたら、モーは自分がどうなるかわからなかった。

ロウズサムは、低く、不安そうにいなないた。遠くでなにかが動いたのだ。エンダードラゴンの島の下に突《つ》き出た、岩場のひとつになにかいる。背後《はいご》にある夜とほとんど同じ色のなにかが。

エンダーマンが、その岩場の上に立っていた。空気の状態《じょうたい》を、長く黒い指で確《たし》かめている。

モーは、うれしくてたまらなくなり、この二時間くらいの間に自分に起こったことをほぼすべて忘《わす》れてしまった。モーは、いつものように大勢《おおぜい》のエンダーマンがエンダードラゴンの島を歩きまわっていないことを忘《わす》れていた。いつもなら、島にいるエンダーマン同士《どうし》が知力を共有し合い、穏《おだ》やかにいられるのに、いまはちがう。モーは、ほとんどのエンダーマンがクライとイレーシャの呼《よ》びかけに応《こた》え、軍隊に召集《しょうしゅう》されていることを忘れていた。そして、遠くにいるエンダーマンに手を振《ふ》りながら思いを投げかけた。

〈こんにちは！　偉大《いだい》なる混沌《こんとん》、万歳《ばんざい》！　助けて！　助けてください！　わたし、この人間にさらわれたんです！　この人、エンドラを倒《たお》すつもりなんです！　助けて！　あなたの家族《エンド》はどこ？　わたしはモー、フィンの双子《ふたご》の妹です。わかりますか？〉

そのエンダーマンは、モーのほうを振《ふ》り向いた。フィンとモーがひろって、クライに奪《うば》われた金《きん》のチェストプレートを身に着けている。金属《きんぞく》が、ジ・エンドの薄明《うすあ》かりに輝《かがや》いた。エンダーマンの赤紫《あかむらさき》の目が細くなった。体をいきなり赤くして、怒《おこ》っている。そして、すべての憎《にく》しみと永遠《えいえん》の怒《いか》りをこめて、空に向かって叫《さけ》んだ。その思考は荒《あ》れて、意味を成していない。エンダーマンはひとりきりだった。ひとりきりのエンダーマンは、怒《いか》りが世界を歩きまわりたくて人の形になったようなものだ。

〈死ね死ね死ね死ね死ね死ね〉

エンダーマンは、モーに向かってきた。

そのエンダーマンがテレポートしてきたとき、モーにはそれがだれかわかった。

〈そんな、ロップ、やめて、わたしです！〉

エンダーマンは、止まらなかった。

〈ロップ、やめて！　覚えてるでしょ、わたしのハブユニットになってくれるっていいましたよね？　強くてたくましいユニットなんでしょ？　いまこそ、わたしのハブユニットになってほしいの！　ロップ、お願い！　わたしですって！　いまでも、同じわたしです！〉

しかし、それはロップではなかった。正確《せいかく》にはちがう。ここで、ひとりきりで、だれもまわりにいなければ、それはロップではない。ロップの心の中には、モーに答える部分はなかった。そこにいるのは、ロップではないのだ。

ロップのこぶしが、モーの顔を強打《きょうだ》した。ロウズサムは前脚を跳《は》ね上げ、母親を守ろうとしている。激《はげ》しく揺《ゆ》れる筋肉《きんにく》から、黒と黄色の体液《たいえき》があたりに飛び散る。

「ばかやろう！」ジャックスは怒鳴《どな》り、モーのほうにずかずか歩いてくる。「エンダーマンにい、い、い、呼びかけてどうするんだよ、まったく」

ロップは、モーの背中《せなか》をパンチした。モーは吹《ふ》き飛ばされ、黄色の岩の上に手足を投げ出して倒《たお》れた。エンダーマンは、ジャックスにとびかかり、胸《むね》をパンチした。ジャックスは、少しうめいただけだった。

「たった一体のモンスター相手に、なに手間取ってんだよ」ジャックスは腹《はら》を立てた。「モンスター一体ひとりで始末できねえのか？」

「始末したくなんかない！」モーはロップを押《お》し返《かえ》した。ロップは大暴《おおあば》れしているので、輪郭《りんかく》もわからないほどだった。モーは、力を加減《かげん》しようとした。底なしの空間へと落ちる崖《がけ》の上で、だれかを傷《きず》つけることなく押《お》し返《かえ》すのは、たやすいことではない。相手が崖《がけ》から落ちるまで、ひたすらパンチしまくるより、ずっと難《むずか》しい。ロップの黒い体は、モーの手が当たったところが赤くなっている。モーの抵抗《ていこう》は、ロップを怒《おこ》らせるだけのようだ。

〈ロップ、わたしよ！　モーよ！　モーにみえないのはわかるけど、前と同じモーなの！　ただのフラグメントで、あなたに危害《きがい》を加えたりしないから。わたし、この人間といっしょにい

たくないの！　助けて！　クライの軍隊を捜《さが》しにいきましょう〉

ロップは、モーの言葉には反応《はんのう》せず、腕《うで》を振《ふ》り回すばかりだった。一方のこぶしが、ロウズサムの顎《あご》の下に当たり、子馬を岩壁《いわかべ》にたたきつける。もう一方のこぶしは、ジャックスの鼻にがつんと当たった。

〈そう！　人間を殴《なぐ》って！　でも、わたしのウマは殴《なぐ》らないで。その子はわたしたちといっしょにいくんだから〉

ロップは金切り声を上げ、モーの喉《のど》をつかんで持ち上げた。

〈待って、ちがう！〉モーは、夢中《むちゅう》で思った。〈そうじゃなくて。お願い、ロップ。わたしを思い出して。わたしには、強いハブユニットが必要なの！〉

しかし、エンダーマンの目に映《うつ》っているのは、人間の女の子だ。敵《てき》だ。モンスターだ。

ジャックスは、鉄の剣《けん》をポケットから出した。ずいぶんと多くの物が入るポケットだ、とモーが考えたとたん、ジャックスはためらわず、それでロップの胸《むね》を刺《さ》した。

〈やめて！〉モーは頭の中で叫《さけ》んだ。

「やめて！」モーは悲鳴を上げた。

ロウズサムは、激《はげ》しく喉《のど》を鳴らし、鋭《するど》い歯をエンダーマンの腕《うで》に突《つ》き立てた。ジャックスは片足《かたあし》を、死にかけて倒《たお》れそうなエンダーマンに押《お》し当《あ》て、剣《けん》を引《ひ》き抜《ぬ》こうとした。ロップの赤《あか》紫《むらさき》の目は、憎《にく》しみと痛《いた》みに燃《も》えている。ロップは、モーの喉《のど》にかけた手に力をこめた。

〈死ね〉かつてはロップだった生き物は、そう思った。

次の瞬間《しゅんかん》、そこにいたみんなが消えてしまった。突《つ》き出した黄色の岩の上には、もうだれもいない。女の子の姿《すがた》も、男の子の姿《すがた》もなく、戦いもなかった。

エンダードラゴンは、はるか高いところで咆哮《ほうこう》を上げた。

第12章　オーバーワールド

天と地がひっくり返った。黒い空と、黄色の岩がいきなり頭上に浮《う》かび、それから裏《うら》と表《おもて》がひっくり返る。そして、まぶしい光で周囲《しゅうい》の世界がみえなくなった。ジ・エンドも、島も、突《つ》き出した岩も、遠くにきこえたエンダードラゴンの咆哮《ほうこう》も、巨大《きょだい》な白い閃光《せんこう》にのみこまれた。

光が薄《うす》れると、モーは緑の草の上に立っていた。ジャックスは、ロップに刺《さ》さった剣《けん》を抜《ぬ》き、少し後ろによろめいたが、転ばずにすんだ。ロウズサムは顎《あご》に力をこめ、エンダーマンにかみついたまま、うなり声を上げている。だが、そんなことをしなくても、ロップは死にかけていた。

ロップは、テレポートして逃《に》げようとしたはずみで、みんなをオーバーワールドに引きずり出してしまったようだ。エンダーマンは崩《くず》れるように地面に倒《たお》れた。倒《たお》れるときに、目がうつろになった。モーは手をのばしたが、もうロップは死んでしまっていた。モーの緑の、人間の目に涙《なみだ》があふれてくる。

「あんなところでひとりきりで、なにやってたの」モーは小声でいった。「死ぬなんて！　死ななくてよかったのに。死ぬのはばかだけよ」

「おれたち、たったいまジ・エンドから一発でテレポートしてきたのか、マジで？　すげえ！」ジャックスはいい、地面に転がったアイテムをみた。「いいチェストプレートだ」

それからジャックスは腰《こし》に手を当てて、深いため息をついた。「またポータルを探《さが》さなきゃな。めんどくせえ。同じことを二度くり返すなんて、ばかばかしい」

モーは瞬《まばた》きした。それまで、自分たちがテレポートしたことさえ、気づいていなかった。みんなでテレポートして、どこか別の場所にきたのだ。まったくちがうどこかへ。

モーの頭上の空は、深いロイヤルブルーに輝《かがや》いている。まわりには木々《きぎ》がうっそうと茂《しげ》り、見渡《みわた》す限《かぎ》り、森が広がっている。小さな赤い花がそこここに咲《さ》いている。遠くには、茶色の山々がみえる。少し先に、鮮《あざ》やかな青い湖が黄金色《こがねいろ》の日の光にきらめいている。モーがあぜんとしてみていると、巨大《きょだい》な黒いイカが水中から足を跳《は》ね上げて、水面をたたいて、白い泡混《あわま》じりのしぶきを上げた。まるで、イカがモーに手を振《ふ》って「オーバーワールドへようこそ」といっているようだった。

まるまるとして、顔の丸いブタが一頭、ぎょっとして口を開けながらこちらをみている。「あら」と、モーはやさしくいった。「ブタって本当にピンクなんだ。カンがいつもいってた。わたしは信じなかったけど、本当なんだ。へー、ピンクか」モーは、ブタをなでようと手をのばした。

ブタは触《さわ》られたくなさそうだ。それより、いまのところロウズサムが気になってしかたないらしい。黒い目でロウズサムをじろじろみて、これはなんなのだろうと決めかねていた。二頭の動物は、しばらくお互《たが》いを観察し合っていた。肺液《はいえき》がロウズサムの胸《むね》にたまって滴《しずく》となり、びしゃっというものすごい音とともに地面に滴《したた》った。

ブタは、びっくりして逃《に》げていった。

間もなく、ロウズサムは、死んだエンダーマンの頭を軽くかみはじめ、〈脳《のう》みそ?〉とうれしそうにいった。赤ちゃんはみな同じで、子馬も一度思いついたことはなかなか忘れられないらしい。

しかし、モーが友だちの脳《のう》は食べてはだめだと教えるよりも先に、ロップは煙《けむり》の渦《うず》になって、消えてしまった。エンダーマンの遺骸《いがい》ははかない。偉大《いだい》なる混沌《こんとん》は、無駄《むだ》を嫌《きら》うのだ。ロップが消えたあとに、パールが残った。そしてチェストプレートも。

ジャックスは、つま先でチェストプレートをつついた。「エンダーマンが人間の防具《ぼうぐ》を身に着けてるのは、一度もみたことがない」ジャックスは、モーをじろりとみた。「これ、お前の?」

「そう」モーは心のどこかで、持ち物を仲間に取り上げられたことをまだ怒《おこ》っていた。ロップはこうして、エンダーマンと人間の総力戦《そうりょくせん》で戦うわけでもないのに、シャツでも借りたみたいにモーの防具《ぼうぐ》を身に着けていたのだ。

ジャックスは、チェストプレートをモーにわたした。日の光をあびて温まっている。モーはそのチェストプレートを、ずっと捜《さが》していたテディベアのように、胸《むね》に当てた。ぎゅっと抱《だ》きしめると、故郷《こきょう》のにおいがする。ほんの少しだけ、ジ・エンドのにおいがした。船や、フィンや、楽しかったもとの生活を思わせるにおいだ。

「ありがとう」モーは弱々しくいった。

「礼はいらない」ジャックスはぼそっといった。初めて、ジャックスの声がとても真剣《しんけん》で穏《おだ》やかにきこえた。「お前が手に入れたものだろ。そもそも、だれかに取り上げられるなんておかしいんだ」

〈なんて秩序《ちつじょ》っぽい人なの〉モーは思った。だが、とても感謝《かんしゃ》していた。収集《しゅうしゅう》したものが、ひとつ手元にもどってきたのだから。自分の一部がもどってきたのだ。モーは、チェストプレートを着けた。チェストプレートは心地よく、確《たし》かにそこにある。まぎれもない現実《げんじつ》だった。

ジャックスはかがんで地面に落ちているエンダーパールを拾い、くるりと向きを変えて、また歩き出した。

「ちょっと！　待って！　それはだめ」モーは大声でいった。「それはわたしにちょうだい！」

「ふざけんな、おれが倒《たお》したんだから、あいつが落としたものはおれがいただく。それはお前が拾ったチェストプレートだが、こいつはおれのだ。これ、文句《もんく》なくフェアだからな」

「でも、それは彼女《かのじょ》のパールだもん！　それをあなたが持ってるって、わたしがあなたの脳《のう》みそを記念品に持っておくようなものよ」

〈脳《のう》みそ?〉ロウズサムの思いが甲高《かんだか》く響いた。

〈ちがうの〉モーは、とっさにいった。

「あのエンダーマンには名前があったんだよ、ジャックス。彼女《かのじょ》の名前を知ってる？　わたしは知ってる。あなたに権利《けんり》はない。わたしにちょうだい。家に持って帰って、大事にする。それはわたしのもの」

「いっとくけど、お前のものじゃない。お前はエンダーマンじゃないだろ。やつらの仲間じゃない。お前には、それがどうしても、わからないみたいだな。おれにはお前よりずっとこれをもらう権利《けんり》がある。それから、おれは、あいつの名前なんか知りたくない。気持ちわりいよ。エンダーパールはどれがどれだか見分けがつかないし、実際《じっさい》、どれも同じだ。おれはそれが気に入ってるんだ。あのさ、なにかを殺《ころ》したら、そいつのパーツをすべて無駄《むだ》にせずに使ってやるのが、そいつへの敬意《けいい》ってもんじゃないか？　おれは、お前のお友だちの、変てこモンスターの強さとたくましさを尊敬《そんけい》する。だから、おれはあいつの遺《のこ》したものにちゃんと敬意《けいい》を払《はら》って、強さとたくましさが必要なときに使う」ジャックスはそういったが、モーの顔には、あきらめないと書かれていた。「いいよ。ったく、やるよ。そんなもん、いくらでも持ってるから、やる」

ジャックスは、エンダーパールをぽいと後ろに投げた。モーはあわてて草むらに駆《か》けこんで、パールを捜《さが》す。そうやって見つけたパールはまだ温かかった。

かわいそうなロップ。モーは、ずっと引っかかっていた。なぜロップは、テロスからあんなに離《はな》れたところにいたのだろう。みんなまだ、戦争に備《そな》えていたはずだ。だれもその〝戦争〟が、たった四人の子どものアイテムねらいの侵入《しんにゅう》だとは知らずにいた。なにか単純《たんじゅん》な別の理由があったはずだ。モーの知らないなにかが。エンダーマンはひとりだと、複雑《ふくざつ》なことを考えられないのだから。

モーは、まぶしくて目を細めた。目が痛《いた》い。太陽の光をみるのは初めてだった。どうしたら、目を傷《いた》めずに光をみられるのか、わからない。とてもまぶしい。みんな、こんなにまぶしくても平気なの？　あの大きな燃《も》え盛《さか》る火の玉は、いつ、いつも頭の上にあるの？　それに、たくさんの色！　フィンの目の青も、モーの目の緑もあって、あらゆる色が脈打《みゃくう》っているみたい。すごく鮮《あざ》やかで、強烈《きょうれつ》！　ジ・エンドの落ち着いた紫《むらさき》や、やわらかい黄色や、心安らぐ黒とはまったくちがう。これまでわたしが知っていた世界とは、まったくちがう。

「見覚えのあるものは、あるか？」ジャックスはたずねた。その声は、なんとなく……感じがよかった。

モーは、思い出そうとした。いっしょうけんめい、思い出そうとした。「だめ」モーはあきらめた。「こんな場所は、ぜんぜんみたことがない。あれはなに？」

ジャックスは、まわりを見回した。「ごくふつうの森林地域《バイオーム》だ」

「そうじゃなくて、あれ」モーは、上を指さした。なんと呼《よ》べばいいのか想像《そうぞう》がつかなかったのだ。それは、とても大きくて、重そうだ。すごく変わっている。

「あれ？」ジャックスは、モーの視線《しせん》をたどっていたが、すぐまたモーをみた。それからまた、空を見上げた。「あれは、雲だ」と答え、首を振《ふ》った。「コールのいった通りだな。わお。マジで、わお」

ロウズサムは、腐《くさ》りかけた脚《あし》でよろよろ立ち上がると、試しに、草を食べてみた。飲みこんだ草はロウズサムの喉《のど》を滑《すべ》り下り、胃《い》のあたりに開《あ》いた穴《あな》から地面に落ちた。その穴《あな》からは、あばら骨がみえていた。

「こっちだ」ジャックスは、北に向かって歩き出した。迷《まよ》いなく歩くところをみると、このあたりをよく知っているようだ。たしかにここは、ジャックスの世界なのだろう。

「どこへいくの？」モーは、怖《こわ》くて動けなかった。「雨が降《ふ》ると思う？」

しかし、そんなことはどうでもいい。雨が降《ふ》っても構《かま》わない。自分はエンダーマンじゃないのだから、雨で傷《きず》つくことはない。モーは考え、思い出そうとした。ジ・エンドよりも前のことを、思い出そうとした。なんでもいいから、ジ・エンド以外のことを思い出したかった。自分の生活が、緑と青と茶色だった頃《ころ》のことを。自分の人生がこの世界にあり、別の世界にはなかった頃《ころ》のことを。だが、思い出せるのは、フィンとカンとエンダードラゴンと故郷《こきょう》の長い夜のことだけだった。ここのものはなにひとつ、信じられない。

モーは、ロウズサムをみた。ロウズサムの成長は、いまのところは止まったようだ。汚《きたな》いのが気にならなければ、背《せ》にまたがれるくらいの大きさになっている。

〈いまでもわたしのこと、好きでしょ？〉モーは、ゾンビホースの子馬にいった。〈わたしが人間でもエンダーマンでも気にしないよね〉

子馬は振《ふ》り向いて、モーの肩《かた》に鼻をすり寄《よ》せてきた。鼻でこすられると、しっとり冷たい。それから、鋭《するど》い痛《いた》みが走った。

〈こら！　かんじゃだめ〉

ロウズサムは、戸惑っているようだった。成長とともに、ロウズサムは、ゾンビホースとしての生き方を徐々《じょじょ》に理解《りかい》しはじめていた。〈マーマ。マーマ。の……の……脳《のう》みそ？〉と、自信なさそうにきいてくる。

〈だめ〉と、モーがしかる。〈悪い子ね。脳《のう》みそはだめ。とりあえず、わたしのはだめ〉

ロウズサムはむっとして、前脚で地面をかき、〈脳《のう》みーーーそ〉と文句《もんく》をいった。

「いっしょにこないのか？」ジャックスが振《ふ》り返らずに声を上げた。

モーは、本当はいきたくなかった。正直、迷惑《めいわく》だった。アイテムをゲットすることとエンダードラゴンを倒《たお》すことしか頭になさそうな、いやなやつにさらわれて、オーバーワールドなどという、いってみたいとも思わなかった場所に連れてこられたのだから。

なるほど、アイテムをゲットしたい気持ちは、モーにもわかる。だが、そのためにエンドラを倒《たお》すつもりだなんて。そんなことは許せないと、はっきりさせなければならない。

だが、ついさっきまでエンダーマンだったモーは、しかたなくついていくことにした。ジャックスを見失ったら、二度と帰れないだろう。この色と音に圧倒《あっとう》されるような場所に、ひとりぼっちで取り残されてしまう。モーは、小高《こだか》い丘《おか》の斜面《しやめん》を駆《か》け上《あ》がりジャックスを追いかけた。ロウズサムには、なぜママが自分の背《せ》にまたがってくれないのか、わからなかった。さっさと乗って、この地の新鮮《しんせん》な脳《のう》みそのほうに向かってくれたらいいのに。しかし、ロウズサムは、まだ生まれたばかりだったので、わけがわからないまま受け入れた。

モーは、仕方なく歩き続けた。そうするしかなかった。

丘《おか》の向こう側には、ジャックスの家があった。とても立派《りっぱ》で、城のようにすばらしい家だ。塔《とう》が四つと、窓が二十、ガーゴイルが三つあり、壁《かべ》はすべて頑丈《がんじょう》な灰色《はいいろ》の石で作られている。城のような家の周囲《しゅうい》には、青い水をたたえた堀《ほり》がめぐらせてあり、跳《は》ね橋《ばし》がかかっている。モーと、ジャックスと、ロウズサムは、その跳《は》ね橋《ばし》を渡ろうと、巨大《きょだい》な落とし格子《ごうし》の下をくぐった。ひとつひとつのドアや窓《まど》の両脇《りょうわき》では、松明《たいまつ》が燃《も》えている。こぢんまりとした菜園には小麦と花が植えられ、堀《ほり》の土手を彩《いろど》っている。ロウズサムは、膿《う》んでじくじくした鼻を小麦の植えこみに突っこみ、においをかいだ。

〈マーマ！　こーーーむぎ？〉ロウズサムはいなないたが、実際《じっさい》には痰《たん》が喉《のど》に引《ひ》っかかっているような音だった。

モーは、少し笑った。〈いいよ、ベイビー。好きなだけお食べ〉

ゾンビホースは、後ろ脚《あし》を蹴《け》り上げて喜《よろこ》んだ。骨《ほね》が、灰色《はいいろ》の腐《くさ》りかけた皮膚《ひふ》から透《す》けてみえている。厚《あつ》く盛《も》り上がった、足の親指の爪《つめ》を思わせる蹄《ひづめ》が、日の光に鈍《にぶ》く輝《かがや》いた。ロウズサムは、ものすごい勢《いきお》いで小麦を食べ終えた。ジャックスがせっかく作った菜園から追い払《はら》う間《ま》もないくらいだった。

「マジかよ」ジャックスは力なくいった。目の前では、ロウズサムが花を食べはじめている。

「あー、おい……おれの菜園におもらししないでくれるか?」

しかし、モーは気にしていないようだった。ロウズサムの体から、にごった髄液《ずいえき》が玉になって浮《う》かび上がっては、ジャックスの芝生《しばふ》に滴《したた》り落ちているというのに。

「たのむって」ジャックスはため息をつき、家の前庭《ぜんてい》をめちゃくちゃにされるのを覚悟《かくご》した。

「日が沈《しず》みそうだ。夜、外にいないほうがいいぞ。マジで」

ふたりは、ゾンビホースに初めてのごちそうを食べさせておいて、橋を渡《わた》りはじめた。

モーは、小走りしてジャックスについていった。「こんなお屋敷《やしき》をみつけたなんて、すごくラッキーだね！　わたしだったら、ぜったいに留守《るす》にしない！　いない間に、だれに乗っ取られるかわからないもん」

「ああ、いっとくが、おれはこれをみつけたんじゃない。おれが建《た》てたんだ」

「全部ひとりで？」

ジャックスは、ちょっと背筋《せすじ》をのばして、とても得意《とくい》げだ。「全部ひとりで。すげえ時間がかかった。ガーゴイルも、おれがデザインしたんだぞ。だけど、本当のところは、これなんかたいしたことないんだ。もっとでかい城とかいろいろ、内陸にいけばある。いくつかはおれが建《た》てたものだ！　おれは試行錯誤《しこうさくご》しながらこの家を建《た》てた。それからは、もっとずっといい家を建《た》てた。だけど、おれはここが気に入ってるんだ。最初に建《た》てた家だからな」

「ものを作るなんて、知らなかった。持ち主を殺《ころ》して奪《うば》ったのかと思った」ジャックスは、本当はそれほど悪い人間ではないかもしれない。これほど壮大《そうだい》なものを作れる人間が、そんなに悪いわけがない。

ジャックスは、うるさそうに手を振《ふ》った。「ああ、いまはもうあんまり家は建《た》てないんだ。全部、子どもの頃《ころ》に作ったものばかりさ。おれ、飽きちゃってさ。一日じゅう、クリーパーやゾンビと戦って、家に近づかせないようにしてた。そのとき、気づいたんだ。いつでも気が向いたときに、やつらを追い回せばいいし、それには家なんかぜんぜん必要ないってな！　そのほうがずっとスリルがあるだろ。で、二度と退屈《たいくつ》しなくなった。おい！　なにやってんだ！　やめろよ！」

モーは、後ろめたくなって手を引っこめた。さっきまで、なめらかで完璧《かんぺき》だった石の壁《かべ》に、四角い穴《あな》が空《あ》いている。

「偉《い》大《だい》なる混沌《こんとん》、万歳《ばんざい》」モーは、小声でいった。

壁《かべ》に穴《あな》が空《あ》くまで、自分でもなにをしているのかほとんどわからなかった。無意識《むいしき》にしたことで、反射《はんしゃ》のようなものだった。

「ごめん！」

「お前、なにした？　なんなんだよ？　いま、すげえ時間をかけてこの家を建てたって、いったとこだろ」

「つい、やっちゃったの！　だって、こんなにきれいで、完璧《かんぺき》なんだもん」

「ああ、そうだよ！　だからなんだよ？」

「すべてが、なんていうか……わずかなくるいもなく設計《せっけい》されてて、完璧《かんぺき》に仕上がってる。すごく、正確《せいかく》。すごく……すごく秩序《ちつじょ》っぽい」

「**だからなんだよ？　だから壊《こわ》すのか？**」ジャックスは、いまいましげにモーを見下ろした。

「だよな、だって、お前はエンダーマンだしな。お前らは破壊《はかい》する。すばらしいものをみると、パンチして穴《あな》を空《あ》けたがる」

「わたしは、偉大《いだい》なる混沌《こんとん》の役に立つことをしたの」モーは反論《はんろん》し、背筋《せすじ》をのばした。「あなただって人間のすることをするでしょ――なにかみれば、殺《ころ》したり！」

「なんのこといってんだよ？」

「宇宙《うちゅう》のこと！　ロップのこと！」

「**頭がおかしいんじゃないか！**」ジャックスは怒《ど》鳴《な》って、家の中に入っていった。手前の落し格子《ごうし》を通り抜《ぬ》けると、長い廊下《ろうか》があり、壁《かべ》にはいろいろな珍《めずら》しい生き物の頭が飾《かざ》ってあり、もちろん、松明《たいまつ》も設置《せっち》されていた。

「もっとよくしてあげたの！」モーはジャックスの後ろ姿《すがた》に大声でいった。「これで完璧《かんぺき》になったでしょ。だって、完璧《かんぺき》じゃなくなったから！」

「だまれ、モンスター！」ジャックスは、怒《ど》鳴《な》り返した。「頭のおかしいやつらのいうことなんか、きく必要ねえ！」

モーは、長い廊下《ろうか》を走ってジャックスを追いかけた。ロウズサムもあとからついてくる。ジャックスに追いついたときには、どちらも息を切らしていた。ロウズサムの肺《はい》は、もともと腐《くさ》りかけていたし、モーは初めてのオーバーワールドでの呼吸《こきゅう》に慣《な》れていなかったからだ。ここの空気はとても濃厚《のうこう》で豊《ゆた》かなので、モーの体はその中でどうしたらいいかわからないのだ。

「ジャックス」モーは、息を切らせながらいった。「きいて。わたしは頭がおかしいわけじゃないよ。えっと、ひょっとしたら、おかしいのかもしれないけど、壁《かべ》を壊《こわ》したから頭がおかしいってことにはならないと思う。宇宙《うちゅう》は、偉大《いだい》なる混沌《こんとん》と秩序《ちつじょ》の力のせめぎあいの中で成立したの。混沌《こんとん》と秩序《ちつじょ》は、大昔からお互《たが》いに競い合ってる。ときには混沌《こんとん》の勢力《せいりょく》が強くなって、エンダーマンや、シュルカーや、クリーパーや、火を創《つく》った。ときには秩序《ちつじょ》の勢力《せいりょく》が強くなって、人間や、ヒツジや、ブタや、薬や、石や、木々を創った。最後には、混沌《こんとん》と秩序《ちつじょ》の争いは、必ずあるべきかたちで終わってた。つまり、引き分けだよ。まわりをみると、この宇宙《うちゅう》には混沌《こんとん》と秩序《ちつじょ》が創《つく》ったすべてのものがあるでしょ。だから、どんなものも、偉大《いだい》なる混沌《こんとん》か秩序《ちつじょ》の力か、どちらかに仕《つか》えるし、必ずぶつかり合うの。それが本来の姿《すがた》だから。わたしは偉大《いだい》なる混《こん》沌《とん》に仕《つか》えてる。だから、あなたの家をさらにいいものに、さらに美しく、さらに完璧《かんぺき》にしたの」

「この家に弱点を作ったんだぞ！　なにかが、あの穴《あな》から侵入《しんにゅう》してくるかもしれねえ！」

「そうそう、その通り！　なにかが侵入《しんにゅう》してきたら、すばらしいことが起こるかもしれないでしょ？　わくわくするような物語がはじまるかもしれない。危険《きけん》な物語かもしれない。物語って、危険《きけん》なほうがわくわくするよね。人生なにが起こるかなんて、わからないもん。わかったら、つまらなくなっちゃう。それでも、それをわかろうとするのが、秩序《ちつじょ》の力。逆《ぎゃく》に混沌《こんとん》が支《し》配《はい》すると、なんでもわくわくする。だって、なんだって起こり得《え》るもん。一瞬《いっしゅん》、一瞬《いっしゅん》が、驚《おどろ》きなんだよ。だから、エンダーマンが家を完璧《かんぺき》にしたからって怒らないで。本当は、わたしたち、人間を助けてあげてるんだから。よく考えれば、ね」

「オーケー」ジャックスは、にやりとしていった。この議論《ぎろん》はおれの勝ちだ、といいたげな笑いだった。「だったらお前は、おれがあのエンダーマンをさっきあそこで殺《ころ》したのを怒《おこ》っちゃだめだ」

「いや、怒《おこ》るよ」

「いいや、怒《おこ》れない。おれはただ偉大《いだい》なる混沌《こんとん》の役に立ってただけなんだから。あいつはぜったいに、自分の身になにが起こるかわからなかった。百パーセント、驚《おどろ》きだったはず。それは保証《ほしょう》する。これが、とってもわくわくする物語ってことだろ？」

モーは、どう答えていいのかわからなかった。正しいようにも、間違《まちが》っているようにも思える。モーは、どんなことについても、ジャックスが正しいと認《みと》めたくなかった。しかし、いまの話はたしかに、混沌《こんとん》っぽい。モーは、話を変えることにした。

「彼女《かのじょ》のパールでなにするつもりだったの？」モーは、ためらいながらたずねた。

ジャックスは、ついてこいよという身振《みぶ》りで、石造《いしづく》りの廊下《ろうか》を歩きはじめた。さっきより狭《せま》く、それほど立派《りっぱ》ではない作りだ。

「テレポートに使うか」ジャックスは答えた。「それか、粉《こな》にして、もうひとつエンダーチェストを作るか。そんなとこだ」

「人間はエンダーパールを使うとテレポートできるんだっけ」不意に、ある考えがモーにひらめいた。「ちょっと待って」モーは、灰色《はいいろ》の丸石ブロック製《せい》の廊下《ろうか》のまん中で立ち止まった。

「フィンとわたしは、いつだってテレポートできた。もしわたしたちがエンダーマンじゃないなら、わたしたちにはエンダーパールがないってことでしょ。じゃあ、どうやっていたの？　わたしたち、なんの問題もなく、一日じゅうテレポートしてたんだよ」

ジャックスは、モーを上から下までみて、片方《かたほう》の目を細めた。

「わかった。じっとしてろ」

ジャックスは、モーに近づいた。モーは、とても居心地《いごこち》が悪かった。ジャックスのことは好きではない。ジャックスの見た目も、話し方も、することも嫌《きら》いだった。モーをひっつかんで、船から連れ去ったのも気に入らない。たったひとつ、ほんの少しだけど、この大柄《おおがら》な人間の少年に好感をもてることがある。それは、チェストプレートを返してくれて、その件《けん》ではすごくやさしかったことだ。ジャックスは、モーが教えられた人間そのもののようだった。うるさくて、攻撃的《こうげきてき》で、欲張《よくば》りで、失礼で、ほしいものはなんでも必ず手に入れようとする。

〈でも、あなたは人間でしょ〉モーは自分に向けて思った。〈人間がそういうものなら、あなたも同じ。そうじゃなければ、どうやって船いっぱいの宝《たから》を手に入れたのよ？　ほら、ほしいものを、ほしいときに奪《うば》ってきたんでしょ〉

ふいにジャックスは、モーのポケットに手を入れた。ポケット！　モーにはポケットがあった！　モーは、ポケットのことなど、これまで一度も考えたことがなかった。エンダーマンにポケットは必要ない。ジャックスは、ポケットの中をしばらく手探《てさぐ》りし、顔をしかめている。ジャックスの顔が、モーの顔に触れそうだ。モーはこれほど人間と接近《せっきん》したことはなかった。フィンは例外だが、モーは、フィンが人間だとは知らなかった。

ジャックスは、ずいぶん長いこと、ポケットの中を探《さぐ》っている。どんなに大きなポケットなのだろう？　そのうち、ジャックスが足を踏《ふ》んばって、次から次へと中の物を引っぱり出した。奇妙《きみょう》な黄色の人形、黒い卵《たまご》、そして古すぎてほこりまみれになったエンダーパール。そのパールは、つぶれた風船のようにみえた。空気に触《ふ》れたとたんに、パールは崩《くず》れはじめた。

ジャックスとモーは、卵《たまご》と、人形と、パールをみつめた。

「不死のトーテムを持ってるのか」ジャックスは驚《おどろ》いて、ささやくようにいった。「どこで手に入れたんだ？」

「知るわけないでしょ。いまのいままで、ポケットがあることも知らなかったんだから。でも、それ、重いよね。それを持ち歩いてて、気づかないっておかしくない？」

エンダーパールは、泡立《あわだ》ってぐちゃぐちゃになり、床板《ゆかいた》にしみこんでいく。〈これがテレポートのもとか〉モーは思った。

「ポケットは」ジャックスはゆっくりいった。明らかに頭の中でまったく別のことを考えている。「人間が使うものだ。ポケットといっても、じつは、時空という空《から》っぽのブロックにつながる入り口だけどな。そこには、なんでも好きなものを入れておける。無限《むげん》に大きいと同時に、無限《むげん》に小さいからな。入れてあるものの重さや、大きさは感じないんだ。限界《げんかい》はあるけど、ほぼなんでも、問題なく持ち運べる。お前がテレポートできたのは、ずっとエンダーパールを持っていたからだ。というわけで、お前はおれと同類ってことだよ。あのパールも、エンダーマンのだれかのものだったんだろう。お前はおそらく、エンダーマンを倒《たお》してパールを手に入れたんだ」

「ちがう！」モーは叫《さけ》んだ。「そんなことしてない！」

しかし、ジャックスは明らかに、パールのことも、トーテムのことも、大して気にしていない。ジャックスは、ただ黒い卵《たまご》をみつめ、手をのばした。だが、触《ふ》れるのを恐《おそ》れているようだ。声の大きい、いやな男の子が、いきなりおとなしくなり、魂《たましい》を震《ふる》わせている。

「どうかしたの？」モーは声をかけた。

「ああ」ジャックスはつぶやいて、首を振《ふ》った。「あのさ、悪いな。お前が〝自分は何者か〟とかいろいろ悩《なや》んでるのはわかってるけど、実際《じっさい》のところはどうなんだよ、モー？　なんでお前が、ドラゴンの卵《たまご》を持ってるんだ？　どうやって、ドラゴンの卵《たまご》を手に入れたんだ？」

「それ、ドラゴンの卵《たまご》なの？」

「〝それ、ドラゴンの卵《たまご》なの？〟」ジャックスは、耳障《みみざわ》りな甲高《かんだか》い声で、真似《まね》していった。「**ああ、それはドラゴンの卵《たまご》だ、この間抜《まぬ》け。**どこで手に入れたんだよ？」

「**知らないよ、この……**」モーは、人間の言葉で人をけなすのに慣《な》れていなかったので、ちょっとつっかえた。「**大間抜《おおまぬ》け**」

ジャックスは、信じられないというように首を振《ふ》った。「はじめからずっと、うそついてたんだろ！」

「ちがう！」

「えらそうに！　お前はおれらに、あれは正しい、これは間違《まちが》ってるとか説教するし、殺《ころ》す殺《ころ》さないでとやかくいう。お前のおかげで、おれっていやなやつだなとか、おれってくずかもと思ったくらいだ。なのに、お前はずっと、ドラゴンの卵《たまご》を持ってて、そんなのたいしたことないって顔してやがって。いっとくが、それってすげえことだぞ。わかってるのか、この怪物《かいぶつ》。それに、不死のトーテムを持ってるのも、ドラゴンの卵《たまご》を持ってるよりほんのちょっと劣《おと》るけど、すげえことなんだ。親がいなくて途方《とほう》に暮《く》れて、記憶《きおく》もないかわいそうなやつにそんなことできるもんか。このふたつは、ただその辺でみつけられるもんじゃない。こんなものをうっかり落としたり、置きっぱなしにしたりするやつはぜったいにいない。そもそも、その卵《たまご》が存《そん》在《ざい》すること自体、あり得《え》ないんだ。どういうことかわかるまで、お前はどこにもいかせないぞ。自力でドラゴンの卵《たまご》をゲットする方法は、ひとつしかないからな」

「それ、どんな方法?」

ジャックスは眉《まゆ》をひそめた。「エンダードラゴンを倒《たお》す」

第13章　いろいろ事情《じじょう》がある

ジャックスと、モーと、ロウズサムが消えてしまってから、数時間がたった。

フィンは考えていた。こんなに長いこと双子《ふたご》の妹の顔をみずに過《す》ごしたことが、一度でもあっただろうか。妹が無事かもわからず、どこにいるかもわからないことがあっただろうか。こんなに長く、妹と話さなかったことがあっただろうか。そう思うと不安でたまらなくなった。足元が崩《くず》れて、いまにも夜の闇《やみ》へ転落しそうな気がする。

人間たちは、ジャックスがモーを連れていってしまうと、フィンのことはあとまわしにすることにしたようだった。先にやらなければならないことがあるらしく、なぞ解《と》きは、友だちがもどってからでいいと考えたのだろう。

そして、人間たちは大忙《おおいそが》しで拠点《きょてん》作りにとりかかった。

ローリーとコールとジェスターはみんな、背中《せなか》に一対《いっつい》の薄《うす》いグレーの翼《つばさ》をつけていた。三人は、それを使って船から左舷《さげん》の小さな島に飛んでいって、そこで作業をした。フィンはその翼《つばさ》を知っていた。エリトラだ。ふつか前までは、フィンも自分のエリトラをたくさんもっていたが、いまは、ローリーとコールに両脇《りょうわき》から抱《かか》えてもらって、新しい拠点《ベース》に飛ばなければならなかった。人間たちに必要な物は船にはなかったし、どちらにしても、船にはほとんどなにも残っていないのだ。あるのはエンチャントされた本の小さな山くらいだった。しかし、ローリーは、新しい拠点《きょてん》に全員いっしょにいたほうがいいといった。フィンだけ船に残しておきたくはないようだ。

フィンは、三人が手際《てぎわ》よくその小さな島を作りかえていくのをみていて、目がまわりそうになった。三人の手は、とても早く、とても器用に動いていた。フィンは自分の手を見下ろした。その手で、あんなふうになにかできるとはとても思えなかった。あんなに自信に満ちて、手早く、気軽に。なにを作っているにしても、設計図《せっけいず》のようなものがあるはずだが、三人ともまったくそれをみる必要がないようだし、角《かど》のブロックをどこに置くかなど、三人で話し合ってもいないようだった。

ローリーとジェスターは、島の北端《ほくたん》に生えているコーラスツリーをパンチして、木々《きぎ》をたたき切り、木材ブロックにしていく。フィンがコーラスフルーツのポップコーンの作り方を説明する間《ま》もなかった。コールはせっせと、まさにジ・エンドの地面を構成《こうせい》する素材《そざい》、エンドストーンのブロックを、西側の低い崖《がけ》から切り出している。フィンは、コーラスツリーとエンドストーンだけでは、たいしたものはできないだろうと思った。ジ・エンドの島々の半分を採掘《さいくつ》しなければ、テロスほどの規模《きぼ》のものは作れない。だが、三人はテロスくらいのものを建《た》てようとしているようだった。コーラスツリーとエンドストーンのブロックは、建設地《けんせつち》に集められた。そこは島の中央にある平坦《へいたん》な草地で、なだらかな丘《おか》に周囲《しゅうい》を囲《かこ》まれている。材料の調達《ちょうたつ》が終わると間もなく、明らかになったことがある。人間たちは、ここで集められる材料だけでまかなうつもりはなかったのだ。

三人のポケットはなんだか変だった。ポケットからいろいろな物が次々に出てくるのだ。石ブロックだろうと、食べ物だろうと、武器《ぶき》だろうとなんでも。まるでフィンの船が、クライたちに略奪《りゃくだつ》される前の状態《じょうたい》で丸ごとポケットに入っているかのように、三人は必要に応《おう》じてアイテムを引っぱり出すのだった。魔法《まほう》としか思えない。

「すごい」と、フィンはつぶやいたが、だれの耳にも届《とど》かなかった。三人とも、やるべきことがたくさんありすぎた。

ジェスターは、みるみるうちに壁《かべ》を半分作ってしまった。そして、岩の上に乗って、ドアの枠を作った。ローリーは、できたばかりの壁《かべ》の内側に足を組んですわり、コーラスツリーの木材を切って、家具を作っている。コールは、地面を掘《ほ》ってしっかりした地盤《じばん》を探《さが》し、レッドストーンのブロックをズボンのポケットから引きずり出しはじめた。みていると滑稽《こっけい》だったが、恐《おそ》ろしくもあった。人間はみんな、こんなことができるんだろうか？　ぼくにもできるんだろうか？

三人ともジャックスのことを、まったく心配していないようだ。

「そりゃ、たしかにジャックスは友だちだけどね」ジェスターは、フィンにきかれていった。わざわざ顔を上げず、石の壁《かべ》をものすごいスピードで作っている。あまりの速さに、ツルハシがぼやけてみえる。「だけど、ジャックスには、大きなミッションがあって、そのことで頭がいっぱいなの。あたしは、そういうのはちょっとね。ローリーも同じ」

「おれは、ちょびっと、そういうのが好きだ」コールがいった。

ローリーは、親指と人差し指を触《ふ》れそうなくらいに近づけて、〝ちょびっと〟と、やってみせ、にこっとした。

「そういうのって？」フィンはたずねた。

ジェスターは、唇《くちびる》を軽くかんだ。そうすると、口がゆがんでみえた。「妹のことやジャックスのことを心配しなくて大丈夫《だいじょうぶ》だよ。もどってくるって。もうそろそろ」

「ふたりが消えたときもそういってたよね」フィンはいらっとした。「わかってる。心配してるわけじゃない」といったけれど、本当は心配していた。

「うん、わかってる。ただ、ジャックスのことをきくと、心配になると思うけど、心配いらないってこと。ジャックスは悪いやつじゃないから」

フィンは、頭の後ろを掻《か》いた。髪《かみ》の毛があるのは、どうも気持ち悪い。変だ。不自然だ。

「そういわれると、心配になってくるな。だって、だれもジャックスが悪いやつだとはいってないのに、そんなふうにジャックスをかばうなんて」

ジェスターはため息をついて、ツルハシを置いた。「ジャックスは殺《ころ》すのが趣味《しゅみ》なんだ」

「ひどい」フィンはいった。

ジェスターは肩《かた》をすくめた。「だけど、それってひどいことかな？　きみはジ・エンドでは、なにを食べる？」フィンはばつが悪くなって「さあ」と答えた。本当はよくわかっていたのだが。「コーラスフルーツ」

「だよね。ということは、いつもコーラスフルーツを殺《ころ》してるってことじゃん。それはかまわないの？　植物なら。じゃあ、エンダーマイトは？　みつけたとたんに、踏《ふ》みつぶすでしょ」

「いっしょにしないでほしい。エンダーマイトはたちの悪い害虫だ。やつらは、だれかをみつけたとたんにかじるんだ。頭が悪すぎて、生きてることさえわかってるんだかどうだか。つまり、やつらは、たちの悪い、歩きまわる化石なんだ。ぼくらはシュルカーを食べたりしない。それに、コーラスフルーツはただの植物じゃないか」

「植物は生きてますけど。やっぱり殺《ころ》すことに変わりないよね。それに、もしエンダーマイトがしゃべれたら、きっと、だれが〝歩きまわる化石〟だよって、つっこまれるから」

「けど、エンダーマイトにしゃべらせることはできない。うそじゃない。やってみたことがあるんだ」〈ぼくがどれほど孤独《こどく》だったかは、きみには想像《そうぞう》もつかないさ。上にある美しく青い世界、ほしいものはなんでもポケットに入れられる世界にいたら、わかるわけがない〉フィンは思ったが、口に出さなかった。

　ジェスターは笑った。「だよね。だけど、ブタやヒツジやクリーパーにしゃべらせることもできないよ。ジャックスはただね……、無事でいたいんだよ。本人はぜったいに認《みと》めないけど、内心はそれに尽《つ》きる。ジャックスは、無事でいたい。あたしたちにも無事でいてほしい。そして、きみはオーバーワールドがどんなところか、日が沈《しず》むとなにがやってくるか知らないでしょ。オーバーワールドでは、あたしたち四人みたいにグループにならない限《かぎ》り、みんなひとりぼっちなんだよ。それに、オーバーワールドでは、モンスターはためらわずにあたしたちを殺《ころ》すから」

「殺《ころ》すことがそんなにふつうなら、なんでジャックスをそんな特別みたいにいうわけ？」

　ジェスターは、ローリーがさっき作ったテーブルの角《かど》をいじり、言い訳するようにいった。

「あのさ、戦うのって楽しいじゃん？　戦うのが得意《とくい》なら、だけど。それで、ジャックスは戦いが得意《とくい》なの。あたしたち、みんなそうだけど、ジャックスはとびきり強い。だから、しばらくすると、敵《てき》はジャックスにちょっかい出したがらなくなる。エンダーマンでさえ、避《さ》けてたくらい。勝ち目がないからだと思う。だからジャックスは、どこでもいいから遠くのテリトリーを探《さが》して放浪《ほうろう》するようになったんだ。なにかに攻撃《こうげき》されるまで、とにかく旅を続ける。そして、夢中《むちゅう》で珍《めずら》しい生き物とか……変わったモンスターを狩《か》るようになった。倒《たお》すと記念に家に持ち帰って、廊下《ろうか》に飾るんだ。ジャックスはコレクターなの。だれだって、夢中《むちゅう》になれることが必要でしょ？　だけど、ジャックスは悪いやつじゃないよ。強くなりたくて、無事でいたいの。だれだってそうじゃんね？」

フィンは、四人がなぜここにきたのか思い出し、また怒《いか》りがぶり返した。「どういう知り合い？」

「ああ、ジャックスとあたしは、ずっと昔から友だちだけど、あたしたちがコールとローリーと知り合ったのは、ついこの間の夏だよ。ジャックスは、狩《か》りと戦いが好き。あたしは……建物や船みたいな大きなものを作るのが好き。あたしのおかげで、ジャックスはいくつも家を持ってるんだ。どうやったら、もっと家を頑丈《がんじょう》にできるか、ベッドの上に屋根があるだけじゃなく、もっとおもしろい家にできるか教えてあげたりしたから。それまで、ジャックスはただ大きいだけの、簡単《かんたん》な木の箱を作って、中にベッドを置いてた。デザインもなにもなくて、ぜんぜんおしゃれじゃなかった。あたしは、ゼロからなにかを作り上げるのが大好き。だだっ広い草原があって、林と岩があれば――あら不思議！　ジェスターの手にかかれば、海賊船《かいぞくせん》や、お城や、競馬場になっちゃう。ごちゃごちゃしたものをみてると、かっこいいものに仕立て上げたくなるの。混沌《こんとん》から秩序《ちつじょ》を作り出すってとこかな？」

フィンは少し気分が悪くなった。「ふうん」とあいまいに答えて、反感を隠《かく》そうとした。混《こん》沌《とん》は美しく、生き生きとしている。秩序《ちつじょ》はみにくく、つまらない。エンダーマンならだれでも、それくらい知っている。まるで悪魔《あくま》がフィンに、火の中で生きるのはじつにすばらしいと語るのをきいているような気分だった。いや、すばらしくなんかない。そんなことをしたら、皮膚《ひふ》が焼け落ちてしまう。

「ただ、あたしは建築が好きだけど」ジェスターは続けた。「だからといって、意味のある戦いや、魅力的《みりょくてき》な狩《か》りが嫌《きら》いなわけじゃないよ。ジャックスに初めて会ったのは、海辺の洞窟《どうくつ》だったんだけど、ジャックスは、そこで洞窟《どうくつ》グモを一匹残らず退治しようとしてた。そうしておけば、海辺でひっきりなしにクモに襲《おそ》われずにくつろげるから。洞窟《どうくつ》グモって、最悪じゃん。毒《どく》があってさ。あたしは、図書館を建《た》てる材料を探《さが》してた。みつけた本を全部、置いておける場所がほしかったんだ。ガラスは、質《しつ》のいい砂《すな》があれば作れる。ガラスの図書館が、あったらいいなと思った。とにかく、ジャックスがクモの餌食《えじき》になりそうなところに、あたしが手を貸《か》したの。もうちょっとでふたりともやられるところだった。あたしたち、あの頃《ころ》はまだ慣《な》れてなかったから。ジャックスは、あんまりうまくなかったんだ……うん、なにをやらせてもね。あたしも、そうだった。いまはふたりとも、ものすごくうまくなったな。ふたりで、よく旅したよ。人数が多いほうが安全だし。それで、この間の夏、あたしたちはスケルトン狩《が》りに出かけたんだ。だって、全部骨《ほね》でできたお城があったら、すてきじゃん？」

「まあね」フィンは、気味悪そうにいった。

ジェスターは、信じられないという顔でフィンをみた。テレパシーなどなくても、フィンは、その表情《ひょうじょう》を読めた。い、いや、マジですてきだったんですけど、なんでわかんないかなあ、とジェスターの目はいっていた。

「それで、あたしたちは一体のスケルトンを追って、びっくりするほど大きな湿地《しっち》に出たの。湿地《しっち》は果てしなく続いてた」

ローリーが走ってきて、作りかけのテーブルの横にすわった。「この間の夏の話？」

「うん」ジェスターが答える。「フィンは、あたしたちがどうやって知り合ったのか知りたいって」

ローリーは焼いたリンゴを、どうやら大きな空洞《くうどう》になっているらしいポケットから取り出して、かじった。「ふたりが、うちらをウィッチから救《すく》ってくれたのよね。最高だったよ」

ジェスターは身震《みぶる》いして、熱を入れた。「湿地《しっち》はだだっ広《ぴろ》くて、びしょびしょで、泥《どろ》だらけで、ヘビとか鳥がいっぱいいて、月明かりに照らされて、静まり返ってた。だけど建築《けんちく》に適《てき》した材料はあまりないじゃんね。果樹園《かじゅえん》とか、山とちがうし、とにかく、あたしが作りたいものには向いてない。あたしたちは、丈夫《じょうぶ》なシェルターを暗くなるまでにちゃんと作れなかったんだ。で、太陽が沈《しず》んだら、ウィッチがあらわれた。湿地《しっち》にはウィッチの小屋があって、それが湿地《しっち》から発生するガスが燃《も》える光に照らされて浮《う》かび上がったの。きみ、ウィッチをみたことある?」

フィンは首を振《ふ》った。オーバーワールドには、いろいろな種類の生き物がたくさんいすぎる。フィンには想像もつかなかった。ジ・エンドでは、みんな同じだ。ウィッチ、スケルトン、洞窟《どうくつ》グモなどという、わけのわからない生き物に出会う心配はない。

「ウィッチは、ひどい人生観をもった化学者みたいな感じ」ローリーが、口をはさんだ。「だから、うちとコールはそこにいたの。ジェスターからきいたと思うけれど、ジェスターは建築《けんちく》が好き、ジャックスは狩《か》りが好き、――それで、うちはクラフティングが好き。いろんなものを混《ま》ぜて、爆発《ばくはつ》するかどうか試したり、まったく新しいものや、すごく役立つものができないか、やってみたりするの。クラフティングって最高よ。なぞ解《と》きに似《に》ているけれど、なぞがなにかもわからないまま、解《と》いていくような。あなたと妹のなぞみたいな感じかも。それで要点はこう。ウィッチはポーションをたくさん持っている。ポーションはすばらしい。うちはポーションがほしかった。うちね、」――ローリーは自信たっぷりで身を乗り出してきた――「いつか、すべてを投げすてて、ウィッチになるかも。やろうと思えばできるのよ。うちってウィッチみたいに気難《きむずか》しいし、湿地《しっち》が好きだし、黒い服を着るのも好き。ポーションの瓶《びん》にこわーい薬品を入れるのも好き。こわーい魔法《まほう》も、ホラーもたいてい好き。だから、このジ・エンドでの計画がうまくいかなかったら、そうするつもり」

その頃《ころ》には、みんなで話しているのに気がついたコールが、斧《おの》を置いて加わっていた。

「コールは、一度も湿地《しっち》にいったことがなかったから、ついてきたのよね」ローリーがいい、コールはうなずいた。

「おれは探検《たんけん》が好きなんだ。いろんなことをちょっとずつできるからさ――もの集め、狩《か》り、クラフティング、建築《けんちく》、実際《じっさい》に作らなくても建物をみて回るんだ。それに、ときどき金《きん》をみつけることもある。ダイヤモンド鉱石《こうせき》も。ダイヤモンドがほんのちょっとみつかれば、おれは一週間はハッピーでいられる。だが、ウィッチときたら、どいつもこいつもけちで、ポーションをこれっぽっちも分けてくれないんだ。おれたちは、あるウィッチにつかまった。そいつは、おれたちを何百個《なんびゃくこ》もの毒《どく》のポーションの瓶《びん》でできた檻《おり》に入れたんだ。逃げようとすれば、おれたちはしなびちゃって、ウィッチの人間スープになってただろう。ウィッチは最悪だ」

「まあ、あっちの肩《かた》を持つわけじゃないけど、きみたちはウィッチから略奪《りゃくだつ》しようとしたんだろ」フィンはいった。

「ああ、そうさ。だが、ウィッチはおれたちを殺《ころ》そうとしたんだぞ！　たかが盗《ぬす》みくらいでさ。そういうのを、〝やりすぎ〟っていうんだろ。ウィッチは好きなときに、いくらでもポーションを作れるのにさ」

フィンは、クライと部下の兵士《へいし》たちがきて、フィンとモーがずっと大事にしていたものをすべて船から運び出したとき、どんな気持ちだったか考えた。あれはたしかにものすごく腹立《はらだ》たしかった。もしあのとき、毒《どく》の瓶《びん》を何百個《なんびゃくこ》も持っていたら、フィンはどうしただろう?

「ジャックスとあたしは、小屋を攻撃《こうげき》したんだ」ジェスターは、続きを話した。「ウィッチはひとりだけじゃなかった。クリーパーのお友だちがたくさんいたし、ゾンビの執事《しつじ》もいたんだ。全部倒《たお》すのに、ひと晩《ばん》かかったよ。それから、毒《どく》の瓶《びん》でできた檻《おり》を解体《かいたい》して、ローリーとコールを出してあげたじゃんね」

「全員殺《ころ》したの?」フィンはいろんな顔をしてみせた。これまで人間の顔はなかったから、どうしたら興味《きょうみ》をもってきいているようにみえて、なおかつ自分の思っていることをさらさずにすむか、わからなかったのだ。フィンは、眉《まゆ》をひそめ、眉《まゆ》を上げたかと思うと、下げた。顔をしかめ、目を寄《よ》せて、頭を掻《か》いた。三人の話はめちゃくちゃだ。どれもこれも、どの場所のことも、ぼくはきいたこともない。三人でぼくをからかってるんだ。そうにきまってる。そうじゃなくても、少なくとも大げさに話してるんだ。自分たちのことを、十二歳《じゆうにさい》の子どもにできるわけないほど、危険《きけん》で、エキサイティングなことをしてきたと思わせたいんだ。ぼくとモーは、ようやく人生がはじまろうというのを待っているところなのに。この人間たちが、そんなにいろいろなことをやってのけられたわけない。

ジェスターは、機嫌《きげん》が悪そうだ。「厳密にいえば、ゾンビの執事《しつじ》は、もともと死んでましたけど……」と、投げやりに肩《かた》をすくめて続ける。

「ウィッチを倒《たお》さなければ、あたしたち全員やられてたんですけど。モンスターは夜になるとあらわれる。そして人間をねらう。上の世界では、世界じゅうのすべてが人間の敵《てき》なの。ただ生きてるだけで、すごいことなんだからね。きみは、あたしたちにすごく厳《きび》しいけどさ、一度でもだれかに命をねらわれたことあるの？　ないだろうねー」

フィンは、命をねらわれたことはなかった。もちろんない。しかし、ねらわれたからって、殺《ころ》していいということにはならないだろう？　ジ・エンドでは、多くのエンダーマンがものすごく意地悪だったが、フィンは彼《かれ》らを殺《ころ》したりしなかった。モーも、だれも殺《ころ》さなかった。それでもやはり……人間がオーバーワールドの話をするとき、湿地《しっち》とウィッチや、海辺の洞窟《どうくつ》と毒《どく》グモや、骨《ほね》だけでできた城や……すべてがとても……とてもエキサイ、テ、ィ、ン、グ、に思えた。

ジ・エンドとはまったくちがう。ここでは、毎日がまったく同じで、夜もいつも同じだ。フィンは、想像《そうぞう》してみた。次になにが起こるかまったくわからない場所で暮《く》らすのはどんな感じだろう。黄色と、紫《むらさき》と、黒以外の色がある場所で暮《く》らすのはどんな感じだろう。自分にできる最大の冒険《ぼうけん》が、エンダードームで受ける訓練よりもずっと、ずっと、おもしろい世界。

「やつらはただのモンスターなんだ」コールがぶつぶついう。「たいしたことじゃない」

想像《そうぞう》していたオーバーワールドのすばらしい風景がすべて、フィンの頭の中から消えた。

「ただのモンスター？　ただのモンスターだって？　エンダーマンもそうってこと？」フィンは、ずいぶん大きな声でいい返した。

ジェスターは、あきれた顔をした。「うん、実際《じっさい》、その通りですけど。エンダーマンみたいに、だよ。エンダーマンは変だし。人間とぜんぜんちがうし。怖《こわ》い。エンダーマンは凶暴《きょうぼう》で、こっちがぜんぜん邪魔《じゃま》しなくても怒《おこ》ってるでしょ。それに、こっちはなんとも思ってないのに、ちらっと目が合っただけで、襲《おそ》いかかってくる。だから、やられる前にやらなきゃ。ただそれだけのことだよ。素早《すばや》い者が生き残る。エンダーマンに気がついたときには、たいていもう遅いんだ。エンダーマンは、あたしが知る限《かぎ》り最悪。上の世界で、いったいどれだけの人間をエンダーマンが殺《ころ》してるか、わかってる？　ものすごく大勢《おおぜい》だから。それに、エンダーマンは、あたしたちのドロップするものがほしいわけでもないし。人間が死んで、それぞれの生成地点《スポーン》で生き返るとき、持ち物はすべて死んだ場所に置いてくるけど、エンダーマンはぜったいにそれを拾わないんだよ。それと、いっとくけど、再生成《リスポーン》するのも楽じゃないからね。なんでか知らないけど、痛《いた》いし。体がすごく弱ってて、どうにか動けるくらい。どこもかしこも、ただずきずきする。手元に薬があって、いい友だちがいるのでもなければ、自分らしさを取りもどすまでにすごく時間がかかる。それか、死から守ってくれる不死のトーテムを持ってれば、そもそも再生成《リスポーン》することもなくて楽だけど」

フィンの頬《ほお》が熱《あつ》くなった。「じゃあ、ここでなにしてるのさ？　ここは、エンダーマンだけだ！　放っておいてくれればいいだろう？　モンスターはきみら人間だ、ぼくらじゃない。ぼくらの国にいきなりあらわれて、やりたいことを、やりたいように、思い通りの手段《しゅだん》でやろうとする。自分のものだろうとなかろうと、お構《かま》いなしだ。人間はみんな同じだ！」

コールの顔がまっ赤になった。コールは、面食らって、怒《おこ》っていた。侮辱《ぶじょく》されたように感じたのだ。「人間がみんな悪いなら、きみも悪いんだぞ！　きみは人間だろ、ばかやろう！　きみは拾ったアイテムを船いっぱい持ってたんだろ。バケツ一杯《いっぱい》の金《きん》をかけてもいいけどな、きみはどこかに無断《むだん》で入っていって、取ってきたにちがいない。ほしいものがあったから、黙《だま》って略奪《りゃくだつ》してきたんだ。たちの悪い、ろくでなしの人間たちと同じだ。きみだってエンダーマンの友だちに正体を知られたら、おれたちと同じように扱《あつか》われるぞ。そしたら、きみも、エンダーマンがそんなに素晴《すば》らしいとは思わなくなるさ！　しっかりしろよ、フィン、いまの状況《じょうきょう》を受け入れて、事実と向き合えよ！　人間がモンスターなら、きみもモンスターなんだぞ」

フィンは、必死で涙《なみだ》をこらえた。「きみらにいわせれば、エンダーマンはモンスターなんだから、どっちにしても、ぼくはモンスターだろ！」フィンは怒鳴《どな》った。「とにかく出ていけよ！　どっかいけ！　きみらがこなければ、ぼくはいまも自分の船にいて、自分の宝《たから》があって、妹と親友といっしょに過ごせて、なんの問題もなかったんだ！　幸せに暮《く》らしてたはずだ！　ここでなにしてるんだよ？　なんで、自分らの世界に帰らないんだ？」

「**いろいろ事情《じじょう》があるのよ！**」ローリーは大声でいった。「とにかく落ち着いて。うちらはふつうの人間だよ、フィン。あなたと同じ」

「ちがう。ぼくはどこかを侵略《しんりゃく》したりしない。クライのいってた通りだ。きみらがやってるのは、侵略《しんりゃく》だ。たった四人の軍隊かもしれないけど。なんで、いきなりよその国にあらわれて、やりたいようにやって、相手がだれであろうとほしいものを取り上げる権利《けんり》があると思うんだよ？」

「オーバーワールドが、そうやってまわってるからだ」コールはいった。「みんなやってる」

「だったら、オーバーワールドは最低だ。みんなも最低だ」フィンは腕《うで》を組んで、息を吐《は》いた。

「じゃあきみは、収集《しゅうしゅう》したアイテムをみつけた場所から持ってくるときに、だれかにきいたのか？　岩とか、鉱石《こうせき》とか、木材にも？」コールはいい返した。フィンには、返す言葉がなかった。なにもいえない自分がすごくいやだった。

「こっちだって、事情《じじょう》があるんだよ」フィンはぼそっといった。

ローリーは説明した。「フィンは、うちらがなぜきたのか知りたいのね？　理由はひとつじゃないのよ。うちらはエンダーマンじゃないから。人間は、ひとりひとりほかのだれともまったくちがう。うん、たしかに、ジャックスは、エンダードラゴンを倒《たお》したいと思っている。すごいよね。大勢《おおぜい》の人が、エンダードラゴンを倒《たお》したいと思っているの。それってこんな感じかしらね。山をみて、絵を描《えが》きたいと思う人もいれば、山に住みたいと思う人もいるし、山を掘《ほ》ってみたいと思う人もいる。けれど、ほとんどの人はやっぱり山に登らなきゃ、って思うわけ。だから、ジャックスは山に登りたいってことなのよ。けれど、うちらがジ・エンドにくる計画を立てたのには、それぞれの理由があるのよ。うちは、新しい素材《そざい》を探《さが》したかった。山を〝掘《ほ》りたい〟タイプね。ここには、ほかのどこにもない石《いし》や、食べ物や、宝《たから》があるから。コールは、オーバーワールドで、ほぼ伝説でしかない場所をみにきたかった。山を〝描《えが》きたい〟タイプね。ただし、コールはおおむねジャックスの計画に参加するつもりだったし、うちもそう」

コールは、きまり悪そうにいった。「おれは旅するのが好きだ。だが、目的地に着いたら……なにかやることがあるほうがいい。おれはいろんなことをしたいんだ。旅先でひまにしてるくらいなら、家にいたほうがましだ」

ローリーがうなずく。フィンは三人とも、いざとなれば結局、ジャックスの計画に乗るんだろうという気がした。「そして、ジェスターは……」といって、ローリーはジェスターをみた。

ジェスターは、手でひざをこすった。いいたいことは、ちゃんと自分でいえる。「あたしは、山に〝住みたい〟タイプ」

「支配《しはい》するんだ、有無《うむ》をいわせず？　この城でジ・エンドの女王になるってこと？」フィンはこぶしを握《にぎ》りしめた。〈グランポは支配《しはい》されない。グランポを支配《しはい》することはできない。ぼくも同じだ〉

ジェスターはあっけにとられた。「ちがうよ。ただここに住みたいの。だれが支配《しはい》なんかしたいと思う？　めんどくさい。ジェスターは、かわいらしくてやさしいモンスター連中から逃《に》げるのは、もううんざり。連中に殺されるかもとか、せっかく建てたものをかたっぱしから壊されるかもとか、もう考えたくないじゃんね。ジェスターは、カボチャをいっぱい持っていけば、自分のこぢんまりしたシティを作って、こっちで暮《く》らして、ウィッチとか、クモとか、スケルトンとか、ゾンビの執事《しつじ》とか、クリーパーとか、なんにも心配しなくてすむかもしれないと思ったわけ。ただガラスの図書館を作って、ハッピーでいられると思っただけ。ジェスターは……大きくなったら、ちょっときみみたいになりたいじゃんね」

　フィンは、あぜんとしてジェスターをみた。この子が、ぼくみたいになりたい？　だけど……ジェスターは強くて自信にあふれてる。ジェスターには、なんでもあるじゃないか。ジェスターはきれいだ。やわらかい小麦色の肌《はだ》、長いポニーテールにまとめた茶色の髪《かみ》、茶色の目。顎《あご》のラインは感じがいい。怖《こわ》くないし、かっとなってまっ赤になることもない。モンスターじゃない。ジェスターは、図書館を作りたいただの女の子だ。ぼくは、もうひとりそういう女の子を知ってる。ぼくの妹だ。妹がもどってきたとき、ぼくらになにが起こったのかなぞを解《と》くとしたら、ぼくらの力になってくれるのはこの女の子とその友だちだ。エンダーマンじゃない。

とくにいまは、エンダーマンがぼくらの正体を知ったら、ぜったい力になってはくれない。クライも、ロップも、コネカも、偉大《いだい》なる混沌《こんとん》の代弁者《だいべんしゃ》、イレーシャも。もしかしたら、カンは助けてくれるかも。たぶん。だけど、ぼくもモーも、カンの助けを当てにすることはできない。もしもこの仲間に助けてもらうなら、人間をモンスター呼《よ》ばわりするのをやめなければ。人間が実際《じっさい》にモンスターかどうかは関係ない。

フィンは、涙《なみだ》をふいて、深呼吸《しんこきゅう》した。「図書館を作るのは、悪くないね」フィンは鼻をすって、はずかしそうに笑った。「本なら、少しはあるよ」

「本当？」ジェスターは目を大きく見開いていった。「もらっていいの？」

フィンはうなずいた。「モーがいいっていったらね。きっと大丈夫《だいじょうぶ》だけど、きいたほうが感じがいい」

「船にあった本なら、二《に》、三往復《さんおうふく》でここに運べるよ」ローリーはいった。「ところで、あの本にはなにが書かれているの？」

フィンは肩《かた》をすくめた。「さあ。エンチャントされてたから、どれも開くことができなかったんだ」

第14章　クライの軍隊

〈さあ〉クライ司令官の思考が伝わる。〈手に取ってみよ。強くなれるぞ〉

エンダーフラグのコネカは、ほっそりした手を、みたこともない奇妙《きみょう》な物のほうにのばした。コネカはためらい、不安に思った。コネカは、黒々として、落ち着いていて、その姿《すがた》は背景《はいけい》にみえるエンダードームのきらめくコートヤードによく映《は》えた。まるで、おとなのエンダーマンのようだ。

エンダードームのエンダーフラグ全員が、コネカを注意深く見守っていた。コネカがどうするか、待っているのだ。みんなコネカが好きだった。エンダーマンのなかには、正気を失うのが怖《こわ》くて決してひとりにならない者がいるが、それとはちがった理由で、コネカがひとりになることはなかった。年下のエンダーフラグたちは、コネカのそばにいると気が楽になり、生き生きとしていられるので、コネカはいつもみんなにかこまれていたのだ。

クライは巨大《きょだい》で、恐《おそ》ろしく、怒りにみちていた。黒い戦艦《せんかん》のように、十五人のエンダーマンを引き連れて飛んできた。クライの部下の名前には、〝隊長《たいちょう》〟とか〝伍長《ごちょう》〟とか〝軍曹《ぐんそう》〟とかいうおかしな肩書《かたがき》がついているのだった。クライは、左手で人間をパンチする練習を中断《ちゅうだん》させた。そして話があるから、すべてのエンダーフラグを一カ所に集めるようにといった。さらにクライはオワリ監督《かんとく》に、邪魔《じゃま》をしたり口をはさんだりしないよう命令した。クライ司令官をみるとだれもが、遠く離《はな》れた場所へテレポートしたい気持ちになった。しかし、コネカがそうしなかったので、だれもしなかった。みんなコネカの真似《まね》をするのだった。

〈それはなんですか?〉コネカが考える。

〈なにかはわかっておろう、フラグメント〉クライが冷たく笑う。〈使ってみるがいい〉

コネカは動かなかった。〈剣《けん》ですね〉

〈いかにも。虫殺《むしごろ》しのエンチャントが施《ほどこ》された鉄の剣《けん》。非常《ひじょう》に優《すぐ》れた武器《ぶき》じゃ。志《こころざし》の高い若《わか》者《もの》ふたりが、目的を果たすために役立ててくれと寄付《きふ》したのじゃ。来たるべき大いなる戦いが終わったら、ふたりに礼をいうとよい〉

〈ですが、これが剣《けん》であるはずがありません、クラックスユニットのクライ〉

〈クライ司令官です！　長老に対する口のきき方《かた》に気をつけなさい！〉タマト隊長《たいちょう》が大声でいった。しかし、クライ自身は涼《すず》しい顔をしている。若《わか》いエンダーマンの慎重《しんちょう》な思考を、クライはおもしろいと思ったようだ。

〈ほう？　なぜ？〉

〈なぜなら、司令官はそれを使えとおっしゃったからです。剣《けん》は使えません〉

〈いや、使えるとも。だれがそのようなくだらんことを申した？〉

別のエンダーフラグが大きな声でいった。〈オワリ監督《かんとく》は、エンダーマンたるもの、人間のように武器《ぶき》を使うまでに成り下がってはならない、とおっしゃいます〉

さらに別のフラグメントが、律儀《りちぎ》に先週の授業《じゅぎょう》で習ったことを復唱《ふくしょう》する。〈武器《ぶき》は秩序《ちつじょ》の道具である。人間が、世界を形作り、支配《しはい》するために使うのである〉

コネカが続きをいった。〈エンダーマンは優《すぐ》れている。偉大《いだい》なる混沌《こんとん》が必要とされるのは、こぶしの力のみ。こぶしの力は、失われることも、打《う》ち砕《くだ》かれることも、別のものに鍛《きた》えなおされることも、われわれから盗《ぬす》まれることもない〉

クライ司令官は、若者《わかもの》たちを見渡《みわた》した。そして、オワリ監督《かんとく》と目が合う。監督《かんとく》の目は、クライのやっていることを認《みと》めないと、はっきり語っていた。

〈なるほど〉クライはしばらくして答えた。〈異議《いぎ》をとなえてもよろしいかな?〉

オワリ監督《かんとく》はうなずいた。

〈ボクシングの訓練でペアを組むのはだれじゃ、コネカ?〉

コネカは、最前列にいるニフという名のエンダーフラグを指さした。

〈そいつを殴《なぐ》れ〉

コネカはまた、ためらい、オワリ監督《かんとく》をちらりとみた。

〈オワリをみるでない! わしをみろ! 司令官はわしじゃ。偉大《いだい》なる混沌《こんとん》の代弁者《だいべんしゃ》は、わしにエンダーマンの全部隊の指揮権《しきけん》を与《あた》え、ジ・エンドの歴史上最強《れきしじょうさいきょう》の軍隊を作るよう命じたのじゃ。オワリはいったいなにをした? 子どもたちに、蹴《け》り合いで足を痛《いた》めんように指導《しどう》したのか?〉

〈フラグメントが戦う必要はないとおっしゃったのは司令官ではありませんか〉オワリは冷淡《れいたん》だった。

〈気が変わったのじゃ。大いなる戦いにすべての道具を使うことにした。わしをみよ、フラグメントのコネカ。左手で人間をパンチする練習をしていたのであろう？　では、練習相手を人間だと思って、殴《なぐ》れ。おぬしの左手パンチをみせてみよ〉

コネカはいきなり飛び出して、ニフの腕《うで》を殴《なぐ》った。クライのいう通り、いつもやっていることだ。ボクシングは、みんなが好きな訓練だ。ニフはぱっと赤くなったが、大して痛《いた》くはない。コネカは無制限《むせいげん》の殴《なぐ》り合いの日でない限《かぎ》り、思い切りパンチしなかった。ニフは腕《うで》をさすった。そしてコネカに笑いかけ、エンダードームのみんなの前でパンチされても怒《おこ》っていないとわかるようにした。ニフがコネカに腹《はら》を立てることはぜったいにない。ふたりは、フラグメントになったときからずっと友だちで、エンダーマイトを追いかけて島々を駆《か》けまわったり、コーラスフルーツを投げ合ったり、オワリ監督《かんとく》のいないところで監督《かんとく》の真似《まね》をしたりして遊んだ仲《なか》なのだ。ふたりにはそういった無邪気《むじゃき》なことを楽しむ知恵《ちえ》があった。

クライは、そっとコネカの肩《かた》に手を置いた。〈では、剣《けん》を取れ〉

コネカは、いやだった。みんなにも、コネカがいやだと思っているのが伝わる。コネカの思考は、きっぱり、明るい光を放っていた。剣《けん》は自然に反するもの。剣《けん》は秩序《ちつじょ》。剣《けん》は人間の武器《ぶき》。

それに、剣《けん》はニフを殺《ころ》すかもしれない。

コネカはふいに迷《まよ》いなく剣《けん》を手に取った。なぜそんなことをしたのか、コネカ自身にもよくわからない。ただ、体が動いていた。剣《けん》はコネカの手の中で、重く、冷たく、異質《いしつ》で、コネカの思考も、重く、冷たく、異質《いしつ》になっていた。クライがコネカに笑顔を向ける。オワリ監督《かんとく》は、うろたえているようだ。ニフのまとっているパーティクルが、まるで汗のようにみえる。コネカの腕《うで》は、まったくひとりでに動き、すでに攻撃《こうげき》の構《かま》えになっている。

〈ぼくら、ただ、パンチの練習をしているだけだよな？〉ニフは、震《ふる》える思いを伝えた。〈コネカ？　ただの練習だよ〉

〈やれ〉クライは命じた。

〈ニフを傷《きず》つけることになります〉

〈いまは戦争中じゃ、エンダーフラグのコネカよ。人間という脅威《きょうい》は、ここで疑問《ぎもん》を持ったりせん。人間は、行動する。やつらは戦う。やつらは刺《さ》す。だれもが、いずれは傷《きず》つくのじゃ〉

コネカは、ニフとクライを交互《こうご》にみて、途方《とほう》に暮《く》れていた。すると、コネカの頭の中が、ニフを切って倒《たお》したいという欲望《よくぼう》で満たされた。コネカには、どこからそんな考えがわいたのかわからなかった。いきなり脳《のう》に、極彩色《ごくさいしき》で飛びこんできたのだ。コネカは鉄の剣《けん》を高々《たかだか》と振《ふ》り上げた。

〈このようなことは不要です。クライ司令官！〉オワリ監督《かんとく》の、怒《いか》りに満ちた鋭《するど》い思考が、コネカの頭の中の欲望《よくぼう》を切《き》り裂《さ》いた。おかげで、その欲望《よくぼう》は、コネカがそんなことは考えもしなかったかのように、あとかたもなく消えてしまった。コネカは、首を振《ふ》り、頭の中からうるさいハチを追い出そうとしているかのようだった。

クライの心の中には、声にならない怒《いか》りが渦巻《うずま》いていた。

〈もちろん、来たるべき戦いには、すべてのエンダーマンが必要です〉オワリは、相手を落ち着かせるように思った。〈司令官のおっしゃる通りです〉そして、ゆっくり、慎重《しんちょう》に考えを選んだ。〈ですが若《わか》く強い戦士《せんし》たちを、このようなたあいのない実験で失うわけにはいかないでしょう〉

どっとあふれた怒《いか》りが、すっとおさまった。クライ司令官は、エンダードームじゅうの頭脳《ずのう》に届《とど》くように高らかに笑った。〈もちろんじゃとも、監督《かんとく》！　まさか、このわしが、われらのエンダーフラグたちに本当に殺《ころ》し合いをさせると思ったのか？　なんと愚《おろ》かな。だが許《ゆる》してやろう、無理もない。おぬしには、クラックスユニットであり、司令官であるわしの強力な精神《せいしん》がわかるわけがない。おぬしは、物事の本質《ほんしつ》を見抜《みぬ》けず、みたままに理解《りかい》するしかないのじゃろう。わしの実験は、すでにその結果をみせてくれた！　エンダーフラグのコネカはなんのためらいもなく、ボクシングの練習相手をパンチした。しかし、武器《ぶき》を使って相手を攻撃《こうげき》せよといわれて、固まってしまった！　なぜか。それは、コネカには、武器《ぶき》があらゆる点でこぶしに勝《まさ》っているとわかっていたからじゃ。殴《なぐ》っても相手は倒《たお》れないが、剣《けん》を使えば相手を殺《ころ》してしまうとわかっていたからじゃ。なら、フラグメントたちよ、なぜ、人間の群れを前にして、わしらが武器《ぶき》を持たずにいることがあろう？　なぜ、わしらが進んで弱く、遅《おそ》く、無防備《むぼうび》でいなければならん？　ばかげておる！　さて、ここに多くのアイテムがある。みな、どれかを選べ。そして、本物のエンダードームを開始する。全員に兵士《へいし》の階級を授《さず》ける――おぬしを除《のぞ》いてな、コネカ。おぬしは、もう十分よくやってくれた。わしの補佐《ほさ》をしてもらう〉

クライの背後《はいご》でかさかさという音がした。流れるような動作《どうさ》で、クライはコネカの手から剣《けん》を取ると、振《ふ》り返《かえ》り、コートヤードを横切っていくエンダーマイトに向かって投げつけた。エンダーマイトは剣《けん》の刃《は》が触《ふ》れると同時に死んだ。

〈虫殺《むしごろ》しのエンチャント〉クライは大いに満足していた。〈じつにすばらしい〉

エンダーフラグはみんな、コートヤードの向こうにいるクライの部下たちのところへ走っていき、フィンとモーが大事にしていた武器《ぶき》や防具《ぼうぐ》をより分けはじめた。コネカは、ただ、さっき持っていた剣《けん》をみつめていた。剣《けん》は石に刺《さ》さって少し揺《ゆ》れている。その前に煙《けむり》となったエンダーマイトが立ちのぼって消えていった。

〈なぜ、わたしはニフを殺《ころ》そうなんて考えたのでしょう？〉コネカは思った。〈いったいどうして、そんなことを少しでも思ったのでしょう？〉

しかし、もうだれもコネカなどみてはいなかった。

いっぽう、司令官と監督《かんとく》は、訓練用のコートヤードで面と向かっていた。

〈このようなことは、認《みと》められません、司令官〉

〈おぬしが認《みと》めようが認《みと》めまいが、どうでもよい。わしは司令官じゃ。わしは、みなの代表としていっておるのじゃ〉

〈それは、われわれのやり方ではない。十分な数のエンダーマンが集まったとき、われわれはみんなで話し合うのです。司令官など必要ない〉

〈必要なのだ。必要なのじゃよ、オワリ監督《かんとく》！　これまでも、ずっと司令官が必要だったのだ。ただ、だれひとり、それに気づくだけの知恵《ちえ》がなかったのじゃ。ドラゴンの島にみなが集まったとき、あれほど多くの知力がついにひとつになり、わしはようやく真実を知ったのだ。最初からとるべきであった道を。わしらは常《つね》に、人間の世界のせいで苦労してきた。だが、なぜ？　そもそも、なぜ、わしらが苦労せねばならん？　なぜ、人間どもが、あの豊《ゆた》かなオーバーワールドを支配《しはい》し、わしらはこのジ・エンドにひっそり暮《く》らし、このほとんどなにも育たない世界で、なけなしの土地を守っておるのじゃ？　人間どもがこの土地や資源《しげん》を奪《うば》ってよいのなら、わしらもやつらのものを奪ってもよいではないか。エンダーマンがそうしなかったのは、武器を使ったり、司令官を置いたりしてはならんという、愚《おろ》かなルールに縛《しば》られていたからじゃ。これからはエンダーマンを、もっと高めなくてはならん。わかるか。わしの世では、エンダーマンは飛ぶのじゃ、オワリ。わしらは、オーバーワールドへ飛んでいき、よからぬことがひとつも起きぬようにする。わしは、雨さえも打ち負かしてみせる〉

監督《かんとく》の目が、危険《きけん》な光を放った。〈あなたのいっていることは、冒涜《ぼうとく》ですよ、クライ〉

〈わしはそうは思わん〉

〈あなたがどう思うかは、問題ではありません。あなたは自分の地位を高め、軍隊を作り、階級も使命も創《つく》り出した。人間の真似事《まねごと》をするつもりか。あなたのやっていることに、混沌《こんとん》はひとつもない。予測不可能《よそくふかのう》の神なる炎《ほのお》は、どこにもない。あなたは秩序《ちつじょ》のしもべとなってしまったのだ〉

〈その無礼な思考をしずめよ。さもなければ、わしがしずめてやろう〉クライはいまいましそうにいった。

オワリ監督《かんとく》は、長い手を後ろにまわして組んだ。〈もっとひどいことをしたのではないのか？　コネカはいまにもニフを殺《ころ》しそうだった。あの子は決して、エンダードームでそのようなことはしない。ふたりは、すでに将来《しょうらい》ハブユニットとしてペアになることが決まっているようなもの。ここには、いつも五十人以上のフラグメントがスタックしている。エンダードームでは、われわれの心はいつも穏《おだ》やかで、民主的で、フラグメントたちが学ぶ環境《かんきょう》が整っている。それに、にもかかわらず、コネカがあのようなことをしようとした。友を殺《ころ》そうとしたのです。それに、あなたの部下たちをみてごらんなさい！　彼《かれ》らは、みんないっしょに移動《いどう》しているのだから、あなたと同様に賢《かしこ》いはず。まさにクライの一党《いっとう》です！　しかし彼《かれ》らは、あなたが何をいおうと、

ただおとなしく、異《い》をとなえることもなく従《したが》っている。なぜです？　彼《かれ》らはあなたの家族《エンド》ではないのに〉
クライは心の中で笑った。心の中いっぱいに亡霊《ぼうれい》のような笑みが広がった。〈わしはクラックスユニットじゃ。ジ・エンドがはじまったときに、わしは自らすすんで分離《ぶんり》して家族《エンド》を作った。おそらく部下たちは、ただ長老を敬《うやま》っておるのだ〉
〈わたしもクラックスユニットですよ、クライ。われわれは対等な立場です。もしや、ジ・エンドの起《き》源《げん》についてなにもかも忘《わす》れてしまったのでは。「ジ・エンドがはじまったとき」とおっしゃるところをみると、忘《わす》れたようですね。ジ・エンドは、われわれが生まれる前からあった。そしてわれわれがいなくなったあとも長くあり続ける。次は、ここにあるシティをすべて、自分が建設《けんせつ》したというつもりですか？　あなたのプライドは醜悪《しゅうあく》だ、司令官。わたしは何世代ものエンダーフラグを教えてきたが、だれひとりとして、わたしが大昔から生き延《の》びてきた長老だからというだけで、おとなしく従《したが》いはしない。いったいなにをしたのです、クライ？　秩《ちつ》序《じょ》の力は、あなたになにを約束したのです？〉
〈わしに腹《はら》を立てるな、監督《かんとく》。わしらは味《み》方同士《かたどうし》じゃ。わしらはふたりとも、ただ生き残りたいだけだ。人間が攻《せ》めてくる。仲間割《なかまわ》れはよそう〉クライは細く黒い手をのばし、友好のしるしにオワリの肩《かた》をぎゅっとつかんだ。

司令官の手はぬれて冷たかった。オワリはその手で触《ふ》れられるとそこがうずうずし、それから痛《いた》みはじめた。

〈暗闇《くらやみ》につながれたあのエンドシップには、じつに驚《おどろ》いたぞ、監督《かんとく》〉クライは考えをめぐらせた。〈わしは、あの双子《ふたご》がこつこつとあのような……一大コレクションを築《きず》けるとは夢《ゆめ》にも思わなんだ。あのふたりをエンダードームに入れずにおいたのは、間違《まちが》いだったかもしれん。ふたりは戦いで大いに役立ってくれる。いっそ、おぬしが訓練しておいてくれたらよかった。だが、おぬしには知る由《よし》もなかった。わしとて、まったく気がつかなかった〉

クライ司令官は手を放した。指には皮膚《ひふ》を保護《ほご》するための革《かわ》のカバーがかぶせられていた。その革《かわ》には、黒っぽいコバルトブルーのしみがついている。オワリは、ぐらぐらとよろめいた。

〈そうとも、じつに驚《おどろ》いた〉クライは思った。〈わしは、これをさまざまなポーションの中からみつけたのじゃ。じつに多くのポーションがあった。これは弱化のポーション。これを使うと、動きが鈍《にぶ》り、知能《ちのう》も低下し、パンチも当たらなくなる。そして、もし鍛《きた》えられた強力な精《せい》神《しん》が近くにあると、そう、弱い精神《せいしん》は容易《ようい》にコントロールされ、暗示《あんじ》にかかりやすくなるのじゃ。なんとすばらしい。おぬしは冒涜《ぼうとく》と呼《よ》ぶであろうが、秩序《ちつじょ》は効果的《こうかてき》に働く。剣《けん》とこぶしのようなものだ。こぶしのほうが混沌《こんとん》に近いが、わしは剣《けん》を取る。いくらでも時間はある。わしが人間の世界を上から下まで手に入れたあかつきには、混沌《こんとん》に支配《しはい》していただけばよい。じつに理にかなっておるではないか。わしらが安全に暮《く》らすにはそれしかない。人間に消えてもらおう。ささやかな秩序《ちつじょ》が、エンダーマンを本来の地位につかせてくれるなら、ほんの少しの間だけ受け入れたらよいではないか〉

オワリは、ぼんやりとクライの鋭《するど》い赤紫《あかむらさき》の目をみつめている。

〈ええ〉監督《かんとく》は、はじめからずっとそう思っていたとでもいうように、答えた。〈その通りです〉

大昔からいるクラックスユニットのオワリは、ゆっくりコートヤードを歩き、クライの部下たちに加わった。

第15章　雨がぱらぱら

〈モー〉

その思いは、ジャックスの屋敷《やしき》の窓《まど》から、焼きたてのケーキから上がる湯気のように流れてきた。なじみ深《ぶか》く、心安らぐ、甘《あま》い思考だ。

〈モー〉

モーは眠《ねむ》っていた。ベッドで。**爆発**《ばくはつ》**しない**ベッドで。モーはいつも、双子《ふたご》の兄と野良猫《のらねこ》のようにどこでも適当な場所で眠っていた。しかし、ジャックスはモーにちゃんとしたベッドで寝《ね》ろといい張《は》った。そのほうが安全だから、と。夜が明けたら、ふたりはウィッチのポーションを何種類か試し、モーの記憶《きおく》がよみがえるかやってみるつもりだった。モーは〝ウィッチのポーション〟という言葉があまり好きになれなかった。ウィッチってだれ？　ポーションを作った場所は清潔《せいけつ》だった？　ウィッチのポーションを信じて大丈夫《だいじょうぶ》？　ジャックスを信じて大丈《だいじょう》夫《ぶ》？　そもそもウィッチって、なんなの？

　とはいえジャックスは、モーがどこで卵《たまご》とトーテムを手に入れたのか、どうしても突き止めるつもりだ。もちろん、モーも知りたい。たぶん。でも、もしかしたら知りたくないかもしれない。もし、ひどいことをしてそれらを手に入れたのだとしたら……知らないほうがいいかもしれない。ジャックスは、卵とトーテムを、モーから取り上げてはいなかった。モーは、少なくとも、そのことはありがたいと思っている。

　ジャックスがその手のことに厳《きび》しいのは、明らかだった。モーが手に入れたものはモーのものので、ジャックスがそれを奪《うば》うことはない。たとえ人間が、クライやイレーシャの語ってきた人間像《にんげんぞう》の通りだとしても、ジャックスにはまだ少しはモラルがある。少くともクライよりよほど。

　ベッドの足元では、ゾンビホースのロウズサムが、痰《たん》の絡《から》んだようないびきをかいている。かびの生えた大きな鼻の孔《あな》が、ぼこぼこ息を吐《は》くたびにふくらんでいる。

〈マーマ〉ロウズサムは、心地よさそうにいびきをかく。〈脳《のう》みーーーそ〉

〈モー〉

モーは夢《ゆめ》をみていた。思考が夢《ゆめ》の中でモーを捜《さが》していた。モーは、エンダードラゴンの島の夢《ゆめ》をみていた。ただ、そこはエンダードラゴンの島とはどこかがちがうようだ。あの黄色のざらついた岩があり、あの黒曜石《こくようせき》の柱が立ち並《なら》び、あのクリスタルの火が銀のケージに入っている。いつものように、背《せ》が高く、黒いエンダーマンたちが漂《ただよ》い、周辺には霧《きり》がかかったように、もやもやした紫《むらさき》のテレパシーのパーティクルが舞《ま》っている。相変わらず目を見張《みは》るほど恐《おそ》ろしく、ぞっとするほど美しい巨大《きょだい》な竜《りゅう》が、空高く昇《のぼ》っていく。だが、空は黒くなかった。空は鮮《あざ》やかな青、オーバーワールドの空のようだ。太陽が、ランプのように下界を照らしている。モーは、一本の黒曜石《こくようせき》の柱の上に立っていた。ひとりのエンダーマンが隣《となり》に立っている。だがそれは、フィンではなかった。カンでもない。カーシェンでも、ロップでもない。

クライだった。

無言でクライは手をのばし、モーの腕《うで》をつかんだ。腕《うで》が抜《ぬ》けて、クライのごつい手の中に移《うつ》る。

〈あわれな家族《エンド》のない、くずども〉クライは声に出さずにいった。そして、モーのもう一方の腕《うで》に手をかけた。腕《うで》はすっぽり、痛《いた》みもなく抜《ぬ》けた。まるで草の葉を引《ひ》き抜《ぬ》いたかのようだった。〈いまにわかるときがくる。戦いになれば、細《こま》かいことなどどうでもよくなる〉クライは、下方に手をのばし、こんどはモーのひざから下をうばった。〈そして、すべては無意味なのだ。結局はな〉それでもまだ、痛《いた》みはない。しかし、モーはよろめき、倒《たお》れないようにした。クライに、もう一方の足を取らないで、といいたかった。足は必要だ。軍は、両方の足はいらないでしょう？　しかし、モーの口からは言葉が出てこなかった。クライ司令官は、手をのばして、もう一方の足を取ろうとしている。〈ジ・エンドが存続《そんぞく》するためには、みながなにかをあきらめねばならぬ〉モーは、片足《かたあし》で跳《と》んで逃《に》げた。クライがモーのほうに宙《ちゅう》を飛んでくる。すごく背《せ》が高い。

夢《ゆめ》の中で、はるか下のほうから声がきこえてきた。何人もの人が、いっせいにしゃべっている。

〈いけ、いけ、いくんだ！　ぼくを待つな！　ぼくは大丈夫《だいじょうぶ》！〉

〈グリーンボーイ。わたしのグリーンボーイ〉

〈わたし、近づいてくるのがわかる。津波《つなみ》のように。はじめは水が引いて、一瞬《いっしゅん》、なにもかも

大丈夫《だいじょうぶ》な気がする。すると、海が立ち上がって、すべてを洗《あら》い流すの。ふたりとも、大好き〉

〈ぼくも大好きだよ〉

そのとき突然《とつぜん》、そびえるように立ってモーを見下ろしているエンダーマンは、クライではなくなった。その巨大《きょだい》なエンダーマンの頭には、奇妙《きみょう》な青い目がついている。青い目と、エンダーパールのネックレス。モーは、その目を知っている。ジャックスが、エンダーマンの体に閉《と》じこめられているのだ。モーがエンダーマンの体に閉《と》じこめられていたのと同《おな》じように。エンダーマンのジャックスは、モーの腕《うで》を両方とも返してくれた。それから脚《あし》も。やったな、とジャックスはモーにささやいた。〈お前はやつを倒《たお》した。尊敬《そんけい》するよ〉

〈モー〉

モーは、小さな悲鳴を上げて目覚めた。「そんなことしてない」モーは、うめくようにいった。

ロウズサムは、垂《た》れ下がってべとべとした目を片方《かたほう》開けて、モーを見上げた。ゾンビホースは体をこわばらせ、どんな敵《てき》からも母親を守ろうとする。

しかし、そこにはなにもいない。ただ、静かでささやかな思いが頭の中にあるだけだ。

〈モー〉

人間の女の子は、暗い寝室《しんしつ》を見回した。みようにも、松明《たいまつ》の明かりもない。幅《はば》の狭《せま》い木製《もくせい》のベッドに立ち、背伸《せの》びして、窓《まど》の外をみた。窓《まど》の下には、月明かりに照らされた谷が広がっている。ジャックスの家がある谷だ。やわらかい緑の草があり、硬《かた》い灰色《はいいろ》の丘《おか》がつらなり、ライラックやポピーの花が、夜風に吹《ふ》かれて揺《ゆ》れている。花々は暗がりで、紫《むらさき》や赤ではなく、黒や灰色《はいいろ》に輝《かがや》いていた。

〈モー、ぼくだよ〉

ふたつの鮮《あざ》やかな緑の目が、暗闇《くらやみ》にあらわれた。カンが下の草地にいて、二階にいるモーを見上げていた。カンは音ブロックにすわっている。

〈やあ〉と、カン。

〈カン!〉と、モー。

〈脳《のう》みそ〉と、ロウズサムは強く思った。

「しーっ!」モーがたしなめる。

〈脳《のう》みそ〉子馬は、ひかえめに思った。

〈カン、ここでなにしてるの？　ジャックスに捕《つか》まったら、殺《ころ》されるよ。本当に、殺《ころ》される〉

〈ぼくが先に、あいつを捕《つか》まえるさ〉

〈だめ、ジャックスはロップを殺したの〉

カンは瞬《まばた》きした。〈本当に？　ロップは……本当に死んでしまったの？〉

モーはうなずいた。〈ジャックスは、なんていうか……ロップのエンダーパールを取ったの〉

〈完璧《かんぺき》な……人間だな〉カンは吐《は》き捨《す》てるように思った。

〈ちがう、そうじゃないの。ロップはわたしを殺《ころ》そうとしてたの。ロップはひとりきりでいたから、頭の中には殺《ころ》すことしかなかった。なのに、わたしはロップに話しかけようとして、でもロップはすごく……　〝ばこりんぼ〟になってて。フィンがいつもいうでしょ。わたしたちエンダーマンが、ひとりになるとどうなるか、わかるよね〉

〈へえ？　ぼくたちエンダーマンは、どんなふうになるの？〉

モーは青ざめた。自分はエンダーマンに含《ふく》まれなくなったのだ。わたしはもう〝エンダーマン〟じゃない。自分はほかのすべての人間と同じで、ただの人間で、カンは敵《てき》なのだ。

カンは、ふっと息をついた。〈気にしないで。ごめん。いまいったことは忘《わす》れて。そんなこ

と、問題じゃないよ〉

モーは、カンが立っている暗い草地の向こうに目をやった。〈待って。カンはひとりっきりだね〉モーは、ためらいながら思った。カンを傷《きず》つけたくない。〈カン……大丈夫《だいじょうぶ》？　ちゃんと、カンなの？〉

〈そうだね、おかしいよね。考えてみれば、ぼくはもうずいぶん長い間、ひとりでいたことになる。けれど、ぼくはいつものぼくだよ〉カンは、長く黒い手を暗闇《くらやみ》に上げてみせた。見事に落ち着いている。カンの思考は、穏《おだ》やかで冷静で、コップに入れた水のようだ。〈ね？　〝ぎゃー〟ってなっていない。いつものカンだよ〉

〈〝ずいぶん長い間〟ってどういうこと？〉

〈モー、きみはエンダーマンじゃない。フィンもちがう。グランポはぜったいにエンダーマンじゃない。だから考えてみると、ぼくたち三人で過《す》ごすときはいつも、ぼくはずっとひとりだったということでしょ。それなのに、ぼくは音ブロックをだれよりもうまく弾《ひ》いていたし、だれかを殺《ころ》したことも、自分の足の指を食べたことも、島を歩いていてそのまま虚空《こくう》に飛びこんでいくこともなかったんだ〉

モーは、内心、怖《こわ》くなった。自分は人間だ。それでいろいろ説明がつく。では、カンはいったいなんだろう？　納得《なっとく》のいく説明があるのだろうか？　〈うん。それは……なんていうか……そのことについては、話し合わなきゃね〉

〈そうだね。けれど、いまはもっと大事なことが起こっている。ぼくはいまのところ、自分にエンダーマンの超能力《ちょうのうりょく》があると信じることにしておこうと思う。いいかい、ぼくはきみを助けにきたんだ〉カンはとまどった。自分でもばかげた話にきこえる。だが、カンはモーを助けようと思ってやってきたのだ。はるばる恐《おそ》ろしい世界に。

〈わたしを助けに？　でも、わたし、あぶなくもなんともないよ。わたしたち、大丈夫《だいじょうぶ》だよ。ジャックスが明日、わたしに実験をしてみることになってる〉

カンは、また瞬《まばた》きした。〈それはすごい。ランチのあとで、拷問《ごうもん》するの？　寝《ね》る前に、ちょっと切り取って、刻《きざ》んでみるのかも？　モー、人間からみたって、ジャックスは問題児だよ〉

〈ジャックスは、わたしの記憶《きおく》を取りもどすためだっていってる。ジャックスは、いろんなことを話してくれたの、カン。だけどわたし、なにを信じたらいいかわからない。本当のことをいうと、ジャックスはいま、すごくわたしに腹《はら》を立ててる〉

〈じゃあ、ぼくがきみの友だちだということを信じてほしい。これまでずっと友だちだったでしょ。ぼくはこれからもずっと、きみの友だちでいるよ。ぼくはいつも、きみに本当のことをいってきた。きみを実験台にしたことはない。それに、ぼくは決してきみを置き去りにしない。それから、これも信じて。きみにすごく腹《はら》を立てている人に実験されるのは、たぶんやめておいたほうがいい〉モーは瞬《まばた》きした。それは思いつかなかった。ジャックスが危害を加えるつもりがあるなんて。モーは人生の中で、だれかに傷《きず》つけられたことは一度もなかった。これまでで最悪のことといえば、なにも与《あた》えられずに放っておかれたことくらいだ。

〈いこう。ぼくはポータルの場所を知っている。こっそりそこまでいけば、ジャックスに気づかれる前に、ふたりでポータルを通り抜《ぬ》けられるよ。慎重《しんちょう》にやれば、ジャックスはぼくらを追って、ジ・エンドにもどってこられないはずだ。そしたら、ジャックスはエンドラを殺《ころ》せない。だれも殺せない。そして、ジャックスがなにに腹《はら》を立てようと、気にしなくてよくなる〉

〈でも、ほかの人間たちが……〉

〈あの人たちは、ジャックスとは少しちがうと思うよ。三人とも、フィンといっしょに船のそばにあるおかしな小島でなにかしている。だれかに危害《きがい》を加えるようなこともしない。あの三人はロップを殺《ころ》していないし、だれも殺《ころ》していない。正直、おかしいとは思う。ぼくは、あの三人がいつ殺《ころ》しをはじめるか観察《かんさつ》していたけれど、彼《かれ》らはずっとなにも殺《ころ》していないんだ。これをどう考えたらいいのか、わからない〉

〈カンは、三人を見張《みは》っていたの？〉

あるイメージがモーの心の中に浮かんだ。美しい旗《バナー》が、テロスで最も高い塔のひとつに広げられている。モーは、はっとした。カンは笑っているんだ。

〈そう、スパイ〉カンは誇《ほこ》らしげにいった。〈グランポが、殻《から》の中に隠《かく》れさせてくれたんだ〉

モーは、ものすごく驚《おどろ》いて、窓枠《まどわく》に飛び乗りそうになった。〈え？　グランポは**ぜったいに**だれも殻《から》に入れないよ！　グランポがだれよりも嫌《きら》いじゃないのはフィンだけど、それでもせいぜい、殻《から》から三十センチのところまで近づかせて、殻《から》の上に指を一本乗せるのを許してくれるくらい。それに、グランポはフィンにもかみつくし〉

〈きみもフィンも、グランポになにもいわずにいなくなってしまったから、グランポはものすごく怖《こわ》がっていると思う。シュルカーが恐《おそ》れを感じられるなら、だけど。ところで、どこでグランポをみつけたの？　あんなシュルカーは、みたことがないよ。シュルカーは、ふつう、し

ゃべらないって、知っているでしょ？　ふつうは、なにもしないよね。いままで、いろいろ起こるまで、考えたこともなかったな〉

〈わたしは、カンのようなエンダーマンにも会ったことがない。それに、きっと、昨日かおといまで、カンもわたしみたいな人間に会ったことはなかったでしょ。グランポの殻《から》の中は、どんな感じだった？〉

〈ぎゅうぎゅう。暗いし変なにおいがしたよ。グランポは、松明《たいまつ》を灯《とも》させてくれなかった。それに、変なことといっていた。ここでグランポと、ずっといっしょにいよう、って。いっしょにすべてを嫌《きら》っていればいい、って。これほどおかしな話はないでしょ？　ぼくは、そのあとすぐに殻《から》から出たんだ。モー〉カンは思考を伝え、視線《しせん》をたくさんあるほかの窓《まど》へ移《うつ》していった。ジャックスの部屋の窓《まど》もある。〈いつまでも話してるときじゃない。出てきて、ぼくといっしょにいこう。家に帰ろう。大丈夫《だいじょうぶ》。ぼくは怒《おこ》ってない。きみのせいじゃないって、いまはわかるから。あのときは、動揺《どうよう》していたんだ。ぼくはただ……自分の人生について、なるほどと思える説明がほしかった。いまでも納得《なっとく》いかないけれど、いまぼくのことはどうでもいい。きみのことを解明《かいめい》しなければ。それができるのは、ぼくたちだけだよ。双子《ふたご》の兄さんと、きみの船と、きみのシュルカーと、ぼく。つまり、きみの家族《エンド》だ。ジャックスは、きみの家族《エンド》じゃない。ジャックスは、ただのハンターで、珍《めずら》しいものを捕《つか》まえるのが好きなだけ。ハンターはみんなそうだ。そして、きみはとても珍《めずら》しい〉

モーは肩越《かたご》しに、寝室《しんしつ》のドアのほうをみた。〈どうかな〉モーは考えた。〈ジャックスが答えを知ってるかも。カンは、これまでなにがあったか知らないだろうけど、わたしのポケットに入ってたものがあるの。わたしも知りもしなかったアイテムがふたつ、三つ、入ってた〉トーテムのことは、モーにはよくわからなかったし、どうでもいいものだった。だがエンダーパールは、よく知っている。そしてパールを持っていたことは、カンにはいえない。自分がこんなひどいことをしたと思われたら、絶対《ぜったい》に許《ゆる》してもらえない。もし、カンがロップのパールをみて、だれのものだかわかったら、二度と口をきいてくれないだろう。〈それからもうひとつ。ドラゴンの卵《たまご》。ジャックスによると、それを手に入れる方法はひとつしかないみたいで……もしわたしが、卵《たまご》をそうやって手に入れたとしたら、ぜったいに、二度とジ・エンドにいってはいけないと思う。なにがあろうと、永遠《えいえん》に〉

〈ぼくは、きみのポケットになにが入っていようと気にしない。きみが過去《かこ》になにをしていようと、ぼくの気持ちは変わらないから。モー、きみは人間だったわけだけど、ぼくはいまでもきみの友だちだよ。ぼくは、やっぱりこうしてきみのためにここにいる。ぼくがぜんぜんいたいなんて思わない、恐《おそ》ろしく、いまいましいオーバーワールドにいるんだよ〉カンは、長く黒い腕《うで》をモーのほうに上げた。〈きみを実験台なんかにさせたくない。帰ろう。そこまで過去《かこ》にこだわることはないと思う〉

モーは、ロウズサムをみた。そして、子馬のべたついた毛並《けな》みに触《ふ》れた。ロウズサムの脈打《みゃくう》たない大きな心臓《しんぞう》が、二本の輝《かがや》くあばら骨《ぼね》の間にのぞいている。

〈マーマ、おーーーんなじ〉ゾンビホースは思った。

〈そうね、ベイビー。わたしたち、同じだね。カンと、わたしと、フィン。そして、あなた。それからグランポ。船も。故郷《こきょう》も。あなたは、どうしてそんなに賢《かしこ》いの？　生まれたばかりなのに。死んでいるのに、かな。どういう仕組みなのかわからないけど。どっちにしても。どっちも、かな〉

ロウズサムは、白くにごった死んだ目でウインクして、〈脳《のう》みそ〉と思った。

〈わたし、下にいく〉二階にいるモーは思った。

下の草地にいたカンは、うなずいて、細い指を石壁《いしかべ》のほうにのばした。

ブロックがひとつ消える。

カンは、指をもう少し高く上げた。

もうひとつ、ブロックが消えた。

〈偉大《いだい》なる混沌《こんとん》、万歳《ばんざい》〉モーは思った。カンの心の中に、あるイメージが浮かんだ。金《きん》のチェストプレートがジ・エンドの夜の光にきらめいている。カンは、うなずいた。モーは笑っているんだ。

モーは、手を窓枠《まどわく》のほうにのばした。人間となったいまでも、モーの指を包むように、細かい紫《むらさき》のパーティクルがおどっている。以前よりも色あせて、薄《うす》くなっているが、それでもまだある。

石がかすかに光り、かすかな音を立てて消えた。モーは再《ふたた》び腕《うで》をのばし、もうひとつ壁《かべ》のブロックを消した。

〈偉大《いだい》なる混沌《こんとん》の祝福《しゅくふく》がありますように〉カンのまわりで、城が壊《こわ》れていく。

ひとつ、またひとつと、ブロックを消しながら、エンダーマンと人間はお互《たが》いに近づきながら、残っている壁《かべ》で階段《かいだん》を作っていった。モーは階段《かいだん》を下り、カンは上がる。堀《ほり》を照らす松明《たいまつ》は、黄金色《こがね》に輝《かがや》いていた。ふたりを隔《へだ》てていたジャックスの家の壁《かべ》は、すっかりなくなった。世界に自分をさらすと、不思議なことが起こり得《え》るのだ。整然とした壁《かべ》の中に閉《と》じこもっていては、決して起こり得《え》ないようなことが。例えば、エンダーマンが人間の女の子とペットのゾンビを救《きゅうしゅつ》出するというような、不思議なことが。そして不思議を起こすために、偉大《いだい》なる混沌《こんとん》が存在《そんざい》するのだ。だから、モーはそうすべきだとわかっていた。人間だろうとなかろうと、モーはいまでもそう信じていた。

モーの無限《むげん》のポケットの中で、ドラゴンの卵《たまご》が冷たく輝《かがや》いた。

カンがモーの手を取る。

〈ねえ、助けは必要なかったよ〉モーは思った。〈いつだって、出ていけた〉

カンはぎこちなく肩《かた》をすくめた。〈オーケー。でも、大事なのは気持ちでしょ？　それと、フィンには、ぼくがきみを助けたっていっていい？　すごく勇敢《ゆうかん》だったたって〉

モーは、ふたりの静かな心の中で笑った。〈いいよ、カン〉

〈いこう〉カンはいった。〈いちばん近いポータルに引《ひ》っ張《ぱ》られるような気がする。エンダーアイの気配がする……けれど、急いだほうがいい。もうすぐ朝になる。いっしょにテレポートしよう。それがいちばん楽だ。いいかい？〉

モーは後ずさりして、凍《こお》りついた。カンはいままでも、これまでと変わらないモーだと思っている。人間はテレポートできない。モーが、自力でテレポートしていたはずがない。そのことに、まだ気づいていないのだ。だが、カンに話すわけにはいかない。そんなことはいえない。カンにわたしの事情《じじょう》をわかってもらうのは無理だ。カンはただ、わたしが子どものころからジ・エンドじゅうをテレポートするために使っていたエンダーパールは、かつてはだれかの心《しん》臓《ぞう》だったと知って、わたしを嫌《きら》いになるだけだ。そのことを考えるのはやめよう。考えれば、この頭の中にしぼんで朽《く》ちていくエンダーパールが浮《う》かぶのをみられてしまう。

〈どうしたの？〉

〈なんでもない。なんていうか……ロウズサムはテレポートできないから。それが気になって〉

〈ああ、そうか〉

ロウズサムはごぼごぼ音を立てた。くちびるのまわりで、唾液《だえき》がしゃぼん玉のようにふくらみ、はじけた。だが、ロウズサムはいななかなかった。ゾンビでも、ときには静かにしていられるのだ。

〈マーマ〉子馬は苦しそうに息をした。〈のーーーって〉

カンはたじろいだ。ただれや、かびの生えた擦《す》り傷《きず》が、背中《せなか》じゅうにあるのだ。しかし、ロウズサムに乗れば、みんなで歩くよりも断然《だんぜん》速い。

モーは、ロウズサムの背《せ》にひょいとまたがった。ものすごく乗り心地がいいわけではない。少しぬれていて、少し冷たく、少しぬるぬるしていた。しかし、ロウズサムを自分の子どものように思っていたので、モーは嫌《いや》な顔をしなかった。モーは、カンを引っぱり上げて、後ろにまたがらせた。

〈ぼくはきみを助けにきたのだから〉カンは不服そうにいった。〈ぼくが前に乗るよ〉

〈わたしのウマだもん、どっちに乗るかはわたしが決める〉モーは思った。〈出口はトロッコの斜《なな》め後ろ〉

〈え?〉カンは、なんのこと、という顔をした。

〈わたし……わからない。すごく変だよね。どこから出てきたんだろう。トロッコって、な

に?〉

〈ぼくにわかるわけがないよ。思ったのはきみなんだから〉

モーは、暗闇《くらやみ》で身震《みぶる》いした。月が雲から出てきた。月明かりに、ゾンビホースの緑のたてがみが輝《かがや》いた。ロウズサムは、ジャックスの豪邸《ごうてい》から連《つら》なる丘《おか》へ駆《か》け出《だ》し、あとには蹄《ひづめ》のあとだけが残された。モーもカンも、振《ふ》り返らなかった。

三十分《ぷん》ほど走ってから、カンがひざでロウズサムの脇腹《わきばら》を押《お》さえた。ゾンビホースは、おとなしく止まったが、むっとして、少しうなった。ママでもない相手に指図されるのは心外だったのだ。エンダーマンには、十分おいしそうな脳《のう》みそがある。

〈止まろう〉カンは思った。〈あそこだ。地面のずっと下だけれど。ポータルを感じる〉

カンは、少し離《はな》れたところを指さした。片側《かたがわ》に砂丘《さきゅう》があり、反対側にはえぐれた崖《がけ》があり、葉の生《お》い茂《しげ》った大きな木々《きぎ》に囲《かこ》まれている。モーには、洞窟《どうくつ》も、地下道も見えなかった。だが、モーはカンを信じていた。カンがポータルはそこにあるというなら、ある。

月は雲の後ろに消えてしまった。遠くで雷鳴《らいめい》が響《ひび》いている。後ろのほうのどこかで、かすかなぽつぽつという音がきこえ、雨が降《ふ》りはじめた。

〈ああ、どうしよう〉カンは恐《おそ》れおののいた。〈どうしよう、まずいよ、まずい〉

〈崖《がけ》!〉モーは、とっさに思った。〈崖《がけ》の下に入って! あそこなら雨がかからない。上から草がたれてるし、少しくぼんで、洞窟《どうくつ》っぽくなってる。あそこに入れば、大丈夫《だいじょうぶ》〉

ロウズサムは崖《がけ》を目指して走った。水に弱いエンダーマンにとって雨は死を意味する。カンの息が、荒《あら》く、とぎれとぎれになっている。間一髪《かんいっぱつ》、カンはテレポートし、いやなにおいのするウマの背中《せなか》から消えて、せり出した崖《がけ》の下の砂地《すなち》にあらわれた。ロウズサムは、全速力でカンのあとを追った。

降《ふ》りはじめの雨粒《あめつぶ》が、ぱらぱら落ちてきた。

モーはロウズサムから下りた。そこは、草地だった。崖《がけ》の下の安全地帯はまだむこうだ。雨は大きな丸い滴《しずく》になって、モーの温かい人間の肌《はだ》に降《ふ》り注《そそ》いだ。雨はどんどん強まり、モーはびしょぬれになったが、痛《いた》みはまったく感じない。むしろすがすがしい。さわやかな空気がはじけるような音を立て、生き生きとした草木のにおいが風に乗り、雷鳴《らいめい》は刺激的《しげきてき》だ。モーの腕《うで》の産毛《うぶげ》が逆立《さかだ》ったが、痛《いた》みはなかった。

痛《いた》いわけがない。モーは、両手を思い切り高く上げて、嵐《あらし》の空を見上げた。モーのハブユニットの命を奪《うば》った雨への底知れない恐《おそ》れと、悲しみと、憎《にく》しみが、洗《あら》い流されていく。そんなことは起こらなかったのだ。モーの両親がだれで、生きているのか死んだのかもわからないが、ふたりをモーから奪《うば》ったのは雨ではなかった。雨はただの水だ。冷たい液体《えきたい》で、甘《あま》い。モーは、笑いながらくるくる回った。雨は死じゃない。雨ってすばらしい。

しかし、モーは、ふと笑うのをやめた。カンが、崖《がけ》の下から悲しそうにモーをみつめていた。震《ふる》え、おびえて、身動きがとれずにいる。雨は、崖《がけ》の縁《ふち》から滴《したた》り落ちて足もとに水たまりをつくり、それがだんだん大きくなっている。足の指が一本でも水たまりに入ったら、カンは色あせ、パールだけを残して消えてしまうだろう。何千というエンダーマンが同じ目にあってきた。人間とエンダーマンは、どうしようもなく立《た》ち尽《つ》くし、ふたりの宿命《しゅくめい》に永遠《えいえん》に隔《へだ》てられていた。ふたりは、まさにその瞬間《しゅんかん》まで、自分たちをごまかし続けることができていたのだ。なにも変わっていない、モーはテレポートできる、カンはオーバーワールドで生きていける。ふたりとも、これまでと同じふたりで、いつまでも家族《エンド》だと。しかし、モーとカンに共通点はなかった。あるわけがないのだ。

「雨がやんだらすぐいこう」モーは、ぎこちなくいった。「わたしが、ポータルのあるところまでおぶっていってあげる」

カンは黙《だま》って、空をみつめていた。ずいぶんそうしていたあとで、カンは音ブロックをぬかるんだ地面に置いて、弾《ひ》きはじめた。カンの音楽が地上に流れ、夜空に広がった。悲しく、甘《あま》く、奇妙《きみょう》な音楽だった。ジ・エンドの音楽が初めて、オーバーワールドに響《ひび》き渡《わた》った。

〈マーマ〉ロウズサムは、うなった。体じゅうに空《あ》いた穴《あな》を通って、水がぬかるんだ地面に滴《したた》っている。〈あーーーめ〉

〈そうね、ベイビー〉モーは、答えた。さわやかで、心地よい嵐《あらし》が、モーを頭から足までびっしょりぬらす。〈雨って、すごいよね？〉

第16章　夜の闇《やみ》にまぎれて

「ちょっと確認《かくにん》させて」ローリーがいった。夜《よる》の闇《やみ》のようなジ・エンドの虚空《こくう》が、後ろで大きく口をあけている。ジェスターが建設《けんせつ》しようとしているシティの最初の部分が、虚空《こくう》をバックに鮮《あざ》やかにみえる。「あなたは、あんなにたくさんの本をあの船に持っている。何百冊《なんびゃくさつ》もあるとみたわよ。それで、一冊《いっさつ》も、読んだことがないの？」

フィンは肩《かた》をすくめた。「いっただろ。全部エンチャントされてるんだよ。どれも、なんかレベルの高い、エンチャントが施《ほどこ》されてて、どうやったら解《と》けるのかわからない。きみらはわかるの？」

「砥石《といし》」ローリーが即答《そくとう》した。

「砥石《といし》」ジェスターが同時にいった。

「砥石《といし》」コールがいった。

「わかったよ」フィンは怒《おこ》った。「きみらはみんな、ぼくよりずっと頭がいいんだろ。モーとふたりで、いろいろ試さなかったわけじゃない。だけどぼくらにはマニュアルがなかった。できることはやってみたんだ。ぼくのせいじゃないし、エンダーマンは、ぼくらを学校に入れてくれなかった。そんなの、教えてもらわなきゃわかるわけないだろ？」

人間たちは、気まずそうに体を動かした。だれも、このかわいそうな少年に、自分たちも学校にいったことはないしマニュアルなんかない、といいたくなかった。たぶん地上世界《オーバーワールド》のほうが環境《かんきょう》が厳《きび》しくて、なんでもさっさと自分で解決《かいけつ》しなければならないんだ、といいたくもなかった。フィンにとっては、きつい一日というか一夜《いちや》だったのだから、これ以上恥《はじ》をかかせることはない。

「書いてあることがわからないのに、なんであんなにたくさん持ってたのさ？」コールがたずねた。

フィンは奥歯《おくば》をかみしめた。時間の過《す》ごし方を説明するのは、気が進まなかった。まして知り合ったばかりの相手に話したくない。ぼくの勝手だ。

「ぼくはものを集めるのが好きなんだ。たくさん持ってるという安心感がいいんだよ。十分すぎるくらい持っていたい。なにが起こっても、困《こま》らないほどたくさん。持ち物がいっぱいの状《じょう》態《たい》で死ねたらいい。それって、大して悪いことは起こらなかったから、アイテムを使い果たさなくてすんだということだ。それで安心できるんだ。本になにが書かれてるかわからなくても、エンチャントの効果《こうか》を消せなくても、構《かま》わない。最終的に、十分アイテムを集めれば、そのなかには本を読めるようにできるものがひとつくらいあるもんさ。偉《い》大《だい》なる混沌《こんとん》が与《あた》えてくださる」

「偉《い》大《だい》なる混沌《こんとん》が、それほどの本好きとは思えないんですけど」ジェスターは顔をひきつらせた。フィンはすでに、偉《い》大《だい》なる混沌《こんとん》についてすべて説明してあったが、ジェスターは納得《なっとく》しなかった。混沌《こんとん》としていると、ジェスターは落ち着かない。計画的なほうがずっといい。「だって、本はとても秩序《ちつじょ》だってるから」

フィンは、以前の仲間の信じる哲学《てつがく》をさらに説明しようと口を開いたが、ローリーが先にしゃべった。

「どこであんなにたくさんみつけたの？　うちは、あんなにたくさんの本が一カ所にあるのを、本物の図書館以外でみたことがないわ。集めるのに、何年もかかったでしょう」

　フィンは遠くをみつめて、ゆっくり瞬《まばた》きして考えた。そのことを考えるのは、とても不気味な感じがしていやだった。どうしても、思考がそれてしまうのだ。フィンは、本のことを考えようとしたが、なぜか本のことを考えたくなかった。本のことを考えて、どこから持ってきたのか思い出したいのに、できない。考えると頭が痛《いた》くなる。

「ううん。本をどこでみつけたか、よくわからないんだ。変だな。ほかの物をみつけた日は覚えてるのに。フォレスト・ウォーカーのブーツも、忠誠心《ちゅうせいしん》のエンチャントが施《ほどこ》されたトライデントも、ポップコーン作りに使ってたチェストプレートも。カンが音ブロックをみつけた日も思い出せる。けど、本は一冊《いっさつ》だってみつけたときを思い出せない。一冊《いっさつ》も。一度も。何百冊《なんびゃくさつ》も持ってるんだから、そのうちの一冊《いっさつ》くらいはなにか覚えててもいいのに。だけど、覚えてない。本はただ……あったんだ。はじめから。外へ出ていって、どこかの島で初めて剣《けん》をみつける前から、船にはもう本がいっぱいあったんだ」

　ローリーの目が輝《かがや》いた。「それ、ヒントになるよ」と、とてもうれしそうだ。

「おい、ローリー、ばかだなあ」コールが、ローリーを真似《まね》て腰《こし》に手を当てた。「うちはローリー巡査部長《じゅんさぶちょう》、子ども探偵《たんてい》！　それ、ヒ、ヒ、ヒントになるよ！」

「コールはだまってて」ローリーはにこやかにいった。「エンドシップには、ふつう、シュルカーがいて、宝箱《たからばこ》がふたつか三つあるけれど、開けない本が山のようにあるということはまずないのよね。あり得《え》ない！　それに、ジ・エンドのほかの場所に、本が何冊《なんさつ》あった？　ここは本の町じゃないのよ。エンダーマンは、いわゆるまじめな知識人《ちしきじん》じゃないの。うちら、あなたが何者で、どうやってここにきたのかは知らないよね、フィン。本のことは、あなたが初めて口にしたヒントだと思う。なに、くすくす笑っているのよ、コール――答えにつながるひとつの道ってことよ、うれしい？　ああ、一度でいいからまじめにきいてよね」

「虫メガネと探偵帽子《たんていぼうし》を作ってやろうか？」コールは笑った。

ローリーは両手を上げて肩《かた》をすくめると、コールを放《ほう》っておくことにした。「フィン、なぞ解《と》きには興味《きょうみ》があるけど、それだけじゃないの。そりゃ、人間がいったいどうやってエンダーマンになりきって、そもそもどうやってなったのかを忘《わす》れたのか、わかればおもしろいと思うけど、うちは知らなきゃならないのよ。みんな知らなきゃ。だって、そんなことがあなたに起こったなら、うちらに起こる可能性《かのうせい》もあるもの。そうなったとき、うちは、ここに何年もいて、シュルカー相手に〝ずっと友だち〟だよね、なんていっているのはいや。気持ちわるっ。これは作戦上の急務よ。あの本のエンチャントを解《と》いて、なにが書いてあるかみないと。それで、もし、クッキーのレシピくらいしか書いてなかったとしたら、そのときは……わからない。ジャックスとモーが、なにか結果を持ち帰ることを願おう。そのときはそのときよ。いまのところ、これが最善《さいぜん》の策《さく》でしょ」

「それで、……きみは砥石《といし》を持ってるの？」ジェスターはフィンにたずねた。

「ああ、持ってたよ。けど、いまはクライ司令官と、マラム伍長《ごちょう》と、タマト隊長《たいちょう》が持ってる。テロスに、ほかの武器《ぶき》といっしょにあると思う。たぶん」

ローリーは考えた。「テロスは大きいのよね。あれほど大きなエンドシティは、初めてみた。うちらはこっちにきたとき、テロスには近寄《ちかよ》らないようにしたのよ。リスクが高いから。けれど、いまのうちらには現地《げんち》ガイドがいる。うちらふたりで、さっと入って、出てこられると思う」

「ぜったい無理。きみらはわかってない。みつからないと思ってるだろ。こっちに下りてきて、ただゲームを楽しんでるつもりなんだから。でもジ・エンドは、きみらを待ってた。きみらがくることは、空気の味でわかったんだ、ローリー。きのう、こっちではエンダーマンが全員集結して、きみらと戦うつもりだった。いまでも闘志《とうし》を燃《も》やして、戦争に備《そな》えてる。みんながここにこないのは、ただ、だれもモーとぼくの様子をみにきてなくて、きみらがここにいることに気づいてないからだ。だけど、エンダーマンはじきにやってくる。だれかがくる。カンを捜《さが》しにくるし、ぼくとモーを捜《さが》しにカーシェンかクライがくるかもしれない。もうすぐ、彼《かれ》らはぼくらがどこへいったのかと不審《ふしん》に思うだろうし、そうでなくても、ぼくらの物を返さないといいにくる」

「それはわからない」ジェスターは、フィンを安心させようとした。

「わからないけど、本当なんだ」フィンはぶつぶついった。

コールは信じられないという顔で、空を仰《あお》いだ。「戦争？　おれたち相手に？　だが、おれたちはたった四人だぞ」

「ああ、けどエンダーマンはそのことを知らない。みんなにわかってたのは、ポータルが開こうとしてたことだけだ。みんなは……すべての人間がジ・エンドに襲《おそ》ってくると思ってたみたいなんだ」

ジェスターは、眉《まゆ》をひそめた。「人間が全員？」

「そうなんだ。侵略《しんりゃく》されると思ってた。エンダーマンは、ただ……敵方《てきかた》があらわれるのを待ってた。ぼくはそのことをさっき話そうとしたんだ。なんで、それは問題なの？　きみらもジャックスも、戦うのも殺《ころ》すのも好きなんだろ」

「そりゃ、戦いはいいけどさ、四人対一万人？」コールが、ぼそっという。

フィンは笑った。笑いたくなかったし、笑うつもりはなかった。しかし、すべてが突然《とつぜん》、ばかばかしく思えてきた。ここ二、三日のストレスとみじめさと恐怖《きょうふ》が、笑いとなって、堰《せき》を切ったように流れ出した。

「きみらは」――フィンは、大笑いの発作の合間に息を吸《す》った――「きみらは、エンダーマンがどれほど取《と》り乱《みだ》してたか、わかってない。でかくて悪逆《あくぎゃく》な人間の軍勢《ぐんぜい》をものすごく恐《おそ》れてたんだ。ジ・エンドじゅうをさらって、おっかなくてこわーい人間と戦うための物資《ぶっし》をそろえたのに、きみらときたら……ただ、観光しにきただけじゃないか。遊びにきたんだ！　砂《すな》の城を作り、ジ・エンドの野生生物を狩《か》り、こっそり立ち去って家に帰り、すっごい大冒険《だいぼうけん》をしてきたんだと友だちに話す。お土産を持って帰らなきゃ！　葉書を書かなきゃ！　ジ・エンドは壮大《そうだい》で、たくさんのアトラクションがあるよ！　エンダードラゴンに乗れるよ！　シュルカー叩《たた》きゲームはおもしろい！　きみもいっしょにきたらよかったのに！」フィンは立っていられなくなってしゃがみこんだ。息をするのがやっとだ。「ぼくらは、きみらが世界でいちばん恐《おそ》ろしいと思ってたよ……」

しかし、そのとき、フィンの脳裏《のうり》をジャックスがよぎった。そしてエンダードラゴンも。そして、フィンの大事な世界はすべて、人間たちがこの地に足を踏《ふ》み入れたとたんに、あっという間に崩壊《ほうかい》してしまったことを考えた。フィンがこれまで考えていたすべてが、根本から崩《くず》れてしまったのだ。ほかのエンダーマンがこれまで知っていたすべてはいまも変わらないままで、フィンとモーだけが、人間との戦争の犠牲《ぎせい》になったのだった。

いまのところ犠牲者《ぎせいしゃ》はふたりでも、これからどうなるかはわからない。

「やっぱり」フィンは小声で最後にいった。「もしかしたら、きみらは本当に世界でいちばん恐《おそ》ろしい種《しゅ》かもしれない」

「観光しにきて、なにが悪い？」コールは怒鳴《どな》った。「きみは、変な木が生えてて、変な都市《とし》があって、信じられないほどばかげたことだらけのこの変な場所以外のところをみてみたいと思ったことはないのか？　観光旅行をしてみろ。おもしろいぞ。楽しいぞ。わくわくする。旅は人を育て、思慮深《しりょぶか》く、賢《かしこ》くするんだ。それに夜、ベッドに入って横になったら、いろいろな夢《ゆめ》をみられる。なにより旅をしたって、だれも傷《きず》つけないんだ。だれかが近所に休暇《きゅうか》で遊びにくるからって、軍隊を招集《しょうしゅう》するか？」

「ジャックスは、エンダードラゴンを倒《たお》すといってた！　それって傷《きず》つけるどころの話じゃないだろ！　それにエンドラは、ぼくの友だちだ」フィンは言葉を切って、顔をゆがめた。「いや、友だちとは違うけど、エンドラは恐《おそ》ろしい敵《てき》じゃない。友だちみたいなもんなんだ！」

コールは足元を見下ろした。「ふむ、なるほど、そりゃいえてる。だが、ジャックスはここにいないんだから、きみの〝恐《おそ》ろしい敵《てき》じゃない〟やつは、大丈夫《だいじょうぶ》だ。いまのところ」

「うちらは、そのクライってやつに気づかれずに、テロスにいって帰ってこられるよ」ローリーは、どっとあふれ出したフィンの怒《いか》りも、コールの怒《いか》りも無視《むし》することにした。「あのね、うちらはちゃんと準備《じゅんび》してきているんだから。カボチャを持ってきているから、ジ・エンドを動きまわれるよ。あなたたちが何年もやってきたみたいに動きまわっても、だれにも気づかれないって。あなたたちのことも、だれも気づかなかったわけだから。本当のところ、うちらはここにきてやるつもりだったことを全部やっても、捕《つか》まらずにすむし、やり終えたら、だれにも気づかれずに家に帰れるわけ。エンダーマンは、いつもの生活にもどればいいのよ。みんなハッピー」

「エンドラ以外はね。ぼくは、ジャックスを止める」フィンは、できるだけ真剣《しんけん》な声でいおうとした。口を使ってしゃべりはじめて、まだ数時間しかたっていないのだ。

「おれたちは――」コールはいいかけたが、さえぎられた。

「きみ、それは、ジャックスが帰ってきたら、本人と話しなさいよ」ジェスターが、うまくその場をおさめた。「あたしたちのお仕事じゃないから」

「けれど、テロスは！」ローリーは、なぞ解《と》きのことを考えて黒い目を輝《かがや》かせている。「テロスにいくのは、うちらのお仕事よね。本当に、正真正銘《しょうしんしょうめい》のスパイミッションだわ。こっそり入って、あなたたちの集めたものを取りもどし、またこっそり出てくる。夜の闇《やみ》にまぎれて！まあ、いつも闇《やみ》だけど。エンダー軍にみられたって、自分たちと同じように準備《じゅんび》していると思われるよね？」

「まあ、……たぶん」

「砥石《といし》を手に入れれば、本のエンチャントはすぐに解けるよ」ジェスターは、フィンを安心させようとした。「簡単《かんたん》だよ。あたし数えきれないほどやったことあるから」

ローリーがうなずいた。「もしかしたら、フィンが自分のことを思い出せるようななにかがあるかもしれないし。もしかしたら、コレクションのなかに、あなたの記憶《きおく》を奪《うば》った魔法《まほう》が潜《ひそ》んでいるかもしれないよ。記憶《きおく》を取りもどせる魔法《まほう》だってあるかもしれない。あなたに起こったことをすべて、ほんの二、三時間後には思い出せるかもしれないわ。わくわくしない？」

フィンは、モーのことを考えていた。モーはどこにいるんだろう？　妹がどこにいるのかわからないのは、すごく不安だ。モー、大丈夫《だいじょうぶ》か？　なにをしてる？　ぼくは、モーがいなくても、正しい決断《けつだん》をできてるのか？

「そうかも」フィンは、気もそぞろにいった。不安の大きな塊《かたまり》が、みぞおちのあたりにつかえているような気がする。

「そうだ、もしかしたら、ひそかに人間だったことよりも、もっと衝撃的《しょうげきてき》なことがわかっちゃうかもな！」コールは陽気に口をはさんだ。

フィンは、吐《は》きそうになった。〈モー、帰ってきて！　ぼくといっしょに、こいつらをしか

り飛ばして！　いつだって、ひとりで怒鳴《どな》るより、ふたりで怒鳴《どな》ったほうがいい。どこにいるんだ？〉

「あたしがいっしょにいくよ、フィン」ジェスターがやさしくいった。「あたしがいちばんでかいし、持ってる武器《ぶき》も最強だし。それに全員でいけば、エンダーマンに怪《あや》しまれるかも。見慣《みな》れないエンダーマンが四人、こそこそなにかかぎまわってる、なんて。ローリーとコールは、ここに残って、城の建設《けんせつ》を続けて。作業が遅《おく》れないほうがいいから」

フィンはうなずいた。なにか行動を起こさなければ。こうして話してばかりいると、体がかゆくなってくる。フィンはこれまで、一日中《じゅう》、島々をめぐっては山に登ったりして、のんきに過《す》ごしていた。だけどいまは、こうして見知らぬ人たちと、奇妙《きみょう》ないい合いをして動きが取れず、グランポも、モーも、カンもいないし、紫《むらさき》のポップコーンもない。人間以外になにもない。〈ぼくは本当に知りたいのか？〉フィンは自分に問いかけた。〈もしかしたら、モーといっしょにさっさとオーバーワールドにいって、人間のやり方《かた》で暮《く》らしはじめたほうがいいんじゃないか。なにも考えず、詮索《せんさく》するのはやめる。人間だった頃《ころ》の自分を知ることなんかない〉いや、だめだ。それはできない。過去《かこ》を知らずに、いままで通りモーと暮《く》らしていくことはできない。

もし、ぼくらが人間なら、ぼくらはみなしご《エンドレス》じゃない。のけ者じゃない。どこかに家族がいて、仲間がいる。ぼくらには、自分の世界があるんだ。それは、突《つ》き止《と》める価値《かち》がある。それだけのことはあるはずだ。

〈以前の自分にもどることはできない。前に進むしかないんだ〉

どうなるかわからないが、自分が何者なのか、自分になにが起こったのかを知る必要がある。それが恐《おそ》ろしいことだとしても。いやむしろ、恐《おそ》ろしいことなら、なおさら知らなければ。

フィンは、胸《むね》を張《は》った。青い目が暗闇《くらやみ》で輝《かがや》いている。

「オーケー、ジェスター。テロスにいこう」

第17章　モーとエンドラのトークにようこそ

カンと、モーと、ロウズサムは、ポータルを転がっていった。要塞《ようさい》を形成する灰色《はいいろ》の石と地下の松明《たいまつ》がひっくり返り、それからぐるっと裏返《うらがえ》しになる。やがてモーたちは、ざらざらした岩の上に腹《はら》ばいの形で落ちた。上にはエンダードラゴンの島がある。モーはまだ、びしょぬれだったので、カンは、念のためモーから少し離《はな》れた。はるか上のほうから、巨大《きょだい》な黒竜《こくりゅう》の咆哮《ほうこう》が振動《しんどう》しながらきこえてきた。ドラゴンが暗闇《くらやみ》に火を吐《は》くたびに、大地が揺《ゆ》れた。みえなくても、伝わってくる。

モーは、ジ・エンドの黒い空を見渡《みわた》した。手には岩が触《ふ》れている。ジ・エンドを離《はな》れていたのは、ほんの――どれくらい？　八、九時間？　半日？　もっと長い？　もっと短い？　モーには、わからなかった。ジ・エンドでは、決して時間をはかる必要がないのだから。モーは、正確《せいかく》な時間がどんなふうに感じられるものかを、知らなかった。だが、実際《じっさい》にどれだけ時間がたっていたかは重要ではない。モーには、百年以上、いや永遠《えいえん》だったように感じられた。何もかもが、以前と同じにはみえない。太陽をみたあとでは、同じにはみえない。なにひとつ、元通りにみえることはないだろう。ジ・エンドが、いまではとても小さくみえる。ジ・エンドはモーのことを、よそ者のようにみつめ返してきた。

カンは顔をしかめて、たったいま通《とお》り抜《ぬ》けてきたポータルを思い出していた。十二の死んだ固いエンダーアイが、ポータルの枠《わく》のブロックひとつひとつにはめこまれ、灰色《はいいろ》っぽい緑に光っていた。モーは、みただけで気分が悪くなった。

ロウズサムは、エンダーアイがみたこともないほどきれいな宝石《ほうせき》だと思った。ひとつ食べられたらいいのに、と思って、ロウズサムは、モーをみてお許《ゆる》しが出るのを待った。すごくおなかがすいていたのだ。ロウズサムは、いつものすごく空腹《くうふく》だった。モーはうなずいてくれた。

ゾンビホースは、喜《よろこ》んで甲高《かんだか》くいななき、みんながポータルに入ると同時にエンダーアイにかぶりついた。すごい速さで次々に食べた。落ちていきながら頬張《ほおば》り、目をしゃぼん玉《だま》みたいに破裂させ、ずるずるすすって、ばりばりかみ砕《くだ》き、もぐもぐ、味わって食べた。エンダーアイは、ロウズサムの鋭《するど》い黄色の歯でかみ砕《くだ》かれ、キャンディのようにばりばり音を立てた。

エンダーアイがなければ、ジャックスは同じポータルを通ってくることはできないだろう。モーはそう思った。ジャックスは別の要塞《ようさい》を探《さが》さなければ、モーたちを追ってこられない。三人が無事にジ・エンドにもどってこられたうえに、ジャックスがすぐにはあらわれないと思えるだけで、モーは少しほっとした。

〈マーーーマ〉ロウズサムは、満足そうにハミングのようにいい、赤い目玉《だま》の残骸《ざんがい》を、スパゲッティのように水ぶくれのできた唇《くちびる》からすすった。〈けーーーっかん〉

〈おいしいね〉モーは、吐《は》きそうになるのをがまんしながら思った。モーは、自分に母親がいたことさえ覚えていなかったが、子どもの好物が気持ち悪いからといって、親が子どもをしかってはいけないことくらい、ふつうに考えてわかっていた。子どもが食べている、そのことが大事なのだ。

カンは身震《みぶる》いし、ロウズサムをぽんぽんとなでた。慎重《しんちょう》に。恐《おそ》る恐《おそ》る。ロウズサムの歯は本当に恐《おそ》ろしい。そしてロウズサムは体をこわばらせた。生まれてから十六時間という全生涯で、モー以外のだれにもなでられたことがなかったのだ。ゾンビホースは、おやつの真最中に凍《こお》りついた。しかし、カンの手は、冷たく、硬《かた》く、重かった。ゾンビにとって、それはたしかにとても心地《ここち》よかった。モー以外の者は、悪いやつにきまっていると、ロウズサムは思っていた。しかし、少なくとも、ひとりは……許《ゆる》せるかも。ぎりぎりではあるが。

〈そんなにいやな人じゃなかったよ〉モーは思った。

〈だれのこと？〉

〈ジャックス。きっと、本当はわたしたちと同じで、ただの子どもだと思う。ジャックスは、なにかパンチしたり、ものを取ったり、だれにもじゃまされずにやりたいことをしたりしたいだけなんだよ〉

〈ジャックスは、殺《ころ》すのが好き、でしょ〉カンは、モーの思考に反論した。〈エンダードラゴンを倒《たお》したがってるんだ〉

〈それは、とんでもないことだって、わかってるよ。でも、ジャックスは、わたしのチェストプレートを返してくれた。クライは殺《ころ》すのが好きな上に、チェストプレートをわたしから奪《うば》った。それに、クライは最初から子どもじゃなかった〉

〈ジャックスが好きなの？〉

〈ちがう。そうじゃなくて〉モーはため息をついた。〈いまは、この、わけのわからないすべてのことを、わからせてくれるならだれだって好き。ジャックスは、わたしが知ってるたった四人の人間のひとりだよ。あ、五人か、フィンを入《い》れれば。だけど少なくとも、ジャックスはいまのところわたしを傷《きず》つけてない。もしも、こっちの世界で知り合いだったエンダーマンがいまのわたしをみたら、攻撃《こうげき》してくるよ。確実《かくじつ》にね〉

モーの緑の目に涙《なみだ》がこみ上げてきた。ロップの顔を思い出す。怒《いか》りにゆがんだ凶暴《きょうぼう》な顔。一度はモーに、ハブユニットになってあげようかといってくれたのに。モーは、ほかのだれからも、あんなふうに、にらまれたくはなかった。ぜったいいやだった。モーは、いまこそハブユニットを必要としていたが、決してそれはいわなかった。

カンは、友だちに腕《うで》を回した。心臓《しんぞう》があるべきところにあるパールが、脈打《みゃくう》つ。人間の男の子の心臓《しんぞう》がどきどきするのと同じように。

〈ぼくに考えがある〉カンは思った。

〈あきらめて、わたしとロウズサムといっしょにずっと隠《かく》れて暮《く》らす、とか？〉

〈そうじゃないよ。モー、どこかのだれかが、ぼくたちの真実を知っていると思うんだ。きみとフィンになにが起こったのか。なぜぼくが……こうなのか。この宇宙《うちゅう》には、だれも知らないことなんかないんだ。さあ、すべてリストアップしてみよう。まず、ぼくたちが知っていることは？　それほどないとは思うけれど〉

〈わたしとフィンは人間〉

〈ということは、きみたちはオーバーワールドからきた〉

〈たしかに、ちゃんと筋《すじ》が通ってるね。エンダーマンはジ・エンドからくるし、雨は空から降《ふ》ってくるし、人間はオーバーワールドからくる。あ！　ってことは、わたしたちは、ジ・エンドにどこかの時点できたはず。カボチャをかぶって。ポータルを通り抜《ぬ》けて。ジャックスがいうには、それしかオーバーワールドからジ・エンドにくる方法はないの〉

〈そうか。それはずいぶん前のはずだよね。だって、きみとフィンとぼくは、いっしょに経験《けいけん》した思い出がたくさんあるから。それに、きみのカボチャは、新鮮《しんせん》とはいいがたかったしね〉

モーは爪《つめ》をいじった。そもそも爪《つめ》があるというのは、とても奇妙《きみょう》な感じだ。〈それから、あなたがほかのエンダーマンとはちがうこともわかってる〉モーは思った。〈目が緑だし、音ブロックを演奏《えんそう》できる。それから、ひとりでいても、間抜《まぬ》けで凶暴《きょうぼう》で、腹《はら》を立ててばかりいる

〝ばこりんぼ〟にはならない。でも、あなたはカボチャをかぶってないし、人間でもない〉
カンはため息をついた。〈きみのなぞのほうが、解《と》きやすそうだね。ぼくのなぞも、すぐに解《と》けるといいんだけど。まったく。ぼくは、いつか自分がカボチャを頭にかぶった人間だったらいいのにと願うようになるなんて、これっぽっちも思っていなかったよ。だけど、こうなっちゃった。少なくとも、ぼくたちには、きみのなぞを解《と》く手がかりがある。ぼくはただの……不気味なグリーンボーイだ〉
〈カン、そんなこといわないで〉
〈本当にそうなんだからしかたない〉
モーはカンの頰《ほお》に触《ふ》れた。カンの肌《はだ》はぬれていないのに、乾《かわ》ききっていないインクのようにしっとりしている。〈あなたがグリーンボーイなら、わたしはグリーンガールだよ〉モーは思った。〈わたしたちの目は、まったく同じ。あなたが不気味なら、わたしも不気味。不気味クラブね。会員数、二名〉
ふたりは、キスしそうなほど近づいていた。
〈三人だよ〉カンは、はずかしそうにいった。〈フィンもいる〉

た。〈うん〉モーは、少しきまり悪くなった。初めて、テレパシーが使えないほうが便利だと思った。〈三人、そうだね。フィンも〉

カンのパールが胸《むね》の中でばくばくしている。なぜ、フィンの名前なんか出してしまったのだろう？　ばかなことをしてしまった。きらきらした瞬間《しゅんかん》は消えてしまった。テレパシーの問題は、だれにも感情《かんじょう》を隠《かく》せないことだ。とりわけ、幼《おさな》い頃《ころ》からずっと知っている女の子には。カンは、モーの言葉がどれほどうれしかったか悟《さと》られないようにした。だが、そんなことをしても、モーにはわかってしまう。テレパシーでやりとりをしていると、みえをはることができない。話題を変えるしかないのだ。だから、カンはそうした。

〈それで、きみたちが、いつかの時点でジ・エンドにやってきたなら、だれかがみていたはずだ。みんな、ジャックスのポータルが開きそうになったときはすぐに気づいたよね。だから、きみたちがポータルを通り抜《ぬ》けてきたなら、そのときもだれかが気づいたはずだよ〉

モーは、カンがいわんとすることを察した。〈じゃあ、何年も前に、ふたりの人間がポータルを通り抜《ぬ》けてきたことを覚えてるほどの歳《とし》のエンダーマンはだれ？　もちろん、クライはそうだね〉

〈今度ばかりは、クライが昔話をしてぼくらを楽しませてくれるとは思えないね。いままでは、あれはクライでさえなくなってしまった。クライ司令官だよ。〝司令官〟がつくと、がらりと変わってしまうらしい。クライは、きみをひと目みたとたんに、消せと命令するよ。そして、ぼくはきみを助けたという理由で消されるだろうな〉

耳をつんざくような金切り声が、はるか上空でとどろいた。

モーの思考に火がついた。〈エンドラは？　エンダードラゴンは？〉

〈ジ・エンドには、エンダードラゴンよりも古くからいる者はいないね〉

〈ジ・エンドには、エンドラより意地悪な者もいないけどね。エンドラは、たとえ「わたしの靴《くつ》は何色？」ってたずねたって、まともに答えてくれないって。そっか。わたしの靴《くつ》か。わたし、靴《くつ》をはいてるんだね。わたしの靴《くつ》、みた？〉

〈みたよ〉カンは思った。〈靴《くつ》っていやな感じだ。エンドラは、ロウズサムの卵《たまご》がどこにあるか、モーに教えてくれたんじゃなかったの？〉

〈うん、ものすごく意地悪なやつに限《かぎ》って、ときどきやさしくするものなの。百万年も前に一度、ものすごくやさしくしてくれたから、心から憎《にく》めない。だからむこうは、こっちをくり返し傷《きず》つけて、こっちはそのうれしい一日がまためぐってくるのを、ずっと待ち続ける。それと、エンドラはたぶん、この子がわたしを食べちゃえばいいと思ったんじゃないかな〉

〈脳《のう》みそ〉ロウズサムが賛成《さんせい》した。カンは顔をしかめた。

〈エンドラと話しにいこう。もしかしたら、今日がそのうれしい一日かもしれないよ〉

カンは立ち上がって岩壁《いわかべ》を登《のぼ》りはじめ、島の縁《ふち》を越《こ》えて、エンダードラゴンの島の広大な平地にはい上がった。

〈待って、カン！〉モーがカンを呼び止めた。〈わたしには無理、わかるでしょ〉エンダーマンは、ぴょんと飛《と》び降《お》りてもどってくる。

〈なぜ？〉

モーは笑って、自分の顔を指さした。カンはまだ、わかっていない。〈わたし、カボチャをかぶってないじゃない。みるからに人間でしょ。この島には、いつもエンダーマンが大勢《おおぜい》いる。みつかったとたんに殺《ころ》されちゃうよ。殺《ころ》したのが、親のないあわれなモーだってことにさえ、気づかれないと思う〉

〈わかった、それなら柱のどれかのてっぺんにテレポートしたらいい。簡単《かんたん》さ。柱の上なら、

だれにもみられない〉
モーは青ざめた。〈なんていうか……それもできない〉
〈え？　できるとも。きみがテレポートするのは数えきれないほどみてきた〉
モーは、みじめにうなだれた。カンの目をみられない。しかし、そんなことをしなくても、モーがそのことを考えたとたんに、カンに伝わっていた。
〈ああ〉カンは考えた。〈ああ、うん。そうか〉カンは目をそらした。そうやって目をそらされるのは、モーにとっていままでで最悪のことだった。そしてモーの人生で最悪の一日はまだ終わっていない。〈ばかなこといって、ごめん。考えてみるべきだったね。ただ……いろいろありすぎて。なにもかもが〉
しかし、モーにはわかっていた。カンは、あれこれいいながら、モーはだれの心臓《しんぞう》と脳《のう》と魂《たましい》をバス代《が》わりに使っていたのだろうと考えている。モーは自分がいやになった。だが、自分を責《せ》めるべきだろうか？　わたしは、エンダーパールを取ったことどころか、エンダーマンを倒《たお》したことさえ覚えてない。つまり、それをしたのは、いまここにいるわたしとは別のモーだ。別の女の子。わたしが会ったこともない女の子だ。

〈その通りだと思う〉カンは、モーの思考にすぐに答えた。〈ここにいるモーは、ぼくの友だちだ。ここにいるモーは、ぼくの音ブロックがハブユニットに壊《こわ》されたとき、ぼくに新しい音ブロックをくれた。ぼくが家出するたびに家に入れ、いっしょに食事をさせてくれた。死んでいるウマを自分の赤ちゃんみたいにかわいがる。モーは人を傷《きず》つけるようなことはしない。もうひとりのモーがなにをしようと、ぼくはその子を知らない。偉大《いだい》なる混沌《こんとん》、万歳《ばんざい》、だよね？いまのめちゃくちゃなすべてが、まさに偉大《いだい》なる混沌《こんとん》のなせる業《わざ》だよ。ぼくは、これまでずっと、偉大《いだい》なる混沌《こんとん》に仕《つか》えてきた。いまさらやめることないよね？〉カンはエンダードラゴンのすみかのほうを見上げた。〈もしかしたら、偉大《いだい》なる混沌《こんとん》って、こういうことなのかな。運命は好き勝手なことをするんだから、ぼくたちも好き勝手にすればいい、って〉

カンはロウズサムの心の中をのぞいてみた。果てしなく墓地《ぼち》が広がり、針金《はりがね》のような木々《きぎ》があり、うっすら月がみえている。ロウズサムが生まれたばかりの頃《ころ》の思い出が墓石《はかいし》に刻《きざ》まれていて、いまでは新しいものもある。ある墓石《はかいし》には「**おいしい目玉《めだま》**」、別の墓石《はかいし》には「**大間抜け**《おおまぬ》」、別の墓石《はかいし》には「**ママの友だち**」と刻《きざ》まれていた。

〈ここにいてね、きみを連れにもどってくるから〉カンは墓地《ぼち》に向けて思った。〈ぼくたちが

もどってくるまで、どこにもいかないで。動いちゃだめだよ〉

〈ここーーにいる〉ロウズサムは、うめいた。

〈そうだ〉カンは思った。〈さあ、モー、ぼくにつかまってくれる？　ぼくがきみを運ぶから〉

モーは、一瞬《いっしゅん》ためらった。人間のジャックスは、ただモーをつかんだ。ジャックスは、モーがどう思うかとか、どうしたいかとかを気にすることはなかった。エンダーマンのカンは、気にしてくれている。カンの心の中には、いま、モーに対するわだかまりもあるはずなのに。これはなにを意味するのだろう？　いや、なにを意味していようが、かまわない。モーは、深く息を吸《す》って進み出て、エンダーマンの腕《うで》に包まれた。

息を吐《は》く間もなく、ふたりは高々とそびえる黒曜石《こくようせき》の柱の上に立っていた。クリスタルの火がふたりの後ろにある銀のケージの中ではぜて音を立てている。そして、島の向こう端《はし》では、エンダードラゴンが巨大《きょだい》な黒と紫《むらさき》の翼《つばさ》を闇《やみ》に羽ばたかせ、舞《ま》い上がってふたりのほうにやってきた。

ドラゴンは、立ち並《なら》ぶ柱の東側に向かい、そのまま通過《つうか》するつもりだった。終わりのない旋《せん》回《かい》を、ふたりの子どもに邪魔《じゃま》させるつもりはなかったのだ。モーとカンは息を止めた。エンダードラゴンは、ふたりの左側を風に乗って通過《つうか》し――首を傾《かし》げた。ドラゴンはモーをみた。まっすぐ。緑の目を。黒い髪《かみ》を。人間の顔を。

そして、エンダードラゴンは笑った。

その笑い声は、岩が山腹《さんぷく》にぶつかりながら転がって、火の湖に落ちたような音だった。百人がいっぺんに悲鳴を上げたような音だった。死んでいく星たちが立てる音のようだった。エンダードラゴンの思考が、ふたりの頭の中で荒々《あらあら》しく爆発《ばくはつ》した。

〈再《ふた》び、そのときがきたのか？　早かったな〉

〈なに？〉モーは、その偉大《いだい》な爬虫類《はちゅうるい》の思考の力に、たじろいだ。

〈あばかれた霊長類《れいちょうるい》の素顔《すがお》をみるのは愉快《ゆかい》だ。お前の顔をこんなに早くみられるとは思わなかった〉ドラゴンの太古の昔を思わせる笑いが、ふたりの頭にがんがん響《ひび》いた。〈よくやった、太陽の子。迅速《じんそく》だ。もうひとりは？　彼《かれ》もまた……あらわになったか〉

〈フィン？　フィンなら、船に残っています。大丈夫《だいじょうぶ》。無事です〉

〈じゃあ、あなたは知っていたのですね？〉カンは、しどろもどろになった。〈ふたりが人間だと、ずっと知っていたのですね？〉

エンダードラゴンは、愉快《ゆかい》そうに高笑いした。その笑い声は、雷《かみなり》がなんの前触《まえぶ》れもなく、世界のつなぎ目でとどろいたかのようだった。ドラゴンの巨大《きょだい》な目《め》がすっと閉《と》じた。〈宇宙《うちゅう》の果てに住まう、無限《むげん》なる稲妻《いなずま》のごとき夜竜《やりゅう》は、時と死を司《つかさど》る。創造《そうぞう》の火は、末の弟。わが腹《はら》の中では、いくつもの銀河《ぎんが》が宇宙《うちゅう》の酸《さん》に洗《あら》われ、消化され、無価値《むかち》になる〉ドラゴンは巨大《きょだい》な紫《むらさき》の目をひとつ開いた。〈カボチャごときで騙《だま》されぬ。愚か者《おろもの》〉

〈それなら覚えているでしょう！　ふたりがやってきたときのことを覚えているはずです〉

エンダードラゴンは悠然《ゆうぜん》と、ふたりのいる柱のまわりを飛ぶ。〈いかにも〉

カンの気持ちが高ぶり、体のまわりを漂《ただよ》っている紫《むらさき》のパーティクルが、蛍《ほたる》のように輝《かがや》きを増《ま》した。〈あなたは、ふたりになにが起こったのか知っているはずだ。ふたりがなぜ、なにも覚えていないのか、知っているのでしょう〉

ドラゴンは、空中で仰向《あおむ》けになり、太く長い尾《お》を鞭打《むちう》つように振《ふ》った。〈いかにも〉

〈教えてください！　モーに話してあげて！〉カンは、ドラゴンと自分の思考を隔《へだ》てる空間に向けて叫《さけ》んだ。

エンダードラゴンは指を曲げ、〈断《ことわ》る〉と伝えてきた。

〈どうして？〉モーは、すがるような思いだった。〈知らなければいけないんです。わたしはだれ？　フィンは何者？　わたしたちは、どうすればいいんです？　ただ、ジ・エンドを去って、二度ともどらなければいいんですか？〉

〈自分がお前の立場ならば、真剣《しんけん》にそれを考えるだろう〉ドラゴンは、じっくり考えた。

〈でも、ここがわたしたちの家です。上の世界は……ジャックスの話しぶりだと……厳《きび》しくて、孤独《こどく》で、みんなが人を殺《ころ》そうとしてる。ものすごくいろんなことを知っていなきゃいけない。だれも助けてくれないし、なにが正しいのか教えてくれない。あらゆるものに秩序《ちつじょ》があるけど、それがなんなのか、答えをみつけなければならない。その間にも、生きたまま何者かに食べられるかもしれない。人は、なんていうか……ひとりぼっちで、自力でなんとかしなきゃならないんです。家族《エンド》なしで〉モーの頰《ほお》が熱《あつ》くなった。思考がすとんと落ち着いた。〈新しいカボチャをふたつ、みつけられさえしたら、すべてを元通りにできるのかな〉

〈無限《むげん》なる稲妻《いなずま》のごとき夜竜《やりゅう》に助言を求めにきたのだろう〉エンダードラゴンは下降《かこう》したかと思うと、美しく宙返《ちゅうがえ》りをしながら舞《ま》い上がってきた。

〈そうです！〉

〈助言を求められたことは一度もない。これは……なんとも、うっとうしい。助言をきいたら去るのか？〉

〈はい〉カンは思った。〈約束します〉

〈よし。心してきけ、死をまぬがれぬ者どもよ！　上であろうと下であろうと、生きることは非常《ひじょう》に厳《きび》しく、難《むずか》しい。終《ジ・エンド》わりの世界だろうと、はじまりの世界だろうと、みな自《みずか》ら決断《けつだん》しなければならない。だれかがどうするべきか指示《しじ》してくれるのを待ち、みずから考えるのを怠《おこた》ってはならない。とはいえ、道はあり、お前たちは常《つね》にその道を歩む。お前たちの選択《せんたく》が、その道を作ったのだ。お前たちの行動が、足元の道を動かす。その道は鉄の剣《けん》と同じくらいたしかに、自らが作った道だ。ある時点まで未来は不確《ふたし》かだが──そこを越《こ》えれば、未来は確実《かくじつ》で、避《さ》けられないものとなる。お前たちはいま、そのときに近づきつつある。そして最終的に、最も簡単《かんたん》で、最も正しく、最も賢《かしこ》い選択肢《せんたくし》は、ドラゴンに食われることなのだ〉

モーは両手を上げた。〈あなたの助けがその程度《ていど》なら、もういいです〉

エンダードラゴンは、うろこにおおわれた肩《かた》をすくめた。〈お前は、助言を求めた。ドラゴンは身勝手《みがって》なもの。宇宙《うちゅう》と同じく。そして腹《はら》を空かせている〉エンダードラゴンは、向きを変えて、ふたりのほうにまっすぐ飛んできた。そして止まり——その場に浮《う》かんだ。飛んでいるのではない。重力の影響《えいきょう》を受けず、ただそこにいるのだった。〈お前のことは、はるか昔から知っている、アルティモよ。本当にお前は、ドラゴンに食われるのがいちばんなのだ〉ドラゴンは不機嫌《ふきげん》になった。〈だがお前は決して、ドラゴンに食われようとしない。まったく興《きょう》ざめだ〉

カンのなめらかな黒い顔に、ぽっかり口が開いた。〈アルティモ？　アルティモってだれ？〉

しかし、ドラゴンはカンを無視《むし》し、〈わかるか？〉と、モーにたずねた。

〈わかるって、なにが？〉

ドラゴンはため息をついた。〈なんと、あわれな〉

〈なんのことか、まったく理解《りかい》できません！〉カンの緑の目は、不満にくすぶっている。

〈宇宙《うちゅう》は永遠《えいえん》に理解《りかい》できないものだ、フラグメント。だから、ドラゴンにぴったりなのだ。さあ、去れ。お前たちは約束した。邪魔《じゃま》をするな。これからせねばならんことが山ほどある〉

〈待って〉モーは少し震《ふる》えていた。エンダードラゴンはとてつもなく大きく、あり得《え》ないほど大きい。モーなど、気づく間もなく、ひと飲みにするだろう。〈ほかにもききたいことがあるんです。最後の質問《しつもん》です〉モーは、眉《まゆ》をひそめて、手をポケットにつっこみ、探《さが》した。ジャックスが前にやっていたが、自分で中を探《さぐ》る気にはなれなかった。時空という空《から》っぽのブロックが、どんな感じか見当がつかなかったからだ。気味が悪く、不快《ふかい》なのだろうと思っていたが、その通りだった。冷たく、乾《かわ》ききって、広大だ。モーは〈灰色《はいいろ》〉を感じた。もしも灰色《はいいろ》を感じることができるならだが。好きになれなかった。モーの手にさまざまなものが触れたが、手ざわりだけではなにかわからないものや、理解《りかい》できそうにないものばかりだ――と、そのとき、手が、探《さが》していたものをつかんだ。

モーは、ドラゴンの卵《たまご》をポケットから取り出し、エンダードラゴンにみせた。

〈わたし、これを持ってるんです〉モーは不安だった。〈これを持ってて、人間の男の子がいうには……その子によると……〉

惑星《わくせい》の核《かく》よりも熱いものが、エンダードラゴンの目の奥《おく》で燃《も》え上がった。白に近い紫外線《しがいせん》を発する炎《ほのお》が、ドラゴンの瞳《ひとみ》にあらわれた。ドラゴンの息づかいが荒《あら》くなった。大《おお》きく、艶《つや》のある、黒と紫《むらさき》の卵《たまご》が、ドラゴンの目に映《うつ》っている。

〈エンドラ〉モーは思考を伝える。モーは、なぜこんなことになったのか、わからなかった。

だが、きかなければならない。〈わたし……あなたを殺《ころ》したの?〉

これ以上はないほどの怒《いか》りの叫《さけ》びを上《あ》げ、エンダードラゴンは襲《おそ》いかかるかのように体を起こし、煮《に》え立った白紫《しろむらさき》の溶岩《ようがん》の火を、ふたりのいる痛《いた》ましいちっぽけな柱に向けて吐《は》いた。

炎《ほのお》が届《とど》く寸前《すんぜん》に、カンとモーは跡形《あとかた》もなく消えた。

柱は、紫《むらさき》の火の竜巻《たつまき》にのまれて爆発《ばくはつ》し、ふたりが消えたあと、いつまでも燃《も》えていた。

第18章　テロス

　シティは静かだった。

　フィンは、また自分にもどれた気分だ。背《せ》が高く、黒く、たくましい。目は赤紫《あかむらさき》で、顎《あご》は角《かく》ばっている。エンダーマンになったジェスターも堂々《どうどう》としていた。ただ、エンダーマンはだれでも、堂々《どうどう》としているものだ。フィンは常々《つねづね》、客観的《きゃっかんてき》にみれば、エンダーマンは最も美しい種だと思っていた。

「ふつうに歩いてればいいよ」フィンは小声でいった。「しゃべらないで。きみはテレパシーを使ってるはずなんだから」

　ふたりは、シティの中心から少しはずれたところに立っていた。黒いエンダーマンが、静かに道を行き来している。その向こう、島の沿岸《えんがん》にフィンの船の形がぼんやり浮《う》かんでいるのがみえる。フィンは、計画を心の中でくり返した。〈少し入って、出てくるだけだ。砥石《といし》を持ってコールとローリーが待ってる船にもどる。大丈夫《だいじょうぶ》だ〉

ジェスターは首を傾《かし》げた。「だけど、あたしはテレパシーなんか使えないんですけど」

「ああ、わかってる」フィンは落ち着かなかった。

「すごく変だと思わない？」

「いや。きみは人間だから当たり前だよ」

「きみも人間だよ、フィン。だけど、きみはテレパシーで伝え合うことができるんだよね。モーともカンとも、たぶんここにいるほかのどのエンダーマンとも。だけど、いまのあたしは、あたしたちが初めて会ったときのきみと、なにも変わらないんですけど。カボチャをかぶったただの人間で、エンダーマンっぽいけど、エンダーマンじゃない。カボチャをかぶったからって、心を読む力は生まれないよ。だけど、きみにはあるよね。なんで？　なにがちがうの？」

フィンはいら立って、目をこすった。「ぼくにわかるわけないだろ、ジェスター。昨日、ぼくは人間を全員殺《ころ》したいと思ってたんだ。それが今日は、ぼくが人間だよ。わけがわからない。とにかく、すべきことをすませよう」

「フィンは、あたしの心は読めるの？　逆《ぎゃく》はできないけど、役に立つかもよ」

フィンはやってみた。わからない。フィンは、集中してジェスターの頭の中をのぞいてみた。新しく知り合っただれかの心を読もうとするとき、必ず最初に迎《むか》えてくれるあのイメージをみつけようとした。モーは船、フィンは開かれた本、カンは音楽、コネカは家族《エンド》といったイメージが見えたが、ジェスターの頭の中には、完璧《かんぺき》に仕上げられた大聖堂《だいせいどう》がみえた。美しく、高々とそびえ、複雑《ふくざつ》で、石のひとつひとつがあるべき場所にある、正確《せいかく》で完璧《かんぺき》な建築物《けんちくぶつ》だ。そして、ドアは閉《し》まっていた。ジェスターは人間だ。だから、どうやって自分の思考を外に伝え、だれかを招《まね》き入れてみせればいいのか、わからないのだ。それでは中をのぞけない。

「だめだ」フィンはいった。

「それは残念」と、ジェスター。

「ああ」

「武器庫《ぶきこ》はどこ？」

フィンは、最も大きく、背の高い塔《とう》をひとつ指さした。紫《むらさき》の屋根の端《はし》は上に向かって分岐《ぶんき》していて、コーラスツリーの枝《えだ》のようだ。ジ・エンドにある建物はどれも同じようにみえるが、完全に同じではない。だれが作ったのかわからないが、建設者《けんせつしゃ》はそういう趣味《しゅみ》だったのだろう。建物は、林とも土地とも釣《つ》り合っている。すべてが調和《ちょうわ》している。建築《けんちく》好きのジェスターにはかなり魅力的に映るだろうと、フィンは想像《そうぞう》した。

「武器庫《ぶきこ》があるのは三階だ。大きなマッシュルームみたいなコートヤードがあるところ。あそこには、ドアがあって、シュルカーが二、三匹《びき》いる」

「きみのシュルカーみたいな?」

「いや」フィンは笑った。「グランポは、しょっちゅう、ぼくにかみつくぞというけど、口だけだ。でもあそこにいるシュルカーは、実際《じっさい》に攻撃《こうげき》してくる」

ジェスターは腰《こし》を軽くたたいた。その腰《こし》には、火属性《ひぞくせい》のエンチャントが施《ほどこ》された長いダイヤモンドの剣《けん》をさげている。フィンがこれまでにみた武器《ぶき》のなかでも、とびぬけてすばらしいものだ。その剣《けん》が、グランポの殻《から》の上にかかっていたら、さぞかっこよかっただろう。部屋全体が、じつにまとまってみえるはずだ。まあ、それはいい。フィンは、コールのクロスボウを握《にぎ》りしめた。クライは、身を守るための武器《ぶき》を、ほとんど残していかなかったから、コールから貸《か》りたのだった。

「ぼくにつかまって、いっしょにテレポートして、さっさと中に入ろう」フィンは、手を差し出した。フィンの無限《むげん》のポケットに入っているエンダーパールは、まだ効力《こうりょく》を失っていないが、フィンはそのことを知らない。というのも、自分はただの人間の男の子なのになぜテレポートできるのか考えてみる暇《ひま》がなかったからだ。だが、エンダーパールはまだフィンのポケットの中にあり、最後の力をふりしぼって、フィンをテレポートさせようとしていた。

ジェスターがフィンの手を取ると、次の瞬間《しゅんかん》、ふたりはテロスの武器庫《ぶきこ》の中に立っていた。

フィンとモーが集めたものが、庫内のあちこちにあり、それをみてフィンはぼうぜんとした。フィンとモーは、宝《たから》をあまり整理してはいなかったが、少なくともひとつひとつのアイテムを丁寧《ていねい》に扱《あつか》った。分類《ぶんるい》してきれいにしまってあったわけではないが、どれも、ふたりにはかけがえのないものだった。だがここでは、だれも、ふたりのものを気にかけていないらしい。武器《ぶき》庫《こ》は巨大《きょだい》で、フィンとモーの持ち物すべてが、そこここに乱雑《らんざつ》に積まれている。だれもが好きなものをあさって、後片《あとかた》づけもしていないようだ。武器《ぶき》、防具《ぼうぐ》、食《た》べ物《もの》、鉱石《こうせき》、ポーション。すべてがいっしょに投げこまれ、いまにも崩《くず》れそうな、不安定ながらくたの山《やま》になっている。それが、松明《たいまつ》の明かりを受けて輝《かがや》いていた。

フィンは、モーとふたりでどれほどものを集めていたのか、じつはわかっていなかった。エンダーマンの兵士《へいし》たちは実際《じっさい》に戦うことがなかったので、全部ここに放りこんでいったにちがいない。こうしておいて、また、いつでも取りにくるつもりなのだろう。

クライがふたりのコレクションを根こそぎ奪《うば》い取ったのも合点《がてん》がいった。このエンダーマンの武器庫《ぶきこ》には、ふたりの持ち物でなかったものはほとんどないのだ。モーとフィンのコレクションがなかったら、ジ・エンドの防衛軍《ぼうえいぐん》の武器《ぶき》は、頼《たよ》りない棒《ぼう》とエンダーマンの怖《こわ》い顔だけだっただろう。

ジェスターが、なにかいおうと口を開いた。とっさにフィンは唇《くちびる》に指を当てたが、そんな仕《し》草《ぐさ》が迷《まよ》わずできるのは、奇妙《きみょう》なことだった。エンダーマンは決してそんな仕草《しぐさ》をしないからだ。ジ・エンドほど静かなところはほかにない。エンダーマンは、口で考えを伝えないから、「しーっ」と、口に指を当てることはないのだ。フィンは、だれかがそうするのをみたことがなかった。それなのに、フィンの指は何度もやったことがあるかのように、さっと口元に飛んでいった。本能的《ほんのうてき》にそうしていた。反射的《はんしゃてき》な動作だった。

ジェスターは、声を出さずに指さした。くすんだ灰色《はいいろ》のものが、ブーツの小さな山の間から突《つ》き出ている。砥石《といし》だ。

フィンは、空中を滑《すべ》るように部屋を横切った。ジェスターが感心し、フィンは胸《むね》を張《は》った。そうさ、ぼくはエンダーマンのように動ける。簡単《かんたん》だ。きみにはできないの？　フィンは、本当に宙《ちゅう》に浮《う》いているわけではなかった。足を素早《すばや》く、あるやり方で動かすと、宙《ちゅう》に浮《う》いているようにみえるのだ。本能的《ほんのうてき》にそうしていた。反射的《はんしゃてき》な動作だった。フィンは、ブーツの小山の上に降《お》りた。そして、下に手をのばし、砥石《といし》を少しずつ動かしながら、がらくたの山からできるだけ音を立てないように引っぱり出そうとした。

〈偉大《いだい》なる混沌《こんとん》、万歳《ばんざい》、クライ司令官〉

〈おぬしの任務《にんむ》と行いに、偉大《いだい》なる混沌《こんとん》の祝福《しゅくふく》を、マラム伍長《ごちょう》〉

フィンは、弾《はじ》かれたようにドアのほうを向いた。さっとジェスターに目を向ける。ジェスターは武器庫《ぶきこ》のまん中のなにもないところに、まったく無防備《むぼうび》につっ立っている。

〈隠《かく》れて！〉フィンは思考を飛ばした。〈やつらがくる！　クライとマラムが、ドアのすぐ外にいる！〉

ジェスターは、瞬《まばた》きをした。そして〈なに？〉と両手を広げた。

もちろん、ジェスターにフィンの思考が届《とど》くわけがない。ああ！　人間って！　テレパシーじゃなくて、話すのはなんて面倒《めんどう》なんだ。

フィンは、目で伝えようとした。ジェスターをにらみ、ドアをにらんだ。フィンは、ジェスターを押《お》しもどすように手を振《ふ》った。それで、伝わった。ジェスターは、バケツとシャベルがまとめてある後ろにしゃがんだ。同時に、背筋《せすじ》をぴんと伸《の》ばした気味の悪い兵士《へいし》がふたり、武《ぶ》器庫《きこ》に入ってきた。フィンは激しく驚《おどろ》いた。兵士《へいし》のひとりは、エンダードームにいた子どものエンダーマン、コネカだったのだ。コネカは、……恐《おそ》ろしいほど無表情《むひょうじょう》だ。ふたりの後ろから、さらに何人ものエンダーマンが入ってくる。クライ専用《せんよう》の頭脳部隊《ずのうぶたい》は、たった十五人から五十九人にふくれあがっていた。クライはマラムだけに話しかけていた。ほかの者たちは、ただ司令官に知力を貸《か》すためにだけいる、生きて呼吸《こきゅう》する、強化アイテムだ。

〈報告せよ、マラム伍長《ごちょう》〉クライは、背中《せなか》に回した手を組んだ。クライがこれほど若《わか》くみえたことはない。権力《けんりょく》を手にしたので張《は》り合いがあるのだろうと、フィンは思った。

〈ポータルが消えました。閣下《かっか》〉

クライは情《なさ》けをかけるように、赤紫《あかむらさき》の目のすみで伍長《ごちょう》をちらりとみた。しかしフィンは、その情《なさ》けの下で、老いたエンダーマンの怒《いか》りがくすぶっているのを感じた。

〈陛下《へいか》と呼《よ》べ、マラム。閣下《かっか》ではない。わしは王になったのじゃ〉

〈ごもっともです、陛下《へいか》。いかにも〉

〈偉大《いだい》なる混沌《こんとん》の代弁者《だいべんしゃ》は、わしに王の称号《しょうごう》をお与《あた》えになった〉

マラム伍長《ごちょう》は顔をしかめ、居《い》心地《ごこち》悪そうに身をよじった。〈イレーシャを崖《がけ》から投げ落としておいて、ご自分でそう名乗ることにしたのではありませんか。イレーシャが、人間の侵略《しんりゃく》などありはしないからみんなに軍隊を解散《かいさん》して家に帰るように命令したから〉

クライ司令官の目が、マラムをにらみつけた。〈そのような、でたらめの中傷《ちゅうしょう》をどこできいたのじゃ?〉クライの思考は、雷《かみなり》のようにマラムの頭を直撃《ちょくげき》した。

〈そ……その……、数人の兵士《へいし》たちが、勤務時間後に話しておりまして、ただそれだけであります。陛下《へいか》〉

エンダーマンの王は、あわれな兵士《へいし》の頭上にそびえるように立っている。〈おぬしは**間違《まちが》っておる**。イレーシャはまったく元気で、自宅《じたく》でくつろぎ休んでおられる。わしに称号《しょうごう》を与《あた》えることにしたのは、イレーシャだ。わしは、エンダーマンのなかでも、最も謙虚《けんきょ》な者じゃ。わか

っておろう、マラム〉

〈深くお詫《わ》び申し上げます、陛下《へいか》〉伍長《ごちょう》は、気まずそうにもぞもぞしている。〈その、いずれにしましても、ポータルは消えてしまいました。陛下《へいか》〉

〈閉じたのか?〉

〈いいえ、陛下《へいか》。消えたのです。お感じになりませんか?〉

〈もちろん、感じておる! わしを感覚の鈍《にぶ》った、弱く老いたエンダーマンだと思っておるのか?〉クライの怒《いか》りが爆発《ばくはつ》した。

〈めっそうもございません、陛下《へいか》!〉マラム伍長《ごちょう》がすくみあがった。

フィンのひざは、ブーツの山にしゃがんでいるせいで痛《いた》くなってきていた。足元がとても滑《すべ》りやすく、フィンは足の指に力をこめてなんとか踏《ふ》んばろうとした。少しでも動けば、クライと部下たちにきこえてしまう。

司令官は落ち着きを取りもどした。〈人間はずる賢《がしこ》く、卑劣《ひれつ》じゃ。人間はあざむく技《わざ》にたけておる。クモがクモの巣を張《は》るようなものじゃ〉

〈ごもっともでございます、陛下《へいか》〉マラムは、みじめな思いをしつつ答えた。〈それでは、こ

こにあるものはすべて、あの家族のない《エンドレス》フラグメントたちに、返しましょうか？　ポータルが消えてしまえば戦争は起こりません〉

　クライは、信じられないというふうに部下をみた。〈返すだと？　いったいなんのために？　わしには必要じゃ。ここにあるものすべてがな。これが必要なくなるときがくるとは考えられん。人間の軍隊がやすやすと野望を捨《す》てるわけがない！　だめだ！　答えは簡単だ。やつらはすでに、ここにきておる。何千人とな。わしらのまわりにうじゃうじゃと、いつでも。そうとも、やつらはすでに、テロスにおるかもしれん。まさにこの塔《とう》に。それどころかこの武器庫《ぶきこ》にも。わしらがポータルの振動《しんどう》を感じなくなったのは、やつらが通り抜《ぬ》けてきたあとでポータルを閉《と》じてしまったからじゃ。やつらはオーバーワールドに帰るつもりはない。情《なさ》け容赦《ようしゃ》なく、どこまでも食いついてきおる。残忍《ざんにん》で冷酷《れいこく》な人間の、なんと残忍《ざんにん》で冷酷《れいこく》な戦略《せんりゃく》じゃろう〉

　無慈悲《むじひ》で、計算高い人間を恐《おそ》れる気持ちが、マラム伍長《ごちょう》の肩《かた》にのしかかった。〈なぜおわかりになるのですか、陛下《へいか》？　偉大《いだい》なる混沌《こんとん》の声をおききになったのですか？〉

〈なぜわかるか？　いうまでもなくこのことを昔から真剣《しんけん》に考えてきたからじゃ。わしのすばらしく、十分すぎるほどスタックの力を借りた頭脳《ずのう》で想像《そうぞう》してきた。そして、論理《ろんり》的《てき》な結論《けつろん》に達した。そういうことが起こったのは、わしにははっきりわかる。なんといっても、わしはエンダーマンの歴史上《れきしじょう》、いちばんの賢者《けんじゃ》なのだからな。わしのエンドがある限《かぎ》り――〉クライは、背後《はいご》にいる小隊を指さした。〈だれもわしの知力を上回ることはできぬ。いや、マラム伍長《ごちょう》、人間どもは巨大《きょだい》な軍隊を、わしらの中に隠《かく》しておる。これは否定《ひてい》できぬ〉

〈どうなさるのですか、陛下《へいか》?〉

フィンの足が悲鳴を上げていた。砥石《といし》を持ったままじっとして、ブーツの山をまっさかさまに滑《すべ》り落ちないように頑張《がんば》っているのだから。

〈もちろん、わが民を守る。恐《おそ》れることはない。カボチャはカボチャだ。たたけば……傷《きず》がつく〉クライは邪悪《じゃあく》な笑みを浮《う》かべながら、思考を伝えた。〈全員を尋問《じんもん》する。ひとりずつ。わしが、このいやな仕事を引き受けよう。そのような犠牲《ぎせい》なら、喜《よろこ》んで払《はら》おう。そして人間のスパイをあばくのじゃ。そして罰《ばつ》する。だが、ふつうに倒《たお》しては、苦痛《くつう》は一瞬《いっしゅん》ですんでしまう。それは手ぬるい。やつらを見せしめにするのじゃ。そうすれば、クライの王国では侵略者《しんりゃくしゃ》や略奪者《りゃくだつしゃ》がどうなるか、オーバーワールドの人間ども全員の耳に届《とど》く。そして、ついに、ジ・エンドにすばらしき平穏《へいおん》がまた訪《おとず》れるのじゃ〉

それが起こったのは、ちょうどそのときだった。フィンは、これ以上じっとしていられなくなった。右足を二、三センチ動かせば、平らなところに足を置ける。そうすれば、いままでほどがんばって足を踏《ふ》んばらなくてよくなる。きっと大丈夫《だいじょうぶ》だ。音を立てずにできるだろう。たった二、三センチ、あちらに足を動かせば、ほっと息をつける。フィンは、じりじり足を動かした。

そのとき、フィンのかかとのあたりにあった一足《いっそく》のブーツが動き出して、ブーツの山を滑《すべ》り落ちていった。そのブーツの靴底《くつぞこ》は硬《かた》い金属《きんぞく》でできている。フィンは、落ちていくブーツをぞっとしながらみていた。フィンは、それをみつけたときのことを覚えていた。エンダードラゴンの島から遠く離《はな》れた島のひとつで、モーといっしょに、ずいぶん前にみつけたものだ。中級レベルの爆発耐性《ばくはつたいせい》のエンチャントが施《ほどこ》された、なかなかいいブーツだった。それが、ものすごい音を立てて床《ゆか》に激突《げきとつ》しようとしている。それなのに、フィンには止めるすべがない。まるで、他人に起こっていることを、スローモーションでみているようだった。フィンは凍《こお》りついた。

そのとき、部屋の反対側ですさまじい音が響《ひび》いて、古いブーツが武器庫《ぶきこ》の床《ゆか》に落ちる音を完全にのみこんだ。クライとマラムと、ふたりの後ろにいる五十八人の兵士《へいし》も、はっとした。クライは、空襲《くうしゅう》警報《けいほう》をかき消すほどの勢《いきお》いで鳴るやかんのような金切り声を上げ、部屋を横切り、バケツが床《ゆか》を転《ころ》がっているところまで走っていくと、積んであるバケツを黒いこぶしでなぐりつけた。フィンの心臓《しんぞう》は口から飛び出しそうになった。その後ろには、ジェスターがいる！

しかし、ジェスターはいなかった。

クライは、腹立《はらだ》ちまぎれにほかのバケツを蹴《け》り飛ばした。

〈エンダーマイトが迷《まよ》いこんできたのかもしれません、陛下《へいか》〉マラムは、主人をなだめようとした。

クライはマラムを押しのけた。〈愚《おろ》か者《もの》！　**やつらが、ここに、いるのだ**〉

おかしい。と、フィンは思った。クライのいう通りで、人間はここにいる。だが、クライはまったく勘違《かんちが》いをしている。それに、ジェスターがフィンを助けてくれた。なぜだ？　助ける理由なんかないのに。なぜフィンのために、クライの注意を引く危険《きけん》をおかしたのだろう？

そのとき、フィンは、松明《たいまつ》の明かりにきらりと光るものに気づいた。ジェスターの目が、いまにも崩《くず》れそうな金のピラミッドとカカオ豆の樽《たる》の間からみえている。テレパシーを使えないのは最悪だと、フィンは心から思った。人間はどうして平気でいられるのだろう？　ジェスターがぼくみたいだったら、ぼくにどうしてほしいか、ほんの一瞬《いっしゅん》で伝えられるはずなのに。ジェスターは、口を動かしてなにか伝えようとしている。フィンは、薄暗《うすぐら》い中で目を凝《こ》らし、理解《りかい》しようとした。

（テ・レ・ポ・ー・ト。いって！　ひとりで）

（だめだ！）フィンも口を動かして伝えた。（ぜったい、だめだ！）

エンダーマンのジェスターは、やはり、りりしく、背《せ》が高く、黒い。カボチャのヘルメットのおかげで、エンダーマンにしかみえないジェスターが、赤紫《あかむらさき》の目をあきれたように動かした。クライがバケツに当たり散らしている間に、ジェスターは山積みの金の後ろから、まったく音を立てずにはい出した。そして、五十九人の小隊の列にさりげなく加わった。みんな、司令官が正気を取りもどすのを辛抱《しんぼう》強く待っている。フィンはぎくりとした。ジェスターは、コネカのすぐ後ろに立っている。だが、たとえコネカが気づいていたとしても、そんなそぶりはまったくみせなかった。五十九人もいると、数えない限《かぎ》り、ひとり多くてもわからない。フィンは、ほっとため息をついた。ジェスターは、こういうところで驚《おどろ》くほど頭が働く。

〈警報《けいほう》を鳴らせ、マラム〉クライは怒鳴《どな》った。〈侵入者《しんにゅうしゃ》だ！　エンダーマンたちよ！　わしに続け！　危険《きけん》な人間をみつけ出してやる！〉

頭脳小隊《ずのうしょうたい》は気をつけの姿勢《しせい》を取った。そして、隊列を組んで武器庫《ぶきこ》から出ていった。シティには、召集《しょうしゅう》されたジ・エンドの軍隊がいるから合流できる。〈前進！　一、二、三！〉完璧《かんぺき》にそろったテンポで、兵士《へいし》たちは足音高らかに巨大《きょだい》なドアを通り抜《ぬ》けていく。

〈待て！〉クライのよく通る思考が、武器庫中《ぶきこじゅう》の全員の思考に切りこんできた。クライは、いつもよりずっと大きく、高々《たかだか》とそびえるように、小隊に迫《せま》ってくる。〈ふむふむ、くんくん〉クライは、腹《はら》を立てている。〈エンダーマンの血のにおいがする。人数が多すぎる！〉

クライの黒い手がジェスターの肩《かた》にかかった。

〈わしは、おぬしを知らぬぞ、兵士《へいし》よ〉クライの思考は冷めている。〈名は？　どこの家族《エンド》の者《もの》じゃ？〉

ジェスターはぽかんと、クライの怒《いか》りに沸《わ》き立《た》つ赤紫《あかむらさき》の目を見上げた。相手がなにをいっているのか、わからないのだ。しゃべってしまえば、どんなカボチャをかぶっていても、正体はばれてしまう。ジェスターは、テレパシーを使えない。ジェスターにとって、武器庫《ぶきこ》にあるのは静寂《せいじゃく》と危険《きけん》だけだった。

〈**名を名乗れ！**〉クライの思考がとどろく。〈**王の命令に従《したが》わぬか！**〉

しかし、あわれなジェスターにクライの言葉を理解《りかい》できるくらいなら、オーバーワールドにいるジャックスのいびきさえきこえただろう。ジェスターは、じりじりと剣《けん》のほうへ手を動かした。

クライの体が、おどろおどろしい深紅《しんく》に染《そ》まった。激《はげ》しい怒《いか》りがどんどんたまっていき、ついに体の中で火災報知機《かさいほうちき》のように、点滅《てんめつ》しながら音を立てた。フィンは信じられなかった。これだけ多くのエンダーマンに囲《かこ》まれていれば、クライは完璧《かんぺき》に自分をコントロールできていないとおかしい。エンダーマンの凶暴《きょうぼう》で愚《おろ》かな怒《いか》りは、はるか彼方《かなた》にしりぞいていなければおかしい。しかし、みるからにクライは、抑《おさ》えられないほどの怒《いか》りにかられている。

〈**この者を取り押さえよ！**〉クライが命令した。兵士《へいし》たちは、なんの疑問《ぎもん》も持たず、命令に従《したが》った。コネカともうひとりの兵士《へいし》が、これでもかというほどの力で、ジェスターの腕《うで》をつかんだ。

〈陛下《へいか》！〉マラムが抗議《こうぎ》する。〈この者は、まだフラグメントです〉

〈このまま、ジェスターがつかまるのを見過《みす》ごすつもりか？〉フィンは自分に問いかけた。〈マジかよ、フィン？　ジェスターはおまえを助けようとしたのに、おまえはクライがジェスターを相手に怒《いか》りくるうのをただみてるだけか？　足を動かせ、臆病者《おくびょうもの》〉しかし、フィンは動けなかった。動きたい。本当に心からそう思った。しかし、足がどうしてもいうことをきいてくれないのだった。

クライ司令官は、こぶしを振《ふ》り上げた。強烈《きょうれつ》な一撃《いちげき》で、ジェスターは武器庫《ぶきこ》の端《はし》から端《はし》まで飛ばされた。ツルハシの山を突《つ》き抜《ぬ》け、奥《おく》の壁《かべ》に激突《げきとつ》。ジェスターは床《ゆか》に崩《くず》れ落《お》ち、うめきながら後頭部に手をやった。

手には、つぶれたカボチャの破片《はへん》がくっついてきた。

恐《おそ》ろしいことに、ヘルメットはゆっくり割れて、ジェスターの前に落ちた。戦争をしたくてうずうずしていたクライとマラムと、五十八人のエンダーマンは、人間の侵略者第一号《しんりゃくしゃだいいちごう》をうっとりみつめた。

そのときクライは勝利の叫《さけ》びを上げた。声になっていれば、部屋中のガラス瓶《びん》が粉々《こなごな》になっていたかもしれない。だが、その絶叫《ぜっきょう》は、ひとりひとりのエンダーマンの頭の中にじかに鳴り響《ひび》き、頭が割《わ》れそうに痛《いた》くなった。まるで悪魔《あくま》の爪《つめ》が、地獄《じごく》の黒板をひっかくような音だった。

〈みたか？　み・え・る・か？　わしのいった通りじゃ！　完璧《かんぺき》に正しかったではないか！〉

全身まっ赤になったクライは、頭を下げてジェスターに突進《とっしん》していった。

フィンの足は、まだいうことをきかない。だが、クライの絶叫《ぜっきょう》がフィンの恐《おそ》れる気持《きも》ちを吹《ふ》き消した。足が動かないなら、手でなんとかするしかない。流れるような動作で、フィンはクロスボウを取り出し、弦《げん》をぐいと引き、エンダーマンの王の背中《せなか》にねらいをつけて矢《や》を射《い》た。

「偉大《いだい》なる混沌《こんとん》、万歳《ばんざい》」フィンは小声でいった。

一瞬《いっしゅん》の出来事だった。

クライは、使い古した傘《かさ》のように、くしゃっとしぼんだ。怒《いか》りの赤い光が消えた。クライは前のめりに倒《たお》れたが、ほとんど音《おと》はしなかった。

〈ああ、なんてことをしたんだ〉フィンは思った。〈ぼくはなにをした？　ひどいことをしてしまった。年寄《としよ》りのクライは、長々と、つまらない話をいくつもしてくれたのに。ぼくはクライを殺《ころ》した。クライの話も。ジ・エンドでエンダーマンを殺《ころ》してしまった。彼《かれ》の故郷《こきょう》で。ぼくは、もう完全に人間になってしまったんだ〉

ふたつのことが、同時に起こった。マラム伍長《ごちょう》が、クロスボウの矢のほうにテレポートした。ジェスターが、燃《も》え盛《さか》るダイヤモンドの剣《けん》を手に飛び出した。

ジェスターは、五十九人のエンダーマンの護衛《ごえい》を蹴《け》散《ち》らすように突《つ》き進んだ。左、右と切り払《はら》い、剣《けん》を振《ふ》り上げては振《ふ》り下ろす。力の差は圧倒的で、ジェスターの剣《けん》はエンダーマンを次々と倒《たお》していく。

〈やめろ〉クライは、力なく思った。〈やめろ、わしは、そやつらが必要なのじゃ！〉ジェスターはくるりと向きを変え、もうひとりの兵士《へいし》をまっぷたつにした。〈やめろ！　わしは正しかった！　マラム！　正しかった！　あれをみよ！　人間の脅威《きょうい》じゃ！　わしらのなかに！　わしは正しかった！〉エンダーマンの兵士《へいし》は反撃《はんげき》しようとしたが、ジェスターにかなう者はいなかった。小隊から離《はな》れて逃《に》げる者もいて、ぱっと消え、司令官を見捨《みす》ててテレポートしていく。コネカが、フィンの目《め》をまっすぐみた。ひとり、ふたり、三人がさらに倒《たお》れた。

〈偉《い》大《だい》なる混沌《こんとん》のお恵《めぐ》みで、こんなに遠くまで、一瞬《いっしゅん》にしてきてしまったわ〉コネカは思った。ふたりが出会ったあの日、エンダードームを見下《みお》ろす砂丘《さきゅう》で、コネカは同じことを思っていた。

しかしいま、コネカは胸《むね》が張《は》り裂《さ》けそうで、思考は嫌悪《けんお》に満ちた色をしていた。コネカはさっと消えた。その瞬間《しゅんかん》、ジェスターの剣《けん》がコネカの立《た》っていたところを切《き》り裂《さ》いた。

クライは悲痛《ひつう》な叫《さけ》びを上《あ》げた。〈**やめろ！**　わしには兵士《へいし》どもが必要なのじゃ！　わしのエンドが！　以前のわしにもどりたくない！　わしは、すべてのエンダーマンのなかで、最も賢《かしこ》いのじゃ！　わしは……賢《かしこ》い……〉クライの小隊の最後の兵士《へいし》が、がくっとひざをついて前のめりに倒《たお》れた。ジェスターは、倒《たお》したエンダーマンたちのまん中で息を切らせている。遺骸《いがい》は一体、また一体と消えはじめていて、あとにエンダーパールが残った。

クライの思考はばらばらになり、ただの叫《さけ》びとなった。右も左もわからず分別《ふんべつ》のない怒《いか》りの叫《さけ》びだ。やがてそれも消え、干《ひ》からびた、緑がかった灰色《はいいろ》の宝石《ほうせき》だけが残った。そのまん中には鈍《にぶ》く邪悪《じゃあく》な光が宿っていた。

マラム伍長《ごちょう》がフィンを押《お》さえつけた。ここに残っているのはマラムひとりだ。〈あとはぼくら人間しかいない〉フィンは焦《あせ》った。マラムの心はうつろで、殺《ころ》すことしか考えていない。フィンが知っていた赤紫《あかむらさき》のふたつの目の奥《おく》には、知性《ちせい》のかけらもない。マラムはフィンをみていなかった。なにもみていなかった。ただ、標的をみているだけだ。

〈仕方なかった〉フィンは思った。〈やらなきゃならなかったんだ〉フィンは目を閉《と》じ、砥石《といし》を胸《むね》のまえでしっかり握《にぎ》りしめ、最悪の瞬間《しゅんかん》を待った。

ところが、大勢《おおぜい》のエンダーマンが、黒い波のように武器庫《ぶきこ》に流れこんできた。彼《かれ》らはクライの死の叫《さけ》びをたどって庫内に入ってきたのだ。大勢《おおぜい》のエンダーマンが近づくにつれて、スタックがはじまり、伍長《ごちょう》の目《め》に知性《ちせい》がもどってきた。知性《ちせい》と冷たい憎《にく》しみが。

〈この者たちをすぐに捕《と》らえよ〉マラムが命令する。ジェスターは、再《ふたた》び剣《けん》を振《ふ》り上げたが、エンダーマンはあっという間にジェスターに詰《つ》め寄《よ》った。ジェスターは、ひとり、ふたりと切ったが、すぐにエンダーマンたちに捕《と》らえられた。〈人間は拘束《こうそく》しておけ、取り調べる。フィンという名のこのフラグメントは、われわれの敬愛《けいあい》する司令官を殺害《さつがい》した。フィンにも、質問《しつもん》がある。質問《しつもん》とは、〝死刑《しけい》の方法は、なにがいいか？〟だ〉

「フィン、テレポートして逃《に》げなよ、危険《きけん》なことしちゃだめだ！」ジェスターは大声でいった。いまさら、黙《だま》っていたって意味がない。

「きみを置《お》いてはいかない！」フィンは、とっさに怒鳴《どな》り返した。

「あーあ、そりゃ、完璧《かんぺき》なばかだわ！」ジェスターがわめく。

マラムはたじたじと後ずさりし、フィンの人間の声から遠ざかった。〈しまった。ああ、ぼ

くは本当にばかだ。エンダーマンはしゃべらないのに〉

フィンが、たったいました重大な選択《せんたく》を後悔《こうかい》する間もなく、マラム伍長《ごちょう》がフィンの頭をつかんで、壁《かべ》にたたきつけた。カボチャが割《わ》れて、はずれる。フィンは、人間の顔でマラムを振《ふ》り返った。

〈フィン？〉マラムは完全に混乱《こんらん》していた。〈そんなわけがない。わたしは幼《おさな》いフラグメントの頃《ころ》からフィンを知っている。なにかの間違《まちが》いだ。そんなばかな。クライ……クライは知っていたのか。ずっとわかっていたのだな。クライは本当に、エンダーマンいちの賢者《けんじゃ》だ！〉

〈すみません、マラム〉フィンは心から申《もう》し訳《わけ》なく思っていた。〈ぼくはまだ、死刑《しけい》の方法を選べますか？〉

〈いや〉伍長《ごちょう》は考えた。そして、後ろにいる大勢《おおぜい》のエンダーマンのほうを向いた。〈ふたりとも、檻《おり》に入れておけ！〉

大《おお》きく、固いこぶしが、フィンの後頭部を打った。

光が消えた。

第19章　覚えてる？

フィンが目覚めると、冷たく暗い風が、顔に吹《ふ》きつけていた。

フィンは、硬《かた》い床《ゆか》の上に横たわっている。床《ゆか》は動いていた。

目を開けようとした。頭がずきずきする。すべてがぼやけてみえる。

「おはよう、ねぼすけくん」だれかの声がする。

〈ローリーの声だ〉フィンは思った。〈だけど、そんなはずはない。ローリーは、コールと無事に船にいる〉

「おかえり。プログラムはすでに進んでるぞ」別の声が皮肉っぽくいった。間《ま》違《ちが》いなく、コールの声だ。

〈ぼくは船にいるのか？〉フィンは不思議に思った。〈いや、そんなはずない〉

ジェスターの声が、もうろうとした意識《いしき》を切り開く。「そろそろ、この世にもどってくる時間ですけど」

〈エンダーマンたちは、ぼくらを檻《おり》に連れていくといってたような〉フィンは、ぼんやりと思った。〈船じゃなくて〉

〈まわりをみて、おばかさん〉クールな、よく知っている妹の思考がフィンの頭に流れこみ、まだひりひりするフィンの目がぱっと開いた。

モーは、フィンの真正面にすわっていて、となりにはカンが立っていた。

〈くさーーーり〉ロウズサムが、声を上げずにうなった。「鎖《くさり》」といっているらしい。ロウズサムは、モーとカンの間で体を丸めている。ゼリーのようになった黒い体液《たいえき》が、囚《とら》われたゾンビホースをつないである頑丈《がんじょう》な鎖《くさり》のつなぎ目からしみ出していた。ロウズサムが後ろ脚《あし》を蹴《け》り出すと、鎖《くさり》ががちゃがちゃ音を立てた。

そのロウズサムのとなりには、とても大きな紫《むらさき》の殻《から》があった。

トサトサ、トサッ、トサトサと、音を立てている。

〈おれっち、お前、嫌《きら》い〉グランポが、中から思考を飛ばしてきた。〈全部、お前のせいだ。

思い切り、かみついてやる〉

「グランポ！」フィンは大声を出した。「会いたかった！」

〈おれっち、ぜんぜん会いたくなんかなかったぞ。おれっち、お前、嫌《きら》いだから〉

「**よしよし、いい子だ**《グッドボーイ》」フィンは、ふわふわした犬でも呼《よ》ぶような声でいった。

〈ちがう。おれっち、悪い子。それに、おれっち、〝ボーイ〟じゃない〉

「あんまり怒るなよ」と、フィン。

グランポは、殻《から》の中で音を立てた。〈おれっち、人のこと、とやかくいわない。おれっち、なにがあっても、お前、嫌《きら》い。お前が、カボチャをかぶった人間だとわかっても、おんなじだ。お前、嫌《きら》い。おい、待て〉

フィンは少し笑い、「とんでもないことになったな？」と、みんなにいった。

みんなしばらくはそこにいることになりそうだった。モーと、カンと、ロウズサムと、ジェスターと、ローリーと、コールは、銀の柵《さく》にもたれて立っている。それも、地上六十メートルの高さに吊られた巨大《きょだい》な檻《おり》の中に。ひとりひとりが、片手《かたて》を檻《おり》の柵《さく》に、片足《かたあし》を床《ゆか》につながれている。その檻《おり》は風《かぜ》に揺《ゆ》られ、下には、暗闇《くらやみ》が待っていた。

「どうなってるんだ？」フィンはいった。

「だよな。きみは、えらく長いことランチにいっちゃってたもんな」コールは、くくっと笑った。「おれたちは、それぞれなにをしてたか報告《ほうこく》し合ったけどな」

フィンはモーのほうを向いた。「もどってきたのか！」もっと気の利《き》いたことをいえたらよかったが、頭がうまく働いていなかった。「ジャックスは？」

「いうことは、それだけ？」モーは笑った。「どうかな。ジャックスはたぶん、狩《か》りで仕留《しと》めた生き物の剥製《はくせい》でもなでてるんじゃない？　カンがわたしを連れもどしてくれたの」緑の目のエンダーマンがモーをじろっとみた。約束したのに、という目だ。モーは少しあきれた顔をした。「カンが、わたしを助けてくれたの。テレポートして船にもどったら、エンダー軍の子たちがいっぱいいて、クライがどうの、復讐《ふくしゅう》がどうのとわめいてた。どうやら、わたしがいない間、ずいぶん忙《いそが》しかったみたいだね」

「うちらは、エンダードラゴンによる死刑《しけい》をいい渡《わた》されたの」ローリーがため息をつく。「やったね、みんな」

フィンはもう少しよくみてみた。柵《さく》の間からのぞき、檻《おり》の外になにがあるかをたしかめる。

建《た》ち並ぶ黒曜石《こくようせき》の柱。クリスタルの火。銀のケージ。ここはエンダードラゴンの島だ。最高。

「でも、エンドラはどこにいる？　すぐ襲《おそ》ってきそうなものだけど」

「何度か、そばを飛んでいったよ」モーはいった。

〈ほのーーーお〉ロウズサムのかすれた思考が伝わった。

モーは、ロウズサムの、ごわついて汚《よご》れのこびりついたたてがみをぽんぽんとたたいた。

〈そう、そう、賢《かしこ》いね〉

「エンダーマンは、大がかりな儀式《ぎしき》をして、クライが正しくて人間の脅威《きょうい》は本物だったとみんなに知らせるんだって」ジェスターが説明した。「マラムは、一部始終にすごくがっかりしてる。ボスが死んじゃって、マラムを怒鳴《どな》りつけたり、小突《こづ》き回したりできなくなったいま、マラムはあの老人がいかに立派《りっぱ》な聖人《せいじん》だったか、みんなにわからせたいんだよね。ネタバレですけど――」ジェスターは、クライとほかのエンダーマンのちがいを知らないコールとローリーにいった。「あいつは、聖人《せいじん》じゃなかったからね」

「みんな、あまり心配してないみたいだな」

〈エンドラは、ぼくには危《き》害《がい》を加えないよ〉カンは思った。〈ぼくはエンダーマンだ。なにも

していないし。けれど、きみたちはみんな、かなりまずいよね〉

〈さっさとテレポートして逃《に》げたらいいじゃない、カン〉モーは悲しく思った。〈いって。生《い》き延《の》びて〉

〈きみたちをみんな連《つ》れていけるなら、テレポートするよ。けれど、ぼくは何度も家出しすぎたね。それにエンダードームでしっかり学ばなかった。ぼくは、みんなを連れていけるほど、たくましくも速くもないよ。だから、いかない〉カンはモーの手を取り、モーはほほ笑んだ。

〈きみたちは、ぼくの家族《エンド》だ。エンドを置いていくわけにはいかない〉

フィンには、モーが自分もドラゴンに焼かれないと思っているのは、よくわかっていた。同時に、それが間違《まちが》っていることも、よくわかっていた。フィンは、あのドラゴンのことを、決してモーと同じようには好きになれない。あのドラゴンは、フィンを不安にさせるのだ。

「こういうことって、いずれにしても、たいていなんとかなるものよね」ローリーは肩《かた》をすくめた。

「すごく混沌《こんとん》としたコメントだね」モーはいった。「今度いっしょに教会においでよ」

フィンはうなりながら頭をさすった。頭は、松明《たいまつ》にかざしてゆっくりローストしたみたいに痛《いた》んだ。

「頭なんか気にしないの」モーは、元気づけるようにいった。「みんな、フィンが目覚めるのを待ってたんだよ」

「なんで?」

ローリーがフィンの足元を指さし、意味ありげに眉《まゆ》を上げる。フィンは下をみて驚《おどろ》いた。

フィンは、ちゃんと砥石《といし》を持っていたのだ。

「わお! やつらが砥石《といし》を没収《ぼっしゅう》しなかったなんて、信じられない!」フィンは、鎖《くさり》でつながれていないほうの手をのばし、砥石《といし》が割《わ》れていないか確《たし》かめた。「だけど、こんなもの、本がなければ役に立たない」

コールが、にやりとした。とっておきの驚《おどろ》きを準備《じゅんび》して待《ま》ち構《かま》えている、という笑顔《えがお》だった。

「ちゃんと先手を打ってあるって」

モーが、檻《おり》の向こう側から手をのばした。フィンも手をのばすが、ふたりの手は届《とど》かない。

「フィン、今日はなんの日かわかる? いろんなことが起こりすぎて、わたし、忘《わす》れてた」

フィンは首を振《ふ》った。

「エンダー祭《さい》、おめでとう、フィン」モーはやさしくいった。

〈おー。おー、そうか〉フィンは、まったく……気づいていなかった。エンダー祭《さい》は、フィンの頭からすっぽり抜けていた。

「ふたりがプレゼントを用意してくれたよ」モーはにんまりした。

ローリーとコールは少しの間、ポケットの奥《おく》のほうを探《さぐ》っていた。それから、ローリーが一《いっ》冊《さつ》の本を引っぱり出し、檻《おり》の床《ゆか》にぽいと投げた。本は木の床《ゆか》を滑《すべ》り、転《ころ》がってフィンの足の親指に当たって止まった。ローリーは、もう一度ポケットに手を入《い》れて、もう一冊《いっさつ》取り出した。そして、もう一冊《いっさつ》。コールのほうも、五《ご》、六冊《ろくさつ》出していた。それをモーのほうに押《お》しやる。船にあった本すべてではないが、ふたりはかなりの数を持っていた。なかなか豪華《ごうか》だ。

「へんてこで、わけのわからない、殺人《さつじん》モンスターの日、おめでとう、みんな」コールがいった。

フィンは本を手に取り、何度か向きを変えてみた。やがてフィンとモーはみつめ合った。ふたりでこのことを話すチャンスはこれまでなかった。しかし、テレパシーを使わなくても、次にやるべきことはわかった。やるならいまだ。

「早く！」ローリーがせっついた。「うち、待ちくたびれて死にそう！」

コールは腕《うで》を組む。「もし、くだらない虫殺《むしごろ》しのエンチャントの方法とかが書いてあったら、立ち直れないくらいがっかりしちゃうな」

「先にやって」モーはいった。

ジェスターがフィンに、砥石《といし》の使い方を教えた。はじめのうち、本は反応《はんのう》しないようにみえたが、すぐにぶるぶる震《ふる》えはじめた。大きなげっぷを出そうとしているかのように、ふくれ上がって、それから、きらめいた。

そして、ぽんと開いた。

五人の人間と、ひとりのエンダーマンと、一頭のゾンビと、一匹《ぴき》のシュルカーが身を乗り出した。

「宝釣《たからつ》りのエンチャント　レベル１」フィンはゆっくり読んだ。「『宝釣《たからつ》りのエンチャントは、ごみや魚よりも宝《たから》を釣《つ》り上《あ》げる確率《かくりつ》を高めます』……マジ？」フィンは、うんざりして、信じられない気分だった。

「やっぱり！」コールが得意《とくい》げにいった。ローリーがコールを蹴《け》る。「残念だな、フィン。残念だ」

〈ははは〉グランポが殻《から》の中で笑った。〈お前が失敗するとおもしろい〉

フィンは、檻《おり》に倒《たお》れるようにもたれた。「信じられない。ぼくは本当に……本当に、本の中になにかがあると思ってた。なんらかの答えが。なんだってよかった」フィンは本を床に放《ほう》った。「もうすぐ死ぬかもしれないっていうのに、テロスにいって、とんでもないへまをする前に知らなかったことで新たにわかったことって、これだけ？　宝釣《たからつ》りのエンチャントを釣《つ》り竿《ざお》につけられますって、これだけ？」

「フィン」モーが小声でいった。

「ごめん、モー。あっという間だったんだ。クライを殺《ころ》すつもりはなかった。だけど、モーはクライがなにをしようとしてたか、知らないんだよな。たぶん、ジ・エンドにとって、クライが死んだのは、それほど悪いことでもないんだ……」

「フィンったら」モーはまたいった。

「いや、だからといって、ぼくのやったことが正《ただ》しいなんていえないのはわかってる。ぼくがクライを殺《ころ》したのは、やつの計画とは関係ない。ぼくは、クライがジェスターを傷《きず》つけたから、頭にきて殺《ころ》したんだ」

「フィン！　みて！」

モーは本を指さした。くだらない、役立たずの『宝釣《たからつ》りのエンチャント　レベル1』の本を。

エンチャントの説明の裏《うら》のページに、手書《てが》きでなにか書いてある。

フィンはそれを見た。ぼくの字だ。

ぼうぜんとして、フィンは本を拾った。しばらくそのページをみつめていたが、やがてみんなが注目するなか、指で文字を追って読みはじめた。


ジ・エンドはいつも夜だ。日の出はない。日没《にちぼつ》もない。時間を刻《きざ》むものもない。

しかし、時はある。光もある。波紋《はもん》を描《えが》くように並《なら》ぶ薄黄色《うすきいろ》の島々が暗闇《くらやみ》にやわらかな光を放ちながら、終わらない夜に浮《う》かんでいる。紫《むらさき》の木々や、たくさんの紫《むらさき》の塔《とう》が島々の地面からのび上がり、まっ暗な空へねじれるように枝分《えだわ》かれしている。木々には多くの実がなり、塔《とう》には多くの部屋がある。白いクリスタルの棒《ぼう》が塔《とう》の屋上《おくじょう》やバルコニーの四隅《よすみ》にろうそくのように立ち、闇《やみ》を照らしている。あらゆる方向に枝《えだ》をひろげる太古《たいこ》の都市はどれも静かで、多くの塔《とう》があり、環《わ》になって連《つら》なる島という島で紫色《むらさきいろ》と黄色に輝《かがや》いている。この場所ではすべてが紫《むらさき》と黄だった。島のそばには、ところどころに、高いマストのある大きな船が浮《う》かんでいる。そして下には、黒い底なしの虚空《こくう》が口を開けている。

ここは美しい。それに空《から》っぽではない。

「なんだこれ？」フィンは、双子《ふたご》の妹にたずねた。

「わからない。続きを読んで」

ぼくらはずっとここに住んでいる。ここ以外の場所は知らない。ここで育ち、ここが家だ。ぼくらは、中央の島を取り巻《ま》く群島《ぐんとう》にいる大勢《おおぜい》のエンダーマンとまったく同じだ。暮《く》らしているエンドシップには、ぼくらがどこかでみつけては拾ってきたがらくたがひしめいている。

フィンは、ページを何枚《なんまい》かめくった。

カンの目は、ほかのエンダーマンのように、大きく鮮《あざ》やかな赤紫《あかむらさき》の目《め》ではないからだ。

カンの目は緑だ。

なぜそうなのか、だれにも理由はわからない。これまでのジ・エンドの歴史《れきし》のなかで、ほかに緑の目をしたエンダーマンはいなかったのだ。

「一体全体、どうなってるんだ?」フィンは、つぶやいた。顔が青ざめている。フィンは、手早くさらにページをめくった。

汚い子《ロウズサム》って呼《よ》ぶことに決めた。かわいいウマにぴったりの名前じゃない? この子はぜったいに、わたしがよそみしたすきにわたしの脳《のう》みそを食べたりしないもの。ぜったいしないよね?

モーの全身が震《ふる》えている。「最後を読んで」モーが、ロウズサムをぎゅっとつかんだので、死んだウマの皮膚《ひふ》にさえあざができた。

フィンは本の最後のページを開き、声に出して読《よ》んだ。

恐《おそ》ろしい。あまりにも多くのことが起こった。クライをこの手で殺《ころ》してしまった。イレーシャも死んだ。双子《ふたご》の妹がいなくなった。エンダードラゴンは死んだ。あわれなロウズサム。あわれなグランポ。ぼくらはみんな、あわれだ。ジ・エンドそのものが、崩壊《ほうかい》しつつある。島々は持ちこたえられない。空が落ちてくる。いまなにが起こっているのか忘《わす》れてしまえるなら、この光景は美しい。本当に。じつに美しい。テロスの塔《とう》がすべて、紙吹雪《かみふぶき》のように降《ふ》ってくる。それは、じきにやってくる。記憶《きおく》という大きな波が押《お》し寄《よ》せ、この悲しみをすべてさらっていってしまうだろう。本当に忘《わす》れられたらとてもうれしい。

ぼくは、船にもどってきた。デッキに寝転《ねころ》がると、夜が自分の意思で裂《さ》けていくのがみえる。目を閉《と》じると、カンがどこか遠くで演奏《えんそう》しているのがきこえる。よかった。カンは生きている。うれしい。カンはぼくを捜《さが》しにくる。ぼくの家族《エンド》の一員になるために。

それは、すぐそこまできている。それが島々を移動《いどう》してくるのがわかる。決して避《さ》けることはできない。抗《あらが》うだけ無駄《むだ》だ。

偉大《いだい》なる混沌《こんとん》、万歳《ばんざい》。はじまりの者たちに幸《さち》あれ。

次の世界で会おう、アルティモ。


フィンはぞっとしてどうしていいかわからず、本を放り投げた。本は床板《ゆかいた》をかすめ、檻《おり》の柵《さく》の間を抜《ぬ》けて、空虚《くうきょ》な夜を滑《すべ》るように飛んでいった。檻《おり》から急降下《きゅうこうか》していく本は、白い鳥のようにみえた。

「なんだあれ？　なんなんだよ？」フィンは、うろたえて叫《さけ》んだ。

「オーケー、オーケー、落ち着いて。別の本を開いてみよう」ローリーはいった。「魔法《まほう》って、いつも変なものよ。エンチャントされた物には、予測《よそく》できない要素《ようそ》が必ずあるの」

ローリーは別の本のエンチャントを砥石《といし》で解《と》き、フィンにわたしかけたが、思いなおして、モーにわたした。

「落下耐性《らっかたいせい》のエンチャントは、落下したときや、エンダーパールを使ってテレポートするときのダメージを軽減《けいげん》する」モーは読んだ。

それからページをめくった。

「これ、わたしの書いた字だ」モーは小声でいった。
モーは、めくったページから読みはじめた。

ジ・エンドはいつも夜だ。日の出はない。日没《にちぼつ》もない。時間を刻《きざ》むものもない。しかし、時はある。光もある。波紋《はもん》を描《えが》くように並《なら》ぶ薄黄色《うすきいろ》の島々が暗闇《くらやみ》にやわらかな光を放ちながら、終わらない夜に浮《う》かんでいる。紫《むらさき》の木々や、たくさんの紫《むらさき》の塔《とう》が島々の地面からのび上がり、まっ暗な空へねじれるように枝分《えだわ》かれしている。木々には多くの実がなり、塔《とう》には多くの部屋がある。白いクリスタルの棒《ぼう》が塔《とう》の屋上《おくじょう》やバルコニーの四隅《よすみ》にろうそくのように立ち、闇《やみ》を照らしている。あらゆる方向に枝《えだ》をひろげる太古《たいこ》の都市はどれも静かで、多くの塔《とう》があり、環《わ》になって連《つら》なる島という島で紫色《むらさきいろ》と黄色に輝《かがや》いている。この場所ではすべてが紫《むらさき》と黄だった。島のそばには、ところどころに、高いマストのある大きな船が浮《う》かんでいる。そして下には、黒い底なしの虚空《こくう》が口を開けている。
ここは美しい。それに空《から》っぽではない。

「どういうこと？」フィンは、頬《ほお》をこすりながらいった。すべてに現実味《げんじつみ》がない。いったいどうなってるんだ。どう考えればいいんだ？

モーは、最後のページを読む。

恐《おそ》ろしい。あまりにも多くのことが起こった。クライをこの手で殺《ころ》してしまった。イレーシャも死んだ。双子《ふたご》の兄がいなくなった。でも、きっと生きていると思う。エンダードラゴンは死んだ。あわれなロウズサム。あわれなグランポ。わたしたちはみんな、あわれ。ジ・エンドそのものが、崩壊《ほうかい》しつつある。島々は持ちこたえられない。空が落ちてくる。いまなにが起こっているのか忘《わす》れてしまえるなら、この光景は美しい。本当に。じつに美しい。テロスの塔《とう》がすべて、紙吹雪《かみふぶき》のように降《ふ》ってくる。それは、じきにやってくる。記憶《きおく》という大きな波が押《お》し寄《よ》せ、この悲しみをすべてさらっていってしまうだろう。本当に忘《わす》れられたらとてもうれしい。

わたしは、船にもどってきた。デッキに寝転《ねころ》がると、夜が自分の意思で裂《さ》けていくのがみえる。目を閉《と》じると、カンがどこか遠くで演奏《えんそう》しているのがきこえる。よかった。カンは生きている。うれしい。音楽がどんどん近づいてくる。カンはわたしを探《さが》しにくる。わたしの家族《エンド》の一員になるために。

それは、すぐそこまできている。それが島々を移動《いどう》してくるのがわかる。決して避《さ》けることはできない。抗《あらが》うだけ無駄《むだ》だ。

偉大《いだい》なる混沌《こんとん》、万歳《ばんざい》。はじまりの者たちに幸《さち》あれ。

次の世界で会おう、エル・フィン。


ローリーは、もう一冊《いっさつ》、エンチャントを解《と》いた。そして、もう一冊《いっさつ》。さらに、もう一冊《いっさつ》。コールは後ろにさがっていた。関わりたくなかったのだ。話が深刻《しんこく》すぎる。ドラゴンに殺される刑《けい》くらいなら、あるかもしれないと思っていた。それも含《ふく》めて、冒険《ぼうけん》だ。だが、これはわけがわからない。

フィンとモーは交代で何冊《なんさつ》もの本に目を通し、声に出して読んだ。だが、なにも変わらなかった。どの本も同じで、どれもフィンかモーの手書《てが》きだった。

ジ・エンドはいつも夜だ。日の出はない。日没《にちぼつ》もない。

ジ・エンドはいつも夜だ。日の出はない。日没《にちぼつ》もない。

ジ・エンドはいつも夜だ。日の出はない。日没《にちぼつ》もない。

次の世界で会おう、エル・フィン。

次の世界で会おう、アルティモ。


どれも、まったく同じというわけではなかった。名前がちがっているものもあった。本によって、展開《てんかい》の異《こと》なる出来事もあった。しかし全部をじっくり読んでいる時間はない。そのうち、ふたりは同じ内容《ないよう》に慣《な》れてしまい、最初と最後を確認《かくにん》して、次々《つぎつぎ》にエンチャントを解《と》かれた本をチェックしていった。本にはすべてが書かれていた。ふたりの全人生が。ふたりが経験《けいけん》してきたことすべてと、これから経験《けいけん》することがいくつか。何度も何度もくり返し、ふたりの文字で書かれている。あと何冊《なんさつ》の本が、船にあるあの巨大《きょだい》な本の山に残されているのだろう?

〈マーマ、せーーーつめい〉ロウズサムは、かすれた調子で思い、モーの手に鼻をこすりつけた。

〈無理。できない。わからないの〉

カンは本を触《さわ》ってみた。

〈ぼくは登場するね〉カンは思った。〈どの本にも。ぼくは、世界が終わるときに音楽を演奏《えんそう》している。すごいことだね、たぶん〉

フィンは妹をじっとみた。「アルティモって、だれ?」フィンはモーにささやいた。

「わからない」モーは答える。「エル・フィンは?」

「わからない!」フィンはしどろもどろだ。

モーは唇《くちびる》をゆがめた。みんなの前でいいたくなかったが、そうするしかなかった。「エンダードラゴンが、わたしのことをアルティモって呼《よ》んだ」

「あー……」コールが口をはさむ。「ちょっと待てよ。いまのとこ、ちょっと。アルティモ? あのアルティモ? 究極《きゅうきょく》の醸造師《じょうぞうし》、アルティモ?」

「大魔術師《だいまじゅつし》、エル・フィン?」ローリーがいう。眉《まゆ》が、すごいといっている。

〈おれっち、そいつら、嫌《きら》い〉グランポは殻《から》の中で腹《はら》を立てた。〈どんくさそうな名前だ〉

ジェスターは首を振《ふ》って、「そんなわけないんですけど」と笑った。「そういう設定《せってい》はおもしろいけど、ないない。アルティモとエル・フィンは伝説だから。魔《ま》法使《ほうつか》いのなかの魔《ま》法使《ほうつか》いだし。みんなの憧《あこが》れだし。それに、ふたりは双子《ふたご》じゃないし。ふたりとも死んだじゃんね。というか、死んだと思われてるっていうか。アーサー王とかドラキュラの話をしてるようなものだよ。それに、まあ、悪く思わないでよね、だけど、あたしは武器庫《ぶきこ》で戦《たたか》うきみをみたよ、フィン。きみのことは、すごく好きだけどさ、きみは〝みんなの憧《あこが》れ〟って感じじゃないんですけど」

フィンはきき流したかったが、そうもいかない。ぼくは必死に頑張《がんば》ったじゃないか？

「きみを助けたよね？」フィンは不満そうにいった。

「うん。あたしもきみを助けた。勘違《かんちが》いしないでよね。あたしは、男の子は困《こま》ってる女の子を助けるものだとかいってるんじゃないし。それは今後もぜったいないから」

ものすごく混乱《こんらん》して、不思議なことが起こっているなかで、ぼくは一体なんの話をしてるんだろう。フィンは少し笑った。

モーは、そこらじゅうはれているロウズサムの背中《せなか》から手を上げて、またやさしく手を背《せ》にもどした。

「それで、結局どういうことなの？」モーはだれにともなくたずねた。

だが、それは答えのない問いだった。少なくとも、暗闇《くらやみ》に吊《つ》られた檻《おり》の中でみつけられる答えはなかった。

下のほうで、なにか騒動《そうどう》が起こっていた。うなるような声と、どさっというかすかな音がくり返しきこえてくる。みんなケージの片側《かたがわ》に寄《よ》ってきて、下でなにが起こっているのかみようとした。

だれかが砂《すな》の地面にいる。腰《こし》に手を当てて立ち、腹立《はらだ》たしそうにこちらを見上げている。まわりには、大勢《おおぜい》の重傷《じゅうしょう》を負《お》ったエンダーマンが倒《たお》れていた。

「なんてざまだ、お前ら、どんくさいな！」ジャックスは怒鳴《どな》った。

第20章　未知の変数

「なんで逃《に》げたんだよ？」ジャックスは、モーに向かって地上からいった。本当に傷《きず》ついているようだ。

「だって、ジャックスは、わたしのことすごく怒《おこ》ってたし、わたしで実験しようとしてたじゃない」

「お前を助けるためだ！」

「助けなんか必要ない！」モーは怒鳴《どな》った。

ジャックスは笑った。「そりゃ悪かったな。じゃあ、お前らは、檻《おり》の中で仲よくなにしてんだ？」

「死刑《しけい》になるのを待ってるんだ。みりゃわかるだろ」コールは、あきれた顔をした。「ちゃんと状況《じょうきょう》を読めよ」

「ここにいるだれかさんが、エンダーマンの大統領《だいとうりょう》だかなにかを殺《ころ》してしまったから、いまこうなっているわけ」ローリーは、親指を肩越《かたご》しにフィンに向けた。

「どうしてそんなに、平気でいられるの?」モーがいった。「エンダーマンは、わたしたちを殺《ころ》そうとしてるのに。なのに、あなたたちは冗談《じょうだん》みたいに話してる」

ジェスターが肩《かた》をすくめた。「いや、もうジャックスがいるじゃんね。あたしたち、逃《に》げるだけだよ。大丈夫《だいじょうぶ》。いつもやってるから」

「エンダードラゴンがどこかにいるんだよ。わかってるでしょ? わたしたちを簡単《かんたん》に逃《に》がしたりしないよ」

「おれは、そのドラゴンが目的《もくてき》できたんだ!」ジャックスは上に向かって声を張《は》り上げた。

「胸《むね》に一発、腹《はら》に一発、眉間《みけん》に二発で、おれらはここから出るからな」

「そんなことさせない」モーは静かにいった。その声はこわばって冷たかった。

コールの頭が、びくっと動いた。檻《おり》の柵《さく》の間から、不安そうに外をみている。「きこえる?」

エンダードラゴンの島は、ほぼ空《から》っぽだった。エンダードラゴンさえいない。もしあの古トカゲがいるとしたら、すごくうまく隠《かく》れている。エンドラらしくないと、モーは思った。ジャックスは、下にいるエンダーマンの衛兵《えいへい》グループをさっさと片《かた》づけてしまった。モーたちが知る限り、ほかにはだれもいないはずだ。

しかし、そのときモーにもきこえた。それから、ローリー、ジェスター。フィン、カンとロウズサムとグランポにも。

いくつもの声が、虚空《こくう》に響《ひび》きわたる。

たくさんの声が、エンダー祭《さい》を祝《いわ》う歌をいっしょに歌っている。みんなにきこえるほど大きな声で。

来たれ　主《しゅ》よ、偉大《いだい》なる混沌《こんとん》よ、
無法で　勝ち誇《ほこ》り、
来たれ　主《しゅ》よ、来たれ　主《しゅ》よ、ジ・エンドへ。
来たりて　われらを愛《め》でたたえよ、
生まれながらに　主《しゅ》の　忠実《ちゅうじつ》な　フラグメントを。

来たれ　われらは　主《しゅ》に　仕《つか》え、
来たれ　われらは　主《しゅ》の　力となり、
来たれ　われらは　主《しゅ》を　敬愛《けいあい》す、
天上《てんじょう》の　偉大《いだい》なる混沌《こんとん》。

「さっさと、檻《おり》を射落《いお》としてほしいんですけど？」ジェスターは、怒《おこ》っていった。

ジャックスは、ものすごく大げさなため息をついてから、クロスボウを背中《せなか》のホルスターから抜《ぬ》き、ねらいを定めた。そして、フィンとモーが、こんな高いところから落とさないでと叫《さけ》ぶ間もなく、ジャックスはケージを黒曜石《こくようせき》の柱につないであるロープを射《い》た。

ケージはなにもない空間を落下した。五人の人間と、ひとりのエンダーマンと、ゾンビホースと殻《から》に入ったモンスター。

ジェスター、ローリー、コールは、なんの心配もしていないようだった。コールは、落ちていきながら、フィンに手を振《ふ》りさえした。ローリーは仰向《あおむ》けになって、腕《うで》を動かして泳ぐ動作をしている。ジェスターは、みんなで落ちる最中に時計をチェックした。

三人ともエリトラを着けていたし、落下《らっか》耐性《たいせい》のブーツもはいていた。落下したところで、笑いが盛り上がるだけで、たいしたことはないのだ。フィンとモーも、かつてはエリトラも落下《らっか》耐性《たいせい》のブーツも持っていた。だが、いまはもうない。ふたりはものすごいスピードで宙《ちゅう》を落ちていき、スピードをゆるめてくれるものはなにもなかった。

高らかに歌いたまえ、偉大《いだい》なる混沌《こんとん》、
歌いたまえ　純粋《じゅんすい》なる　無秩序《むちつじょ》を。
来たれ　来たれ　主《しゅ》よ　ジ・エンドへ。
来たりて　われらを　ほめ、
われらの　敵《てき》に　破滅《はめつ》を　もたらしたまえ。
来たれ　神　聖《せい》なる　混沌《こんとん》、
来たれ　神　聖《せい》なる　不調和《ふちょうわ》、
来たれ　未知なる　変数、
混沌《こんとん》の　誕生《たんじょう》！

グランポが最初に地面に落ちた。殻《から》の蓋《ふた》がいきなり開いて、グランポは、怒《いか》りと恥《は》ずかしさに金切り声を上げた。ロウズサムが、次に着地《ちゃくち》した。背骨《せぼね》がまっぷたつに折れ、頭蓋骨《ずがいこつ》が割《わ》れて開く。しかし、ロウズサムはすでに死んでいるので、大して気にしなかった。

モーはいつも、死ぬときはあっという間に死ぬんだと思っていた。あまりにもあっという間で、なにに襲《おそ》われたのかわからないだろうと思っていた。ところが、こうして死を目の前にしてみると、すべてがゆっくり進んでいる。まったく、のろのろと。モーは、ずいぶん長い時間をかけて、逃《のが》れようのない破滅《はめつ》に向かって落ちていった。長い時間の中で、大勢《おおぜい》のエンダーマンがこの島に向かって四方八方から流れこみながら、まだお祝いの歌を歌っているのがみえた。

来たれ　われらは　主《しゅ》を　敬《うやま》い、
来たれ　われらは　主《しゅ》を　潤《うるお》し、
来たれ　われらは　主《しゅ》に　喜《よろこ》びを捧《ささ》ぐ、
混沌《こんとん》は　近い。

その長い時間の中で、モーは、あとから落ちてくるフィンのほうに手をのばした。フィンはモーの手を取ろうと手をのばしたが届《とど》かず、もう一度、手をのばした。モーには、フィンの青い目がふたりの運命を受け入れているのがわかった。長い時間の中で、カンがモーから遠く離《はな》れたところにいるのがみえた。カンは、ひとりでテレポートして安全なところにいったのだ。カンには、ほかにどうすることもできなかっただろう。

長い時間の中で、上をみると、ケージを吊《つ》ってあった柱が急速に遠のいていくのがみえた。エンダードラゴンがそのすぐ下に、巨大《きょだい》な恐《おそ》ろしいコウモリのように逆《さか》さになってぶら下がっている。巨大《きょだい》な黒い翼《つばさ》が体を包んでいる。ドラゴンは尾《お》を腹《はら》に抱《かか》えるようにたくしこみ、やわらかい光を放つその顔と青みがかった紫《むらさき》の腹《はら》とを、いっしょに革《かわ》のカーテンのような翼《つばさ》でおおっていた。翼《つばさ》に閉《と》ざされたドラゴンは、暗闇《くらやみ》でほとんどみえない。ジャックスには、まちがいなくみえていなかった。目の前にいるのに、まったく気づいていないのだ。気づいていたなら、決してあんなふうにエンダードラゴンに背《せ》を向けなかっただろう。

エンダードラゴンはずっとそこにいて、待っていた。そして耳をすませていた。モーたちの足元から、ほんの数センチ離《はな》れたところで。

モーが落ちていく間に、ジャックスは、柱の上にあるクリスタルの火を矢で射《い》はじめた。終《ジ》わり《・エンド》がはじまった。ジ・エンドがこれからどうなるにせよ、これで終わりだ。ひとつ、ふたつ、三つ、と、火が消えていく。

モーが地面にたたきつけられる直前にみたのは、ジャックスが最後のクリスタルをねらっているところだ。その後ろで、エンダードラゴンがゆっくり巨大《きょだい》な爬虫類《はちゅうるい》の翼《つばさ》を広げた。

モーはグランポの殻《から》の上に落ちた。フィンはモーの上に落ちた。ふたりの下で、なにかがいやな音を立てて割《わ》れた。それから、なにかがくぼんで、柔《やわ》らかくなり、ふたりはまた落ちた。グランポの殻《から》が、ふたりの上でばたんと閉《し》まった。トサトサッ、トサッ、トサトサッ。

来たれ　神　聖《せい》なる　混沌《こんとん》、
来たれ　神　聖《せい》なる　不調和《ふちょうわ》、
来たれ　未知なる　変数、
混沌《こんとん》は　ここにあり！

ふたりは、気がつくと巨大《きょだい》な紫《むらさき》の部屋にいた。天井がものすごく高く、床《ゆか》はあらゆる方向に広がっている。何列も立ち並《なら》ぶ美しい柱が、天井と床《ゆか》をつないでいる。松明《たいまつ》が壁面《へきめん》に並《なら》び、やわらかい金色の光がふたりを迎《むか》えた。

部屋の中央には、台があり、グランポの殻《から》と同じ紫《むらさき》の石でできている。しかし殻《から》のはずはない。グランポの殻《から》はずっと小さい。台の上のほうに小さな箱のようなものがあって、そこまで上がる階段《かいだん》がついている。箱はグランポの殻《から》にそっくりだった。そしてその上に、怒《おこ》って、恨《うら》みがましそうに、殻《から》から出《で》た、ありのままのシュルカーがすわっていた。その小さな塊《かたまり》は、表面がうっすらと光る黄緑《きみどり》で、ソフトボールほどの大きさしかなく、どろっとした痰《たん》より少し固《かた》い程度《ていど》だ。

「けがはない？」モーは恐《おそ》る恐《おそ》るきいた。

「これが、きみの殻《から》？」フィンは驚《おどろ》いた。

グランポは箱の上で腹《はら》を立てている。

「これはふつうのシュルカーの殻《から》じゃないよ」モーはいった。「シュルカーならよく知ってるけど、これはちがう」

「まあまあ筋《すじ》が通ってるな、おたんちん。おれっち、シュルカーじゃない」グランポはいった。

「脳《のう》みそが半分でもあるやつなら、だれだってとっくに気づいてる」

グランポがいった。

グランポがしゃべった。声に出して。人間のように。

上のほうでは、殻《から》の外で騒々《そうぞう》しい音がしている。すさまじい戦いの音だ。

「じゃあ、きみはなんだ?」フィンがたずねた。のどがからからで、しゃがれた声になった。

ソフトボール大のスライムの塊《かたまり》は、目をぐるりと回《まわ》した。

グランポは、つつましく頭を下げていった。「おれっち、偉大《いだい》なる混沌《こんとん》だ。あーあ、おれっち、お前らふたり、大嫌《だいきら》い。本当《ほんとう》に、マジで、かみついてやりたい」

第21章　偉大《いだい》なる混沌《こんとん》、万歳《ばんざい》！

「え？　グランポ、なに？」モーがいった。

「きこえただろ、アルティモ。いつも、おれっちのいうことをきいてるだろう。このやりとりは、もう、うんざりだ。いろんな方法でかたっぱしからやってみた。最初は、おもしろかったけど、次はこうなるなって予測《よそく》がつくようになると、大嫌《だいきら》いになるんだ。それに、お前らふたりをみてると、じんましんが出る」

「グランポが、偉大《いだい》なる混沌《こんとん》でエンダーマンの神？」フィンは首を振《ふ》った。「まさか。きみはグランポだ！　なんでも嫌《きら》って、ぼくに怒鳴《どな》って、ときどきぼくは、リンゴをひとつとか、タラを少し、一日の終わりにごほうびにあげるんだ」

「タラの剥製《はくせい》でも作ってろ」シュルカーはうなった。「おれっち、タラ、嫌《きら》い」

フィンはにっこり笑った。「それでこそ、ぼくのグランポだ。よしよし、いい子だ」

「おれっちは、よくも悪くもないし、お前のペットじゃない！」シュルカーは、大声でいった。

「〝神〟なんてのは窮屈《きゅうくつ》な言葉だ。おれっちは、宇宙《うちゅう》ができたときには、もういた。そして、宇宙《うちゅう》が燃《も》え尽《つ》きるときにも存在《そんざい》する。おれっちは、はじまりの者たち、ジ・エンドを作った者たちを知ってる。そいつらが、この地に上陸して、自分たちの役目を果たし、自分たちの絶滅《ぜつめつ》を受け入れるのをみてきたんだ。おれっちは、創造《そうぞう》という歯車の歯のなかにある、永遠《えいえん》なる予測不能《よそくふのう》で思いがけない偶然《ぐうぜん》なんだ」

モーは手《て》の甲《こう》を掻《か》いた。「じゃあ、エンダードラゴンは？　ドラゴンも、そんなようなことをいうよ。宇宙《うちゅう》の果《は》てに住まう、無限《むげん》なる稲妻《いなずま》のごとき夜竜《やりゅう》だって」

「エンダードラゴンは、おれっちの犬だ」グランポは、あざ笑った。「千年か二千年前に、さみしくなっちゃったんだ。それで、寄《よ》り添《そ》えて、いろいろな芸をして楽しませてくれるだれかがほしかったんだ。だれだって、だれかに寄《よ》り添《そ》いたいもんだよな。エンダードラゴンが進化して自己《じこ》を認識《にんしき》したのはおもしろかった。火を吐《は》くようになったのも。おれっち、エンドラを誇《ほこ》らしく思う」

「あなたがそんなに偉大《いだい》で強力なら、なんで丸めた鼻くそみたいな格好《かっこう》なの？」

「――シュルカーみたいに」モーはたずねると同時に、あわててつけ足《た》した。

「お前らをこのサイクルでも、ほかの多くのサイクルでも監視《かんし》するためだ。おれっちの本当の姿《すがた》をみたら、お前らの肝臓《かんぞう》が一瞬《いっしゅん》にして溶《と》けちゃうぞ。それに、この姿《すがた》なら、みんな放《ほう》っておいてくれるし、あんなばかみたいなお祝いの歌をきかなくていいからな。神になると、〝プライバシーよ、さようなら〟だ。どこにいっても追い回される」

フィンはいった。「ぼくらを監視《かんし》するって、なんで？」

「だって、おれっち、お前ら、嫌《きら》いだもん」偉大《いだい》なる混沌《こんとん》は、にやっとした。「熱烈《ねつれつ》に強烈《きょうれつ》に嫌《きら》いだから、お前らから目を離《はな》せない。おれっちが、お前らのことどんなに嫌《きら》いか、お前らにはまったく想像《そうぞう》がつかない」

モーは、どさっと床にすわった。「なんで、こんなことが起こってるの？　なんで、わたしのことをアルティモって呼《よ》んだの？　わからない」

「あー、かわいいな」グランポは甘《あま》ったるい声でいった。「お前にわからないのは、お前がミートボールみたいに頭が悪いからだ。ふたりともそうだ。だけど、あんまり落ちこむな。それは、おれっちの失敗でもある。おれっちの犬が、お前らの宿題を食っちまったんだ」

「ジャックスが、あなたの犬を殺《ころ》しちゃう。外にもどらなきゃ」モーがいった。

「なんで、おれっちが、そいつを止めなきゃならない？　いずれだれかが必ず、エンダードラゴンを倒《たお》す。それが、サイクルのはじまりだ」

モーは、もう少しでわかりそうな気がした。歯になにかが挟《はさ》まっているのはわかるのに、どうしても取れないような感じだ。サイクル。エンチャントされた本。ドラゴンの卵《たまご》。アルティモ。すべてのピースがそろっている。だが、モーは、そのパズルを完成させられなかった。

「混沌《こんとん》はサイクルが大嫌《だいきら》いだ」フィンはいった。どうしてそんなことをいったのか、わからなかった。ただ、ふと頭に浮《う》かんだのだ。

「ほほう。それでこそ、おれっちの知ってるフィンだ。もちろん、それはすっかり正しいとはいえない。世の経典《きょうてん》にはときに、そんなことが書いてある。すごくもっともにきこえるが、真実はもっと複雑《ふくざつ》だ。サイクルに悩《なや》まされたことは一度もない。おれっちは、サイクルとともにある。おれっちが、サイクルを開始させるんだ。それを断《た》ち切ったのは、お前らふたりだ」

「どうやって？　わたしたち、なにをしたの？」モーがたずねた。

「お前ら、はまっちまった」グランポはいった。くぐもって、しめっぽい声だった。「お前ら、出られない」シュルカーの顔が（顔があればだが）、真剣《しんけん》になった。灰色《はいいろ》のにごった目には、あわれみに似たものが浮かんでいた。

「ああ、おれっち、お前らを助けてやろうとしたぞ。カンを船にこさせるなっていった。人間たちを殺《ころ》せっていった。やつらをかみつかせてくれたら、お前らのためになるっていった。おれっちは、カンにだって、ずっといっしょにいてもいいって、いってやったんだ。だって、そうしたら、なにかこれまでとちがうことになるからな。混沌《こんとん》になるからな。だけど、お前ら、ちっともいうことをきかない。手遅《ておく》れになるまできく耳をもたない。すべてが終わって、すべてがまたはじまる前に、その瞬間《しゅんかん》はやってくる。そのとき、お前らは、すべてを思い出す。すべてを知る。これまでに千回も起こったことだ。これからもまた起こることだ。そして、お前らは目をはらすほど泣きじゃくる。なぜなら、お前らは人間で、泣くのは人間のすることだからな。おれっち、お前らをばかにしてるんじゃないぞ。泣けるのは、うらやましい。神は泣けないからな」

「グランポ、たのむよ」

「おれっちは、グランポじゃない」

「だけど、きみはグランポだ」フィンはいい張《は》った。「きみの一部はグランポだ。長いことぼくらと暮《く》らして、侵入者《しんにゅうしゃ》たちからぼくらを守り、ぼくらのポップコーンを食べてたんだから、ちょっとくらいぼくらのものだろ。ぼくらのいい子《こ》」

偉大《いだい》なる混沌《こんとん》は、ため息をついた。そして、腹立《はらだ》たしそうに紫《むらさき》の石の上で、びしゃっと音を立てた。それから、いった。

「これは全部、前にもいったことだが、もう一度いう。おれは、お前が嫌《きら》いだ、フィン。お前が嫌《きら》いだ、モー。前回、お前たちが嫌《きら》いだといったときよりも、もっと嫌《きら》いだ。エンダードラゴンは、この世界《せかい》の心臓《しんぞう》だ。ジ・エンドの中心で脈打《みゃくう》っている。同じ円を描《えが》いて、脈拍《みゃくはく》のように一定のペースで旋回《せんかい》する。やつがいるから、なにもかもうまくいく。最初から、人間はエンドラを求めて探検《たんけん》にきていた。エンドラをみつけて、倒《たお》すためだ。エンドラを倒《たお》せるという以外に、これといった理由はない。おれのかわいそうなワンコが死ぬたびに、新しいワンコが生まれなければならない。そのサイクルは、まったく問題ない。世界には心臓《しんぞう》が必要だからな。エンダードラゴンが消えると、卵《たまご》があらわれ、新たなエンダードラゴンが生まれる。しかし、エンドラほど強力で、太古《たいこ》の昔からいて、主人である偉大《いだい》なる混沌《こんとん》に忠実《ちゅうじつ》な者が死ねば、必ず……波紋《はもん》が起こる。〝波紋《はもん》〟と呼んでおこう。船が高速で通ると、海はかき乱《みだ》されて、あとに波が立つ。水が押《お》しのけられて、入れ替《か》わるからだ。エンダードラゴンが死ぬとき、それと同じことが起こる。これから……そうだな、およそ、十分《ぷん》か十五分くらいで起こるにちがいない。エンドラの体から巨大《きょだい》な波紋《はもん》が広がる。波紋《はもん》はジ・エンドじゅうに潮《しお》が満ちるように押《お》し寄《よ》せ、すべてのものに届《とど》く。そして、忘《わす》れさせる。世界のリセットだ。それより前に起こったことはなくなり、いまだけになる」

「なんで？　いったいそれが、だれの役に立つの？」モーはたずねた。

「お前が死ぬと、体はまた再生成《リスポーン》する。そうだろう？」グランポに肩《かた》はないが、肩《かた》をすくめる真似をしてみせた。「エンドラも同じだ。あれが死ぬと、そういうことが起こる仕組みなんだ。あれこれ文句をいってもしょうがない。お前はいつも、うるさくてしょうがなかったぞ、アルティモ。悪い癖《くせ》だ」

「わたしはアルティモじゃないもん！」モーは怒っていった。「わたしは、ただのモー！　船と、ウマと、双子《ふたご》のいる、ただの女の子」

シュルカーはしわがれた声で笑った。「もちろん、お前はアルティモだ。華麗《かれい》なるアルティモ。究極《きゅうきょく》の醸造師《じょうぞうし》、アルティモ。ゾンビホースが、だれのいうことでもきくと思うか？　よく考えてみろ。それから、お前は大魔術師《だいまじゅつし》のエル・フィン、夜の炎だ。ふたりとも、あっちの世界では有名だった。だれもが、お前たちから学びたがった。アルティモは広い墓地《ぼち》に住んでいた。そこにはあらゆる種類の植物と鉱物《こうぶつ》があり、アルティモはそれを意のままに使えた――人は死ぬと、最も大切なものといっしょに埋葬《まいそう》されるからな。アルティモが醸造《じょうぞう》するポーションを使えば、昼だろうと夜だろうと、いかなることも可能《かのう》になるといわれたものだ。不可能《ふかのう》なことを可能《かのう》にする。ほかのだれにも思いつきさえしないようなことができる。エル・フィンは砂《さ》漠《ばく》で、松明《たいまつ》だけで作られた城に住んでいた。おれが知る限《かぎ》り、ふたりは偶然《ぐうぜん》に出会った。そうして、ふたりの天才がジ・エンドにやってきた。何サイクルも前に、お前たちがおれの犬を倒《たお》す番がきたのだ。だから、お前たちはやっただろう？　バン！――眉間《みけん》に一発。だが、お前たちは満足そうにただ眺《なが》めていた。ほかの人間のように、戦利品を手にして出口《でぐち》ポータルに飛びこもうとはしなかった。お前たちは、いつ、いつまでも去らず、おれのかわいそうなワンコの記憶《きおく》喪失《そうしつ》の波にのまれた。お前たちは思い上がって、基本的《きほんてき》な安全対策《あんぜんたいさく》をとらなかった。最低だ。

そうやって、何度も同じことをくり返している。短いサイクルもある。長いサイクルもある。だが、どれもみな、終わりは同じだ。お前たちは目覚《めざ》めるときカボチャをかぶっているから、エンダーマンにはお前たちの正体はわからないし、もちろんお前たちは覚えていない。エンダードラゴンの死は、お前たちの頭の中をまっさらに洗《あら》い流すから、お前たちにはエンダーマンの思考が実際《じっさい》にきこえるようになる。人間の頭の中は、ふつうはさまざまな思考がありすぎて、エンダーマンの思考はききとれないからな。そうなると、お前たちはいろいろな思いこみをする。人間は、なにもないところにパターンを作り出すのが得意《とくい》だ。秩序《ちつじょ》を……そうだな、おれから作り出す。お前たちは、うまく合わないものはつくろって、強引に合わせる。船に乗って中をみれば、自分の家だと思いこむ。近くにいる者に会えば、だれもお互《たが》いを覚えていないと認《みと》めるのが恥《は》ずかしく、なぜその日はこんなに朝から調子が悪いのか、その理由をでっちあげる。お前たちはほかのエンダーマンのようにスタックしなくても知性《ちせい》を保《たも》っていられるから、自分たちはただ……特別なんだと思いこみ、もともとエンダーマンではなかったのだとは考えない。殻《から》に入ったシュルカーをみれば、ペットだと思いこむ。お前たちには両親がいないから、両親がなぜいなくなったのか説明のつく物語がなければならない。火に取りつかれた大魔術師《だいまじゅつし》なら、雨を毛嫌《けぎら》いするのは当然だろう？　鏡に映《うつ》る自分の顔がわからなくなっても、体が覚えていることもある。それから？　お前たちに好意的な変わり者の少年に出会い、小さい頃《ころ》からずっと友だちだったと思いこむ。限《かぎ》りある命をもつ者の想像力《そうぞうりょく》は驚異的《きょういてき》だ。一日とかからないうちに、ジ・エンドは、忘《わす》れてしまったこと自体《じたい》を忘《わす》れてしまう」

モーはじっくり考えた。それが真実なの？　それって本当？　わたしが、華麗《かれい》なるアルティモ？　しかし、なにもわからなかった。なにひとつ、思い出せなかった。

「カンは？」モーはたずねた。「カンは、わたしたちとはちがう。人間じゃない」

グランポは目を閉《と》じた。「ああ、カン。おれのエンダーマン。おれの最高のエンダーマン。おれは偉大《いだい》なる混沌《こんとん》だ。未知の変数は、おれが世界にもたらす贈《おく》り物。カンはただ、……カンだ。カンは生まれつきちがっていた。緑の目。突然変異《とつぜんへんい》。突然変異《とつぜんへんい》は宇宙《うちゅう》で最も尊《とうと》い。突然変《とつぜんへん》異《い》が起こらなければ、いつまでもなにひとつ変わらない。カンは特別なはみ出し者だ。カンははみ出していたから、よそ者があらわれたとき、かかわろうとした。カンはエンダーマンに愛してもらえなかったから、よそ者が愛してくれることを願った。だからといって、喜《よろこ》ぶな――お前たちは、カンをただのエンダーマンと思い、特別だとは思わなかった。最初のサイクルでのことだ。エンダードラゴンの波がお前たちを捕《と》らえたとき、カンは近くに隠《かく》れていて、勇気を振《ふ》り絞《しぼ》って美しい醸造師《じょうぞうし》に話しかけようとした。そして、お前たちが目覚《めざ》めたとき……」

「カンがそばにいた。それで、ぼくらはカンに親しみを感じた」フィンが続きをいった。

「その通りだ。だが、それが突然変異《とつぜんへんい》の奇跡《きせき》だ。お前たちが親しいと想像《そうぞう》することで、実際《じっさい》に親しくなった。いまでは、フィンとモーがいるところには必ずカンがいる。カンはお前たちと多くの時間を過《す》ごし、思考がふたりの強力な人間の頭脳《ずのう》に組みこまれた。こうしてカンは、おれがみてきたどのエンダーマンも及《およ》ばないほど進化した。

サイクルが、おれのエンダーマンたちをみんなおかしくしてしまった。ひとりひとりが、この退屈《たいくつ》な物語がくり返されるたびに、少しずつ曲がって、壊《こわ》れ、ゆがんでいく。そうでなければ、彼《かれ》らはクライを司令官にしようとか、軍隊を作ろうとか、あわれなイレーシャを偉大《いだい》なる混沌《こんとん》の代弁者《だいべんしゃ》にしようなどとは、決して考えなかったはずだ。このサイクルがくり返されるようになるまでは、だれもそんなことは、夢《ゆめ》にも思ったことがなかったはずだ！　正直いって、悲惨《ひさん》だ。昔のクライを知っているか？　ああ、クライはじつに退屈《たいくつ》なやつだった。しかし、いちばん変わったのはやはりカンだ。カンは、この頃《ごろ》、ほとんど人間のようだ。それに、あの音楽。すばらしい音楽。カンはおれが正しいことを示《しめ》す、決定的な証拠だ。カンの歌は、おれのすべてを証明《しょうめい》している。美しいものは混沌《こんとん》から生まれる。お前たち三人は、自分たちでエンドを作ったのだ。だれも、そんなことは予測《よそく》できなかっただろう」

「これまでに、何サイクルあったの？」モーはぼうぜんとしている。

「これで千回目のサイクルだ」エンダーマンの神は答えた。

話はフィンとモーの理解《りかい》をこえていた。ふたりは床《ゆか》に仰向《あおむ》けに寝転《ねころ》んで、暗く落ちこみ、途《と》方《ほう》に暮《く》れていた。とてつもなく重いものがのしかかってきて圧倒《あっとう》されていた。

「なんでさっさと、話してくれなかったのさ？」

「話してどうなる？　おれは忠告《ちゅうこく》してきた。助けようとした。話そうとした。毎回、サイクルを変えようとした。だが、お前たちはものすごく頑固《がんこ》だ！　人間は秩序《ちつじょ》が大好きだからな。秩《ちつ》序《じょ》に夢中《むちゅう》だ。そして、お前たちは何度も何度も、そのままでいたいといい張《は》ってきた」

「なあ……、ぼくらは双子《ふたご》なのか？　グランポ、モーはぼくの双子《ふたご》の妹か？」

シュルカーは声を上げて笑った。「おれは物事をかなり深く理解《りかい》しているが、おれが知る限《かぎ》り、お前たちふたりが出会ったのは、ジ・エンドへのポータルを通り抜ける二週間前だ。それまでは、お互《たが》いのことなどろくに知らなかった。信じられないだろう？」

「サイクルを断《た》ち切らなければ」フィンがついにいった。「それしかない。ぼくらはジ・エンドを出ていく。そうすれば、ぼくらはいき詰《づ》まることもないし、すべてはこの先ずっと正常《せいじょう》になる」

混沌《こんとん》の神は笑った。

「それがお前の口癖《くちぐせ》だ、大魔術師《だいまじゅつし》。同じことを、九百九十九回きいたぞ」

モーは笑わず、戸惑《とまど》っていた。ロウズサムとカンのことを考えた。ジェスター、ジャックス、ローリー、コールのことを考えた。クライと、イレーシャと、カーシェンと、音ブロックが地上世界《オーバーワールド》の雨の夜に響《ひび》いていたことを考えた。そのすべてがモーのエンドだ。もしも、ペットのシュルカーがうそをついていなければ、ふたりは間違《まちが》いなく、上の世界よりずっと長い間、こちらの世界に住んでいたことになる。そして、つい二、三日前まで、ふたりはとても幸せだった。

「ほうら」グランポがあやすように小声でいった。「問題がひとつあるぞ、フィン。モーは、こ、ここが好きなんだ」

フィンは無視《むし》した。「これはすべて、前に起こったことだといったよな。ぼくは本を読んだ。だから、少なくとも、真実の一部を語ってくれたのはわかる。だけど、あいつらはどうなんだ？　外でエンドラと戦ってる人間たちは？　ジェスターは？　あいつらは、これまでもサイクルの一部だったのか？」

グランポは少し驚《おどろ》いたようだった。不意を突《つ》かれた感じだ。グランポは「いや」と慎重《しんちょう》にいった。「彼《かれ》らは初めてだ」

「なら、チャンスはある」フィンは、がばっと起きた。「変化を起こすチャンスはある。サイクルを断《た》ち切《き》って、オーバーワールドへ脱出できる。カンは連《つ》れていけばいいよ、モー。たぶんそれが気になっているんだろう？　カンを連《つ》れていって、新しい生活をはじめよう。家を建てて、畑を耕《たがや》すんだ」モーはとても不安そうだ。「ぼくらがいっしょなら、すべてうまくいく。宇宙《うちゅう》はそういう仕組みなんだ。きいてなかったのか？」

フィンはモーに笑いかけた。モーは、いつものそのいたずらっぽい笑顔を生まれてからずっとみてきた。モーにとって、大事な人生を通してずっと。

「うー、どんな結末になるか、楽しみで待ちきれない」グランポは皮肉たっぷりにいった。

「どきどきするぞ」

なにかが殻《から》の上に激突《げきとつ》し、紫《むらさき》の石のすき間から土が落ちてきた。

「急いだほうがいい」グランポは、どうでもよさそうにいった。フィンとモーは立ち上がると、階段《かいだん》を上って、殻《から》の蓋《ふた》のほうに向かった。

「いいか、おれの子どもたち」偉大《いだい》なる混沌《こんとん》は、唐突《とうとつ》に穏《おだ》やかなやさしい声でふたりに呼《よ》びかけた。「覚えておいてくれ。なにが起ころうと、お前たちがなにをしようと、いおうと、たとえお前たちが生き延《の》びても死んでも、たとえお前たちの夢《ゆめ》がかなっても、彼《かれ》らの灰《はい》を飲むことになっても、おれはいつも、どんなときだって、お前たちが嫌《きら》いだ。時間の終わりまで、おれはお前たちのことを、この宇宙《うちゅう》のなによりも嫌《きら》っている」

フィンは眉《まゆ》を寄《よ》せた。妙《みょう》な考えが頭に浮《う》かんだのだ。「グランポ、きみがぼくらのこと嫌《きら》いだっていうとき、本当はぼくらのこと大好きってことなのか？　これこそ、いかにも偉大《いだい》なる混沌《こんとん》らしい、ってことなのか？　辞書に書いてある通りの言葉を使うのは、秩序《ちつじょ》っぽすぎるってこと？　ひどい冗談《じょうだん》だな」

「だといいな」シュルカーは、ばかにするように鼻を鳴らした。そしてフィンの後ろ姿《すがた》にうなずいた。

「出るときは、ギフトショップを通ってくれよ」グランポは、自分にしかわからない冗談《じょうだん》をいった。フィンもモーも笑わなかった。ふたりとも、ギフトショップがなにかを知らなかったのだ。

蓋《ふた》が閉《し》まる音が、偉大《いだい》なる混沌《こんとん》のすみかに響《ひび》き渡《わた》った。

「船でまた会おう」偉大《いだい》なる混沌《こんとん》は、暗がりに向かっていった。

第22章　最後の戦い、再《ふたた》び

華麗《かれい》なるアルティモと大魔術師《だいまじゅつし》のエル・フィンは、シュルカーの殻《から》から飛び出した。ふたりは、すでに火の海になっている戦場に降《お》り立った。

エンダーマンの聖歌隊《せいかたい》は、柱の後ろに隠《かく》れるか、ただ逃《に》げ回っていた。エンダードラゴンは、傷《きず》ついて怒《いか》りの咆哮《ほうこう》を上げた。素早《すばや》く身をかわし、柱の間を飛びまわっているが、片方《かたほう》の翼《つばさ》から大量の血を流している。ジェスターとコールは、島の中央にある石柱の近くで武器《ぶき》を手に、ドラゴンがぐっと降下《こうか》してくるのを待ち、すべてを終わらせようとしている。ローリーはふたりの間を走って、少しずつポーションを分けている。ジャックスは、叫《さけ》んだり、わめいたりし、焦《こ》げた大地ではね回っている。そして、クロスボウの弦《げん》を引いて固定し、とどめの矢をつがえようとしていた。

「だめ！」モーは叫《さけ》ぶと、ジャックスに飛びかかり、手に持っている矢を叩《たた》き落とした。

「この間抜《まぬ》け」ジャックスは怒鳴《どな》った。「なにすんだよ？」

「あとで説明する！」

ジャックスは目をぐるりと回し、モーを無視《むし》した。いまは戦いのときで、ジャックスは、モーの心からの思いをきくつもりはまったくなかった。

エンダードラゴンが、ふたりをみた。白い目が燃《も》える。ドラゴンは翼《つばさ》をたたみ、ふたりをめがけて急降下《きゅうこうか》してきた。

「よし！　やろう！　これで終わりだ！」ジャックスは、うれしそうに笑った。「最後の確認《かくにん》だぞ、みんな！　上着、よし？　鍵《かぎ》、よし？　トイレにいきたいやつはいるか？　いない？　じゃあ、**やるぞ！**」ジャックスは、別の矢をつがえると、ドラゴンをねらった。そして射《う》った。

エンダードラゴンは怪物《かいぶつ》のような紫《むらさき》の口を開け、なんでもないように矢を食った。

そして、ジャックスを食った。

モーは目の前でそれをみた。たったいま、ジャックスは軽やかな足どりで、大昔からいる神のお気に入りのペットをからかっていた。なのに次の瞬間《しゅんかん》、ジャックスは消えて、クロスボウだけが空から降《ふ》ってきた。

「なんてこった」フィンは息をのんだ。「まずいぞ」

「エンドラ、やめて！」モーは叫《さけ》んだ。「わたしよ！　モーだよ！」

しかし、宇宙《うちゅう》の果てに住まう無限《むげん》なる稲妻《いなずま》のごとき夜竜《やりゅう》、エンダードラゴンは、そんなことは気にもしない。与《あた》えられた役目を果たしているのだ。ジ・エンドをよそ者から守る。重要なのはそれだけだ。そして、モーもよそ者だった。ずっと、よそ者でしかなかった。

エンダードラゴンは、モーに向かってきた。金切り声を上げ、モーも貪《むさぼ》り食おうと舞《ま》い降《お》りてくる。モーは全速力で走り出した。金切り声を上げているのはエンダードラゴンだけではない。だれもが悲鳴を上げている。まわりのすべてが燃《も》えていた。

カンは？　モーは、必死に考えた。カンはどこ？　どこにテレポートしたの？　無事なの？

フィンがモーを突《つ》き飛ばして伏《ふ》せた。ドラゴンが急上昇《きゅうじょうしょう》する。フィンの上腕《じょうわん》を一本のかぎ爪《づめ》がえぐった。大魔術師《だいまじゅつし》エル・フィンは苦痛《くつう》に叫《さけ》び声《ごえ》を上げた。

モーの口に砂《すな》が入った。〈これが。これが、偉大《いだい》なる混沌《こんとん》なの。死との戦い。ゲームみたいに思っているうちに、すべてが焼け、仲間が死んでいく〉

ローリーが、柱の陰《かげ》から治癒《ちゆ》のポーションを投げた。ジ・エンドの薄明《うすあ》かりにガラス瓶《びん》がきらめく。瓶《びん》は一瞬《いっしゅん》、輝《かがや》きを放ち、同時にドラゴンが猛《もう》スピードで通り過《す》ぎた。瓶《びん》が砕《くだ》け散《ち》る。治癒《ちゆ》のポーションの雨が霧《きり》になって降ってくるが、飛び散ってしまって、だれも癒《いや》すことはできない。

だれよりも、ローリーを癒《いや》すことができなかった。ローリーは岩の上に突《つ》っ伏《ぷ》して、目を閉《と》じている。

フィンは声にならない叫びを上げた。〈だめだ、だめだ、だめだ！〉やっとわかったんだ！ぼくらは、サイクルを修正《しゅうせい》するんだ！　すべてが丸く収《おさ》まるはずなんだ！

「助けて！」騒然《そうぜん》とするなか、コールが大声で呼《よ》んだ。「フィン、モー！　助けて！」

ふたりは割《わ》れた岩盤《がんばん》の上を走り、燃《も》え盛《さか》る炎《ほのお》とがれきの間をぬって、ジェスターとコールのところへ向かった。エンダーマンがふたり、ジェスターとコールを押《お》さえつけて殴《なぐ》りつけている。

「カーシェン」モーは息をのんだ。

カンの第二ハブユニットだ。それに、コネカ。フィンが、エンダードームの外で会ったフラグメントだ。エンダーマンはふたりではとても理性的《りせいてき》にはなれない。ものすごく戦いに強くなれて、だれかを殺《ころ》したい理由を理解《りかい》するのが精《せい》いっぱいなのだ。

フィンは、あたりをみた――剣《けん》は？　だれかの剣《けん》はないか、だれの剣《けん》でもいい。いや、ちがう。フィンの剣《けん》だ。フィンとモーの。ふたりの宝《たから》。エンダーマンに使われて、そこに放置されている剣《けん》。モーはすでに、トライデントのほうに、はっていっている。

モーは、フィンよりもコールたちに近かった。フィンは、モーに手振《てぶ》りで伝える。

〈いけ、いけ、いくんだ！　ぼくを待つな！　ぼくは大丈夫《だいじょうぶ》！〉

カーシェンは、コールを何度も殴《なぐ》った。コネカは歯をむき出し、ジェスターに向かっている。

フィンは落ちている剣《けん》を握《にぎ》った。モーは水ぶくれのできた手にトライデントを握《にぎ》ると、転がるようにして立ち上がった。

しかし、意味がなかった。ドラゴンを前にしては、たいていのことは意味がない。ドラゴンは空を切って、そう広くない灰色《はいいろ》の岩盤《がんばん》をめがけてくる。フィンは必死に走《はし》り、ジェスターとの間の距離《きょり》を詰《つ》めようとした。ジ・エンドに図書館を建《た》てて、ただフィンたちと同じようにここに住みたかったジェスター。フィンを助けてくれたジェスター。フィンが助けたジェスター。

長く茶色い髪《かみ》の、表情《ひょうじょう》豊かな目をしたジェスター。フィンは泣きじゃくった。フィンにはまだ、ジェスターに伝えられずにいることがあった。ジェスターがここにとどまりたいといったことが、フィンはとてもうれしかったのだ。

モーは、あと一歩で、ジェスターたちのところにたどり着けそうだった。たどり着けたはずだった。だが、未知の変数が道を譲《ゆず》ることはない。

ロウズサムが、どこからともなく飛び出してきた。血走った目は、涙《なみだ》を流している。死にそこなったゾンビホースは、母親と衝突《しょうとつ》して中央の石柱エリアからはじき出した。ロウズサムがモーのほうを振《ふ》り返ったとき、エンダードラゴンが口を開け、口の中のものをジェスター、コール、カーシェン、コネカ、そしてロウズサムに向かって吐《は》き出し、全員を白く燃《も》える火で包みこんだ。人間は一瞬《いっしゅん》で灰《はい》になった。フィンがジェスターの名前を呼《よ》ぶ間もなかった。コールが「うそ」といいかけたまま、ちりのように散《ち》っていった。最後の瞬間《しゅんかん》まで、コールは無事《ぶじ》脱《だつ》出《しゅつ》できると思っていた。いつも脱出してきたのだ。カーシェンは煙《けむり》になって消えた。コネカは、ジ・エンドの無《む》限《げん》の闇《やみ》を見上げた。〈この砂丘《さきゅう》はさみしいですね〉フィンには、コネカの思いがきこえた。コネカも消えてしまった。

ロウズサムは燃《も》えていた。死にそこなった体はろうそくで、長いたてがみが芯《しん》だった。ロウズサムは燃《も》え続け、モーはすすり泣いた。両手をウマのほうにのばしたが、触《ふ》れることはできない。火はとても熱《あつ》く、すさまじかった。

〈マーマ!〉ロウズサムは頭の中で叫《さけ》んだ。〈ころされた。ころさーーーれた〉死んだウマは、がくっとひざをついた。

〈どうして、ロウズサム?〉モーの思いは、涙《なみだ》にぬれていた。〈どうして、いわれた通り、安全なところにいなかったの、かわいいおばかさん〉モーは、もう二度と触《ふ》れることのできないやさしい生き物のほうに両手をのばした。〈死なないで。ばかよ、わたしのために死ぬなんて〉

モーは、ロウズサムのやさしくおぞましい魂《たましい》を、最後にもう一度のぞきこんだ。そこには、どこまでも広がる墓地《ぼち》があった。針金細工《はりがねざいく》のような木々。不気味な月。墓石《はかいし》は、どれも新たに書き直されていた。**「花を食べる」「雨の中を走る」「音楽」「空の檻《おり》」「ママ」「ドラゴン!」「ママ」「華麗《かれい》なるアルティモ」**

そして、ひとつの墓石《はかいし》には**「さよなら」**と刻《きざ》まれていた。腐《くさ》って朽《く》ちかけた手が、地面からもぞもぞと出てきた。

〈大好きよ〉モーは、ロウズサムの頭の中の墓地《ぼち》に思いを向けた。

手は悲しそうに揺《ゆ》れ、それから静かになった。

フィンとモーは、殺《さつ》りくの場のまん中に、呆然《ぼうぜん》と立っていた。どうしようもなかった。あんなに急な展開《てんかい》があっていいのだろうか？　不公平だ。修正《しゅうせい》できなかった。修正《しゅうせい》できないなら、あんなにあっという間に終わらせることはないじゃないか。

涙《なみだ》を流しながら、大魔術師《だいまじゅつし》、エル・フィンはつぶやいた。「まだ、サイクルを断《た》ち切《き》れる。カンをみつけたら、カンはぼくら三人をオーバーワールドにテレポートさせられる。そんなに大変なことじゃない。エンドラはまだ生きてる。いま出ていけば、再《ふたた》びはじめにもどることはない」

しかし、モーは動けなかった。ロウズサムを置いていけない。エンダードラゴンに食われ、その腹の中で上空を飛び回っているジャックスだって、放ってはおけない。

〈三日前、わたしは幸せだった〉モーは思った。そして、頭の後ろで手を組んで地面に寝転《ねころ》んだ。なにが起こったかが、そんなに大事？　わたしは、華麗《かれい》なるアルティモなんかじゃない。兄さんさえいない。ちっぽけなわたし。

一刻《いっこく》を争《あらそ》う状況《じょうきょう》のなか、その歌はいきなり大音量で空に響《ひび》き渡《わた》った。ほかのすべてと同じように、豊《ゆた》かで、美しく、悲しく、甘《あま》く、複雑《ふくざつ》だった。モーは、その歌を知っていた。頭を動かして、どこからきこえてくるのかを探《さが》す。

フィンは、煙《けむり》と自分の涙《なみだ》とでよくみえない目を凝《こ》らした。フィンもその歌を知っていた。

〈だけど、カンはここにいちゃいけない。カンは無事でいてくれないと。ここから離《はな》れたところで。グランポがいってた。カンは、くるなといっても必ずくる〉フィンの手《て》に、灰《はい》が積もっていた。フィンはそれをみつめて、身震《みぶる》いした。煙《けむり》の層《そう》をくぐるようにかがみ、ジャックスがクロスボウを落とした場所にはっていく。両手でクロスボウを取ると、しっかり抱《かか》えた。エンドラにカンまで取られるわけにはいかない。ぜったいに、そんなことはさせない。

しかし、ドラゴンはカンを殺《ころ》そうとしていなかった。じっとしている。

きいている。

エンダードラゴンは首を傾《かし》げ、音楽にきき入っていた。全身が完全に静止している。カンが音ブロックを弾《ひ》きながら物陰《ものかげ》から出てきた。これほどすばらしい音色を出したブロックは過去《かこ》になかったし、未来にもないだろう。カンの緑の目が黒い霧《きり》の中で輝《かがや》いている。

モーがフィンの腕《うで》に触《ふ》れ、フィンは飛び上がった。

〈びっくりするじゃないか！〉フィンは心底驚《しんそこおどろ》いていた。

モーはフィンの目をみつめた。三日前までは赤紫《あかむらさき》だったフィンの目。モーは、フィンの腕《うで》をぎゅっとつかんだ。そしてふたりは思いを交わし、すべてを一瞬《いっしゅん》で理解《りかい》した。計画する必要はない。話し合う必要もない。

〈カンを死なせてはだめ〉モーは思った。〈ぜったいに〉そして、すぐに続けた。〈それに、ほかのみんなも死なせてはだめ。あの人たちの旅はわたしたちの悪夢《あくむ》になっちゃったけど、それはあの人たちのせいじゃない。あの人たち、すべてを失うほど悪いことはしてないよ〉

〈どっちにしても、覚えていたくないよな〉フィンは思った。〈ぼくらは失敗した。このまま失敗した記憶《きおく》を抱《かか》えていくのはごめんだ〉

〈大事なのは、家族《エンド》よ。わたしたちの家族《エンド》〉

ふたりの手には、クロスボウが握られている。

フィンがそれを放した。

モーは立ち上がって、島をずんずん歩いていった。ジ・エンドがモーの後ろで燃《も》えている。

モーの髪《かみ》が、その光を受けて輝《かがや》いた。エンダードラゴンが振《ふ》り向いてモーをみた。もう、音楽をきいてはいない。ほかに獲物《えもの》はいない。モーだけだ。エンダードラゴンは、黒い翼《つばさ》を空に広げ、天に向かって吼《ほ》え、首を下げた。そして、モーに向かって飛び立った。モーはひるまなかった。ねらいを定め、正確《せいかく》に射《い》た。

〈ゲームオーバー〉エンダードラゴンの声が、モーの頭脳《ずのう》に響《ひび》く。〈もう一度、トライ?〉

矢はエンダードラゴンの眉間《みけん》をとらえ、ドラゴンの命の火が消えた。

しかしその前に、ドラゴンの巨大《きょだい》な体が華麗《かれい》なるアルティモにぶつかり、容赦《ようしゃ》なくごつごつした岩盤《がんばん》にぶつけて押《お》しつぶした。

灰《はい》、煙《けむり》、くすぶっている燃《も》えさしが宙《ちゅう》に漂《ただよ》っている。カンとフィンは、モーに駆《か》け寄《よ》った。

ほんの少しでもなにかを変えられるとは、ちらりとも思わなかった。

モーが死んだ場所には、ふたつのものがあった。

モーの亡骸《なきがら》、それと、輝《かがや》く黒と紫《むらさき》の卵《たまご》がひとつ。

第23章　記憶《きおく》の波

フィンは、ひとりで船のデッキにすわっていた。夜がまわりに満ちている。空気には味があった。オゾンの強い香りと、焼けた黒曜石《こくようせき》のにおいがする。テロスが遠くで崩《くず》れていく。ジ・エンドがばらばらになり、再《ふたた》び生《う》まれる準備《じゅんび》をしている。ただ、今回、モーがいない。だが、だれにもちがいはわからないだろう。

フィンは、すべてを思い出した。大魔術師《だいまじゅつし》、エル・フィン。オーバーワールドでの人生。ブタがどんな生き物か。グランポの殻《から》の本当の大きさを、何度目にしたか。それは「すべて」と呼《よ》んでもよかった。終わり《ジ・エンド》とはじまり《ビギニング》の間の魔法《まほう》のような空間で、フィンの頭は冴《さ》えていた。

しかし、フィンはあまり気にしなかった。

フィンは、ひざの上に本をのせていた。船倉《せんそう》に残っていたうちの一冊《いっさつ》だ。がらんとした船倉《せんそう》に。前のサイクルの最後では、船倉《せんそう》はものであふれていた。あのときは、戦争などなかったし、クライ司令官もいなかった。今回、フィンは、あらゆる面で、ゼロからはじめなければならない。フィンが持っている本は、『束縛《そくばく》の呪《のろ》い　レベル2』だ。最初のページを開く。そこには、「束縛《そくばく》の呪《のろ》いは、防具《ぼうぐ》のすべてのパーツにかけられます。ヘルメットにも、チェストプレートにも、レギンスにも、ブーツにも……」と書かれていた。

大魔《だいま》術師《じゅつし》、エル・フィンは、そのページをめくり、裏《うら》に書きはじめた。

もう恐《おそ》れてはいない。あまりにも多くのことが起こった。クライをこの手で殺《ころ》してしまった。イレーシャも死んだ。カーシェンとコネカも死んだ。モーはいない。エンダードラゴンは死んだ。あわれなロウズサム。あわれなグランポ。ぼくらはみんな、あわれだ。ジ・エンドそのものが崩壊《ほうかい》しつつある。島々は持ちこたえられない。空が落ちてくる。いまなにが起こっているのか忘《わす》れてしまえるなら、この光景は美しい。本当に。じつに美しい。テロスの塔《とう》がすべて、紙吹雪《かみふぶき》のように降《ふ》ってくる。それは、じきにやってくる。記憶《きおく》という大きな波《なみ》が押《お》し寄《よ》せ、この悲しみをすべてさらっていってしまうだろう。本当に忘《わす》れられたらとてもうれしい。

ぼくは、船にもどってきた。デッキに寝転《ねころ》がると、夜が自分の意思で裂《さ》けていくのがみえる。目を閉《と》じると、カンがどこか遠くで演奏《えんそう》しているのがきこえる。よかった。カンは生きている。うれしい。カンはぼくを捜《さが》しにくる。ぼくの家族《エンド》の一員になるために。

それは、すぐそこまできている。それが島々を移動《いどう》してくるのがわかる。決して避《さ》けることはできない。抗《あらが》うだけ無駄《むだ》だ。

偉大《いだい》なる混沌《こんとん》、万歳《ばんざい》。はじまりの者たちに幸《さち》あれ。

次の世界で会おう、アルティモ。

ひんやりとした手が、フィンの手に滑《すべ》りこんできた。

「その前にフィンをみつけちゃったら、無理だね」モーがいった。

フィンは青ざめた。それから、モーをしっかり掴《つか》まえ、ぎゅっと抱《だ》きしめた。記録に残された人間の歴史《れきし》のなかで、最もきつく、最も強いハグだった。「生きてたのか！」

テロスにある塔のひとつが、島の端《はし》から虚空《こくう》へ転がり落ちた。

モーはポケットを軽くたたいた。

「不死のトーテムのおかげで生き返ったの。道路でひかれて死んだ動物みたいな気分だったけど、うまくトーテムが使えて、だからこうして、ここにいるの。有能《ゆうのう》な醸造師《じょうぞうし》は、そう簡単に死なないってこと」

ふたりはわが家《や》のデッキでくつろいで、星のない夜を見上げた。星のない未来を。カンの音楽がだんだん近づいてくる。カンは、ふたりのところに向かって、テレポートではなく、友と同じように歩いてくる。家族《エンド》と同じように。カンはもうじき、やってくるだろう。まさに文字通《どお》り、遅《おく》れるわけにはいかないのだ。

「フィンが望んだように、修正《しゅうせい》できたらよかったのに」アルティモがいった。「きっと、わたしがこのセリフをいうのは、ちょうど千回目だね」

「どうかな」フィンはため息をついた。「もしかすると、これが可能《かのう》な限《かぎ》りの修正《しゅうせい》だったのかも。ただ……あいつらが。ジェスターと、ジャックスと、ローリーと、コール。あいつらは、こっちでぼくらのパーティーに巻《ま》きこまれることはなかった。あいつらは、上の世界にいて、ブタを蹴飛《けと》ばしたり、雨の中でおどったりしているべきなんだ」

モーは顔にかかった長く黒い髪《かみ》をはらった。

「それなんだけど。華麗《かれい》なるアルティモが、そんなに大きなものを失って平気とは思えない。なんていうか、性格的《せいかくてき》に無理だと思う。でも……それがどういうことか、わかるよね」

フィンはうなずいた。

「あいつらのために、それを選べる？」

大魔術師《だいまじゅつし》、エル・フィンはモーの手を握《にぎ》りしめ、モーの顔をなでた。双子《ふたご》の妹ではないが、やはり家族だ。

「あの人たちをみたでしょう。サイクルは劣化《れっか》してる。変化してる。自然《しぜん》の法則《ほうそく》を変えつつある。エンダーマンが武器《ぶき》を使い、軍隊を作り……なぜか人間は再生成《リスポーン》しないっぽい。わたしが生きてるのはトーテムを持ってるからで、次回も忘《わす》れずにトーテムを手に入れなきゃって思う。あの人たちは、自分のベッドで目覚《めざ》めなきゃおかしいのに、みたでしょ。みんなただ、地面に横たわってた。冷たくなって、無言で、死んでた。あの人たちをあのままにしておけない。だめだよ。それに、これからどうなるかわからない。グランポは、あの人たちは『初めてだ』っていったよね。もしかしたら、これがすべてを変えるものかも。もしかしたら、今回のサイクルはちがってるかも」

モーはうなずきながら、底なしのポケットからなにかを取り出し、デッキに専門家《せんもんか》らしい慣《な》れた手つきで並《なら》べていった。五つのポーションが、きれいに一列に並《なら》べられていく。どれも再生《さいせい》のポーションだが、通常《つうじょう》のものより強力だ。オーバーワールドでは、華麗《かれい》なるアルティモがどこかへ消えてしまって以来、そんな強力なポーションをみることはなかった。

「また同じだとしても」モーは、ポーションを並《なら》べ終えた。「それはそれでいい。あなたと過《す》ごした千回の人生は楽しかったよ、フィン。あと千回あっても大丈夫《だいじょうぶ》」

「だけど、あいつらは、ぼくらのことを覚えてるかな？　これがうまくいったとしてもさ？　あいつらが、ぼくらみたいにもどってきたとしたら？　ぼくらはみんなのこと、覚えてるかな？」

モーは正座《せいざ》してすわりなおし、「ううん」といって、ため息をついた。「覚えてないと思う」

「また忘《わす》れるのはいやだな。ジェスターを忘《わす》れたくない。それに、ほかのみんなも」フィンは、あわてていった。

「わたしも。でも、ぜったいに覚えていられないよ」モーは、ポーションの瓶《びん》の蓋《ふた》を取った。

「はじめはね。もしかしたら、次回は、小さなちがいがあって、わたしたちになにか気づかさせるかも。今回もそうだったよね。グランポか、ロウズサムか、エンドラにはっとさせられるかもしれないし、カンの言葉か、ローリーの目の輝《かがや》きから思い出すことがあるかも。あのとんでもないクライ老人がきっかけになることだってあるかも。もしかしたら、わたしを〝間抜《まぬ》け〟って呼《よ》ぶジャックスかもしれないし、笑ってるコールか、剣《けん》を振《ふ》るジェスターかもしれない。もしかしたら、わたしたちみんなかも……わたしたちは人間だけど、スタックするかもしれない。そして、ひとりひとりにはできない、なにかになるのかもしれない。なにか新しいものに。なにか……混沌《こんとん》としたものに。それで、もしかしたら、わたしたち、次回は、思い出しはじめるのかもしれない。手遅《ておく》れにならないうちに。まだ時間があって、覚えていることに意味があるうちに。もしかしたら、今度こそ、わたしたち、ちゃんとやれて、すべてが変わるかも」

カンの黒い頭が船《ふな》べりにあらわれ、カンはふたりのほうへゆっくりやってきた。そして、音ブロックを弾《ひ》くのをやめた。三人に言葉はいらなかった。これまでも、必要だったことはない。

フィンとモーとカンは、いっしょに船倉《せんそう》に下りていき、すわって休むことにした。モーは、宇宙《うちゅう》が崩壊《ほうかい》しようとしているときに恥《は》ずかしがることはないと思った。モーはカンの脇《わき》に寄《よ》り添《そ》った。フィンは、ふたりの背中《せなか》にもたれた。そして、三人は待った。世界の終わりの、お泊《とま》り会。

「ふたりは、感じる？　わたし、近づいてくるのがわかる」モーは小声でいった。「津波《つなみ》のように。はじめは水が引いて、一瞬《いっしゅん》、なにもかも大丈夫《だいじょうぶ》な気がする。すると、海が立ち上がって、すべてを洗《あら》い流《なが》すの。ふたりとも、大好き」

「ぼくも大好きだよ、アルティモ」カンはモーをぎゅっと抱《だ》きしめた。「きみは本当に華麗《かれい》だった」

モーはウインクした。「あなたもね、グリーン。すてきだった」

「次の世界で会おう」大魔術師《だいまじゅつし》、エル・フィンはつぶやいた。

記憶《きおく》の波は、それから一時間後に船を押《お》し流していった。フィンとモーとカンは、それがくるずっと前に眠《ねむ》りに落ちた。世界が動き、傾《かたむ》いて、もとの位置におさまり、記憶《きおく》はまっさらになった。

それから一時間ほどすると、船の奥《おく》にあるシュルカーの殻《から》がきしみながら開いた。そして、なにかがあらわれた。シュルカーではない。エンダーマンでもない。クリーパーでも、スケルトンでも、ウィッチでも、人間でもない。シュルカーと同じ色で、予測不可能《よそくふかのう》なすべての生命の形をしたなにかだった。

そっと、やさしく、グランポは、カボチャをフィンの頭にかぶせた。それからモーの頭にも。ほかの者たちがみつかったら、グランポは彼《かれ》らにもカボチャをかぶせるつもりだった。じきにみつかるはずだ。グランポは、つるをカボチャの中にたくしこんできれいにして、すっきりみえるようにした。グランポはかがんで、ふたりの額《ひたい》にキスをした。

「お前たちふたりとも、ものすごく嫌《きら》いだ」偉大《いだい》なる混沌《こんとん》はささやいた。

そして、消えた。

そのプレーヤーの原子は、草に、川に、空気中《ちゅう》に、地面に散らばっていた。ひとりの女がその原子を集めた。飲み、食べ、吸《す》いこんだ。そうして女は体内に、そのプレーヤーを作った。

そのプレーヤーは目覚《ざ》めた。母親の体内の、温かく、暗い世界から、長い夢《ゆめ》のなかへ。

そのプレーヤーは新しい物語で、過去《かこ》に語られたことはなく、DNA《ディーエヌエー》の文字で書かれていた。そのプレーヤーは、新しいプログラムで、過去《かこ》に起動されたことはなく、十億年前のソースコードによって生成されていた。そのプレーヤーは、新しい人間で、過去《かこ》に生きたことはなく、ミルクと愛だけで作《つく》られていた。

きみがそのプレーヤーだ。その物語でも、そのプログラムでも、その人間でもあり、ミルクと愛だけで作《つく》られている……。

しーっ。

ときどきそのプレーヤーは、小さな、自分だけの世界を作り上げた。やわらかく、温かく、シンプルな世界を。

ときどき。

――ジュリアン・ゴフ作、マインクラフト『終わりの詩《エンド・ポエム》』

第24章　ジ・エンド

ジ・エンドはいつも夜だ。日の出はない。日没《にちぼつ》もない。時間を刻《きざ》むものもない。

しかし、時はある。光もある。波紋《はもん》を描《えが》くように並《なら》ぶ薄黄色《うすきいろ》の島々が暗闇《くらやみ》にやわらかな光を放ちながら、終わらない夜に浮《う》かんでいる。紫《むらさき》の木々や、たくさんの紫《むらさき》の塔《とう》が島々の地面からのび上がり、まっ暗な空へねじれるように枝分《えだわ》かれしている。木々には多くの実がなり、塔《とう》には多くの部屋がある。白いクリスタルの棒《ぼう》が塔《とう》の屋上《おくじょう》やバルコニーの四隅《よすみ》にろうそくのように立ち、闇《やみ》を照らしている。あらゆる方向に枝《えだ》をひろげる太古《たいこ》の都市はどれも静かで、多くの塔《とう》があり、環《わ》になって連《つら》なる島という島で紫《むらさき》色《いろ》と黄色に輝《かがや》いている。この場所ではすべてが紫《むらさき》と黄だった。島のそばには、ところどころに、高いマストのある大きな船が浮《う》かんでいる。そして下には、黒い底なしの虚空《こくう》が口を開けている。

ここは美しい。それに空《から》っぽではない。

どの島にも大勢《おおぜい》のエンダーマンがいる。すらりと長くまっ黒な脚《あし》で、なだらかな黄色の丘《おか》やゆるやかな黄色の谷を歩きまわっている。あちこちでエンダーマンの細い赤紫色《あかむらさきいろ》の目がきらめいて、細く黒い腕《うで》が低くささやくような音楽のリズムに合わせて揺《ゆ》れている。エンダーマンはそれぞれに物語を思い描《えが》き、それぞれの計画を立て、背《せ》の高い、ねじれた建物の中にいた。それらの建物はとても古く、時計が発明される前からあった。建物はすべてをみてきたが、なにも語らない。

シュルカーは箱型《はこがた》の殻《から》にこもって船や塔《とう》に貼《は》りついている。シュルカーは、小さな黄緑色《きみどりいろ》の軟体動物《なんたいどうぶつ》で、いつも隠《かく》れている。殻《から》から外をのぞくこともあるが、またすぐに殻《から》を固く閉《と》じてしまう。まるで貝殻《かいがら》に閉《と》じこもった貝のようだ。シュルカーたちが殻《から》を開け閉《し》めするかすかな音は、ジ・エンドの鼓動《こどう》のようだった。

そして、ジ・エンドの中央にあるいちばん大きな島には、巨大《きょだい》な黒曜石《こくようせき》の柱がリング状《じょう》に立ち並《なら》び、その中心には側面に松明《たいまつ》のともされた背《せ》の低い灰色《はいいろ》の石柱が一本立っている。どの黒《こく》曜石《ようせき》の柱の頂《いただき》にもまばゆいエンドクリスタルが輝《かがや》いている。銀のケージから発するクリスタルの火の光は、柱から草の上へ降《ふ》り注《そそ》ぎ、まわりの灰色《はいいろ》の岩盤《がんばん》も照らし、黒い空にも広がっていく。

ジ・エンドのまん中にある島の上空を、なにかがゆっくり旋回《せんかい》している。とてつもなく大きなそれは翼《つばさ》を持ち、疲《つか》れを知らない。くり返し上空を回り、その紫《むらさき》の目はすさまじい炎《ほのお》のように燃《も》えている。


〈フィン!〉

その言葉は暗闇《くらやみ》を切り裂《さ》いて、中央の島から遠く離《はな》れた島の岸辺から飛んできた。その島のほとんどはテロスという巨大《きょだい》なエンドシティにおおわれている。テロスは島の高地から生き物のように立ち上がっていた。立派《りっぱ》な塔《とう》やパビリオンがいたるところにあり、輝《かがや》くエンドロッドから白い光が散っている。シュルカーはそれぞれの小さな殻《から》の中で音を立てている。

テロスには、巨大《きょだい》な紫《むらさき》の船が犬のようにつながれて浮《う》かんでいた。海賊船《かいぞくせん》だが、航海《こうかい》する海はない。エンドシティにはたいてい船がつながれているが、なぜかはだれも知らない。そもそも、いったいだれがこんなに多くの巨大《きょだい》で奇妙《きみょう》な都市《シティ》を作ったのかもわからないのだ。

都市《シティ》を作ったのはエンダーマンではない。もちろん、エンダーマンはどこだろうと、喜《よろこ》んで自分たちにちなんだ名前をつけるのだが。都市《シティ》をつくったのは、永遠《えいえん》に円を描《えが》きながら、どこにも通じていないゲートの上を飛行するものでもない。シュルカーでもない。あんなに閉《と》じこもってばかりいたら、どんなことについてだろうと、なにもわかるわけがない。エンド船《シップ》は最初からあったのだろう。都市《シティ》やジ・エンドが最初からあったのと同じで、雲やダイヤモンドや火曜日みたいなものだ。

〈フィン！　なにかおもしろいものあった？〉

やせた子どものエンダーマンが素早《すばや》くテレポートして、テロスのあちこちに姿《すがた》をあらわしては消えながら、島を横切ってくる。ある場所で消えては別の場所にあらわれ、やがてエンドシップのデッキにやってきた。腕《うで》になにか抱《かか》えている。ハンサムな顔は、黒く四角い。目は生き生きと輝《かがや》いている。手足は細いが、力強い。エンダーマンの女の子が、マストにもたれて男の子を待っていた。黒い腕《うで》を、薄《うす》い胸《むね》の前で組んでいる。

〈たいしたものはなかったよ、モー。先週みつけたみたいな防具《チェストプレート》がまたみつかるかと思ったけど、だれかに先に拾われたかもな。レッドストーン鉱石《こうせき》はそこそこ手に入った。まあ、そん

な感じ。次はモーがいけよ。宝《たから》をかぎつけるのがうまいんだから〉

フィンとモーは、十二歳《じゅうにさい》のエンダーマンで、双子《ふたご》の兄妹《きょうだい》。ふたりは船の中におりていった。ふたりはずっとここに住んでいる。この船で、もうふたりの兄弟と、ふたりの姉妹と暮《く》らしていた。ジャックスとコール、ジェスターとローリーだ。そして、毎日、みんなの大好きな友だち、カンがたずねてくる。カンは背《せ》が高く、黒くてほっそりして、ほかのエンダーフラグたちと同じだ。ローリーより背《せ》が高いが、ジャックスよりは低い。カンの目は大きくて美しい。それなのに、カンはいつも目をできるだけ細くして隠《かく》し、目立たないようにしている。カンの目は、ほかのエンダーマンのように、大きく鮮《あざ》やかな赤紫《あかむらさき》の目ではないからだ。

カンの目は緑だ。

カンは音ブロックを奏《かな》でるのがうまい。音ブロックでこれほどすばらしい演奏《えんそう》ができるものかと、信じられないほどだ。

ジャックスは、カンのことが好きなんだろといって、モーをからかうのが好きだ。兄妹とはそういうものだ。

みんな、ここ以外の場所は知らない。ここで育ち、ここが家だった。六人は、中央の島を取《と》り巻《ま》く群島《ぐんとう》にいる大勢《おおぜい》のエンダーマンとまったく同じだ。暮《く》らしているエンドシップには、それぞれがどこかでみつけては拾ってきたがらくたがひしめいていた。なかにはかなりいいがらくたもあった。ダイヤモンド、エメラルド、金鉱石《きんこうせき》、ラピスラズリ。エンチャントされた鉄のレギンス、いろんな種類のツルハシ、ビートルートの種、コーラスフルーツ、鞍《くら》や馬鎧《うまよろい》（ただし、だれもウマをみたことはない）。背中《せなか》に装着《そうちゃく》するとどこでも自由に飛べるすてきなグレーの翼《つばさ》も数十組あった。がらくたのなかには、ただ古いだけの本物のがらくたもあった。石、粘《ねん》土《ど》、砂《すな》ブロック、背表紙《せびょうし》のとれた古い本。カビの生えた青緑の卵《たまご》には、全体に奇妙《きみょう》な血管が走っていた。フィンとモーは、それがどんなに醜《みにく》くても気にしなかった。ふたりは、その卵《たまご》を火のそばに置き、なにか予測《よそく》できないことが起こってくれないかと願っていた。なにか新しいことが。

エンダーマンの兄妹たちは、どこかに別の世界があるのはわかっていた。だからこそ、自分たちが住んでいる場所がジ・エンドと呼《よ》ばれているのだ。終《ジ・エンド》わりがあるなら、はじまりがあるはずだ。この場所がジ・エンドであるための別のどこか。ここととは正反対のどこか。緑で明るくて、青い空と青い水があって、ヒツジやブタやミツバチやイカがたくさんいるところ。兄妹たちはいろいろな話をきいていたが、ここがみんなの世界だった。七人でここにいれば安全だし、自分たちのものがあるし、仲間がいて、自分たちの物語があった。

ひとつの大きな、幸せな家族《ハッピーエンド》だ。

〈おわり〉

訳者《やくしゃ》あとがき

シリーズ第四巻《だいよんかん》は、主《おも》にジ・エンドを舞台《ぶたい》に展開《てんかい》するファンタジーだ。主人公は、双子《ふたご》のエンダーマン、フィンとモー。ふたりは親が死んでしまったという理由で、エンダーマンたちから疎《うと》まれているが、グランポというペットのシュルカーと気ままに暮《く》らしている。それに、エンダーマンの社会でつまはじきにされているカンという音楽好きの親友もいる。だが、そんな生活は、人間の強大な軍隊がジ・エンドに攻《せ》めこんでくるといううわさで一変《いっぺん》する。ジ・エンドじゅうのエンダーマンが武器《ぶき》を手に、軍隊をつくって、人間との戦いに備《そな》えることになるのだ。ところが、やってきたのはたった四人の人間の子ども。しかも、その四人がとんでもない事実を暴《あば》いてしまう。

なぜフィンとモーには親がいないのか、ふたりとカンとの友情《ゆうじょう》はどうなるのか、エンダードラゴンの不思議な言葉はなんなのか、次々に生まれる謎《なぞ》が最後できれいに解《と》き明《あ》かされる。そして解《と》き明《あ》かされた瞬間《しゅんかん》、世界が大きな音を立てて崩《くず》れていき、さらに大きな世界が口を開ける。このマインクラフトのシリーズのなかで、これほどスケールの大きな作品はこれまでなかった。作者の想像力《そうぞうりょく》に驚《おどろ》くとともに、こんな壮大《そうだい》な物語を可能《かのう》にしてしまうマインクラフトというゲームの底知れない深さにも驚《おどろ》いてしまった。これを読み終えた読者はきっと、最初からもう一度読み直したくなるにちがいない。

読者の想像力《そうぞうりょく》が試されるような作品といっていい。これを読んだあとは、おそらくマインクラフトというゲームをみる目が変っているはずだ。

最後になりましたが、英文と訳文《やくぶん》のチェックをしてくださった石田文子さんに、心からの感謝《かんしゃ》を！

二〇二〇年六月二十九日　金原瑞人・松浦直美

マインクラフト　ジ・エンドの詩《うた》

2020年8月11日　初版第一刷発行
2024年7月25日　初版第六刷発行

著
キャサリン・M・ヴァレンテ
訳
金原瑞人／松浦直美

デザイン
5gas Design Studio

発行所
株式会社 竹書房
〒102-0075
東京都千代田区三番町8-1 三番町東急ビル6F
email: info@takeshobo.co.jp

https://www.takeshobo.co.jp
印刷所
中央精版印刷株式会社

定価はカバーに表示してあります。
落丁・乱丁があった場合はfuryo@takeshobo.co.jpまでメールにてお問い合わせください。

ISBN978-4-8019-2197-9　C8097